तथापि

(उपन्यास)

तथापि

प्रमोद त्रिवेदी

भारतीय ज्ञानपीठ

लोकोदय ग्रन्थमाला : ग्रन्थांक 820

सजिल्द पहला संस्करण : 2006
सजिल्द दूसरा संस्करण : 2025

वाणी प्रकाशन : भारतीय ज्ञानपीठ की पुस्तकों के एकमात्र प्रकाशक एवं वितरक

वाणी प्रकाशन

4695, 21-ए, दरियागंज, नयी दिल्ली-110 002
दूरभाष : 011-23273167, 23275710
ईमेल : sales@vaniprakashan.in
www.vaniprakashan.com

ISBN : 978-93-7112-661-8

मूल्य : ₹ 395

तथापि
(उपन्यास)
प्रमोद त्रिवेदी

TATHAAPI
(Novel)
by Pramod Trivedi

आवरण चित्र : सचिदा नागदेव
मुद्रक : आर. टेक ऑफसेट प्रिंटर्स, दिल्ली-110 032

श्रीमती सुनीता जैन के लिए
आत्मीयतापूर्वक

भूमिका

मार्ग

एक उम्र होती है, जब हर एक में बड़ी चुनौतियों को स्वीकार करने और सब कुछ कर गुजरने की धुन रहती है। एक समय था, जब नाट्य-लेखन और रंगकर्म ने मुझे अपनी ओर पूरी तरह से खींच लिया था। तब लगता था, नाटक और रंगविधान ही सम्पूर्ण अभिव्यक्ति का एकमात्र माध्यम है। उज्जैन के हवा-पानी और डॉ. प्रभात कुमार भट्टाचार्य की संगत ने इस सोच को और गहरा किया। यों चस्का तो बचपन में ही लग गया था। वह 'लरिकाई' का प्रेम था।

धीरे-धीरे यह भी समझ में आने लगा कि रंगकर्म एक पूर्णकालिक कर्म है। व्यक्ति की सर्जनात्मकता के साथ असीम धैर्य, सहनशीलता और व्यावसायिकता का समन्वय ही रंगकर्मी का चरित्र है। नाटक—(अपना लिखा नाटक) मंचित करने-करवाने के लिए स्मारिका प्रकाशित करना, विज्ञापन जुटाना, अन्य साधन एकत्रित करना, टिकिट बेचना-बिकवाना, भीड़ जुटाना, अभिनेता-अभिनेत्रियों के नख़रे उठाना। प्रचार और अनुकूल सीमाएँ लिखवाना-छपवाना यह सब भी रंगकर्म का ही हिस्सा है। इतना सब मेरे बूते का नहीं है, इस अपूर्व ज्ञान के बाद मैंने रंगकर्म से 'नमस्कार' कर लिया। आत्मबोध हुआ कि वही काम करना चाहिए जो मैं स्वाधीन होकर कर सकता हूँ और जिसमें किसी का भी हस्तक्षेप न हो। कविता में थोड़ी गति थी, इसकी थोड़ी समझ भी तो यही इलाका मुझे अपना लगा और अनुकूल भी। गद्य लेखन में तो मैं काफी बाद में आया। हाँ, अच्छे नाटक देखने की ललक आज भी कम नहीं हुई।

कुछ पारिवारिक संस्कार, कुछ सोहबतें, बचपन में पढ़ा गया अच्छा और रोमांचकारी गद्य और इन सबसे ऊपर स्व. श्री नरेश मेहता का सान्निध्य और उनकी 'सदिच्छा' ने गद्य की ओर इस तरह धकेल दिया कि लगने लगा—अब तक की सारी तैयारी गद्य लेखन के लिए ही चल रही थी! स्व. नरेशजी ने ही एक बार मुझसे कहा था—"अच्छा कवि ही अच्छा गद्य लिख सकता है।" या अच्छा गद्य लेखक, अच्छा कवि भी होता है।" इसके साथ ही वह अपने इस कथन में यह

जोड़ना भी नहीं भूले कि—"अच्छा गद्य लिखना आसान काम नहीं है।" पता नहीं, अब तक मैं 'अच्छा' गद्य लेखक और अच्छा कवि हो भी पाया या नहीं...। "अच्छा गद्य ही 'प्रतिष्ठित' करता है।" उनका यह कथन भी 'आकर्षक' और 'प्रेरक' रहा। रही बात प्रतिष्ठा की, तो अपने बारे में 'प्रतिष्ठा' को लेकर कभी कोई भ्रम नहीं रहा।

उज्जैन ने मुझे सब कुछ दिया। कहने को लोग कुछ भी कहें पर मुझे तो इससे बेहतर कोई स्थान नहीं लगता। यहाँ रहकर आप चुपचाप अपना काम करते रहिए, कोई दखल नहीं देता। आप कुछ भी न करें तो आपको कोई कोंचता भी नहीं। यह ऐसी जगह है जहाँ रहते हुए समय की कमी की शिकायत नहीं की जा सकती। यहीं रहकर मैं महत्त्वपूर्ण लेखकों, विचारकों और रंगकर्मियों के सम्पर्क में आया। यहीं रहकर मुझे सर्जनात्मक दृष्टि मिली। बहुत कुछ सीखने का अवसर मिला। यदि मैं उज्जैन में न बसकर कहीं और बसा होता तो और जो कुछ भी होता, आज जो और जैसा हूँ, वैसा तो नहीं ही होता। अच्छा या बुरा इसी उज्जैन ने बनाया।

डॉ. प्रभातकुमार भट्टाचार्य के आत्मीय नैकट्य में ही लगभग तीस वर्ष पहले एक काव्य नाटक लिखने का जोश जागा था। खूब बातें होती थीं प्रभात जी से और दूसरे रंगकर्मियों से। पात्रों के चारित्रिक विकास पर, इनके अन्तस्सम्बन्धों पर, द्वन्द्व पर, भाषिक संरचना पर खूब लम्बी-लम्बी बहस होतीं। नये-नये नक्शे तैयार होते। नाटक लिखा जाता और लिख गया खारिज हो जाता। सच तो यह है कि क्लासिक्स से मैं जितना दूर भागता, उतना ही मैं इनका दबाव महसूस करता था। प्रभात जी तब तक 'अभिशप्त यक्ष' लिख चुके थे। बाद में यही नाटक 'काठ महल' शीर्षक से प्रकाशित हुआ। 'प्रेत शताब्दी' और 'आगामी आदमी' उसी 'काठ महल' के ही अगले सोपान हैं। मेरे काव्य-नाटक का नायक भी कालिदास के 'मेघदूत' का यक्ष ही था और मेरा यक्ष, प्रभात जी की नाट्य-त्रयी के यक्ष का मुकाबला कर ही नहीं सकता था। फिर बहुत से दबावों में, जिनमें रचनात्मक दबाव भी कम नहीं थे, एक काव्य नाटक 'कापुरुष' लिखना ही पड़ा। इससे रचनात्मक तृप्ति मिली। सोचता हूँ, जो हुआ ठीक ही हुआ।

कुछ संकल्प तत्काल पूरे न हों तब भी मन की गहराइयों में बने ही रहते हैं। अब इतने वर्षों बाद उस अनलिखे काव्य नाटक का एक उपन्यास के रूप में सामने आने का कुछ तो अर्थ है ही। शायद नाटक के शिल्प में पूरी तरह से भी न्याय नहीं हो पाता। पर तब तो उपन्यास लिखने की कल्पना करना भी असम्भव था। अत. यह मान लेना चाहिए कि कोई रचनात्मक संकल्प मूर्त होने

के लिए इतनी लम्बी प्रतीक्षा भी कर सकता है। हाँ, तब के नाट्यानुभव और नाट्य युक्तियों ने इस उपन्यास लेखन में बहुत मदद की है। शायद दूसरे और तमाम लेखन के बीच यह उपन्यास भी भीतर-ही-भीतर पकता रहा।

उज्जैन में रहकर कालिदास के 'मेघदूत' से 'खिलवाड़' करने का दुष्परिणाम क्या हो सकता है, यह भय भी मन में कम नहीं था। कालिदास के यक्ष को अपने उपन्यास 'तथापि' का यक्ष बनाना चुनौतीपूर्ण था। 'मेघदूत' के यक्ष का चरित्र और उसकी कथा भिन्न है और 'तथापि' के यक्ष की माँग कुछ अलग थी। बल्कि कुछ ज्यादा ही। 'मेघदूत' का लक्ष्य और उसका मार्ग वक्र पथ होते हुए भी सरल और स्पष्ट है पर उसी पर चलकर मुक्ति मिलना आसान नहीं है। मेरे यक्ष को कालिदास का यक्ष होकर भी अपनी एक अलग कथा रचनी थी, अपनी मर्यादा में रहते हुए। यह कालिदास का यक्ष होते हुए भी मेरा यक्ष था, बल्कि मेरा ही। यह मेरे अपने समय का यक्ष था। दो समय का अद्भुत सर्जनात्मक द्वन्द्व! कालिदास कहीं अवरोध थे तो सहायक भी। इस तरह वो प्रसन्न ही थे। पूरी रचनावधि में लगातार तनाव बना रहा। मुझ पर भी और इस लेखन पर भी।

आरम्भ यही सोचकर किया कि देखते हैं, क्या होता है। न कुछ में से ही एक कथानाक या कथा-स्थितियाँ निकलती गयीं चमत्कार की तरह! शिल्प भी तय हुआ। अनुशासन में ही स्वतन्त्रता खोजी गयी और मिली भी। फैण्टेसी का सहारा लिया। यथार्थ और फैण्टेसी के यौगिक का परिणाम है—'तथापि'। आरम्भ यही सोचकर किया था कि देखें क्या होता है। कुछ होता भी है या नहीं! बात नहीं बनी तो बेहिचक मान लूँगा कि न सही कोई रचना, रचना का यह अभ्यास भी बुरा नहीं है।

काव्य में सामान्यतः कवि कभी एकदम सीधे तो कभी किसी आड़ में स्वयं को प्रस्तुत करता है। कविता उसके लिए निमित्त हो जाती है। 'मेघदूत' में महाकवि कालिदास ने यक्ष के माध्यम से अपनी ही विरह-वेदना व्यक्त की हो तो यह स्वाभाविक ही है। अब यह कवि की क्षमता पर निर्भर करता है कि अपनी वेदना को कितनी व्याप्ति दे पाता है। पर कोई भी लेखक कथा की सृष्टि करते हुए अनिवार्यतः नेपत्थ में जाता है। उसके लेखन में उसका जितना कम हस्तक्षेप होगा और कथा-पात्रों, स्थितियों से जितना ज्यादा जुड़ाव होगा, वह कथा-कृति उतनी ही अधिक व्यापक और ग्राह्य होगी।

कविता के लिए तो इतनाभर काफी है कि एक दशा और परिस्थिति में पूरी ऊर्जा के साथ संवेदना अभिव्यक्त हो जाए। संवेदना की माँग के अनुरूप भाषा में पूरी ऊर्जा के साथ। पर कोई कथा रचते हुए इतने भर से कथाकार का काम

नहीं चलता। उसे तो एक पूरी सृष्टि ही सृष्ट करनी होती है। 'मेघदूत' में कालिदास विभाजित हुए भी तो यक्ष के विरह की मनोभूमि और मेघ के यात्रा-पड़ावों के मार्मिक विवरणों में। यही बात यह सोचने को भी बाध्य करती कि विरह में डूबे यक्ष का अपने विरह से यह विचलन क्यों कर हुआ? मेघ के यात्रा-पथ के निर्देश और आग्रह क्या यक्ष-संवेदना की सान्द्रता को कम नहीं करते? क्या ऐसा तो नहीं कि कवि का रचना कौशल, विरह के मानक को साधते हुए अपनी रचना क्षमता के नये आयाम उद्घाटित कर रहा है? यदि ऐसा ही है तो 'मेघदूत' रचना से अधिक कवि-कौशल है और ऐसा नहीं है तो यह फाँक कवि-कर्म को थोड़ा तो कमजोर बनाती ही है। फिर भी इस कृति को यदि इस तरह डूबकर पढ़ने और सराहनेवाले आज भी हैं तो मानना ही चाहिए कि इसमें कुछ बात तो है और वह कालिदास की कृति है।

'तथापि' के लेखन का विचार आया तो एक कथा-विन्यास की पड़ताल शुरू हुई। एक ऐसे कथा-विन्यास की जो दो भिन्न समयों और भिन्न परिवेश को इस तरह जोड़े कि कोई संघ दिखाई न दे। इसी कोशिश में रामगिरि की भूमि पर एक कथा की उपज हुई और दूसरी अलकापुरी की भूमि पर। यक्ष इस उपन्यास में अब अपनी मेघदूतीय काव्यात्मक विरह वेदना से बाहर निकला। रामगिरि में होकर वह रामगिरि के समाज का जितना हो सकता था, हिस्सा हुआ तो औपन्यासिक चुनौतियाँ आसान होती चली गयीं। अलकापुरी को कथानक में प्रस्तुत करने में उतनी कठिनाई नहीं थी। मेघ दोनों भूमियों के बीच एक मजबूत कड़ी बना। 'मेघदूत' में मेघ जहाँ काव्याभिव्यक्ति के लिए निमित्तभर है 'तथापि' में इसकी भूमिका भिन्न है। इसलिए यह इस उपन्यास का महत्त्वपूर्ण हिस्सा है। वही यक्ष को यथार्थवादी और व्यावहारिक बनाता है। मेघ ने कुछ गुत्थियों को सुलझाया तो उलझाया भी। यदि 'तथापि' में किसी की केन्द्रीय भूमि है तो केवल मेघ की ही है। कालिदास ने तो मदद की ही। हर बड़ा कवि अपने लिखे में ही आनेवाले समय के कवियों के लिए भी कुछ जगह छोड़ देता है। मुझे भी थोड़ी कोशिश में 'मेघदूत' में जगह मिल गयी। इस भराव के बाद भी कोई दृष्टि-सम्पन्न व्यक्ति अपने लेखन के लिए इसी में नयी जगह फिर खोज ही लेगा। यही एक बड़ी रचना का लक्षण है।

हर लेखन अपने समय का साक्ष्य होता है। जब भी कोई मिथक रचना में प्रवेश पाता है या रचा जाता है तो लेखक के समय और संवेदना को अधिक प्रखर और ग्राह्य बनाता है। 'तथापि' भी यक्ष की उपस्थिति में हमारे समय का एक आख्यान है। और यदि यह आख्यान हमारे समय का नहीं हो सका है तो

इस मिथक के रचे जाने का कोई अर्थ नहीं है और न ही लेखन का कोई मूल्य। देखना अपने समय को ही है, पर एक लेंस बीच में है और इसके जरिए वह सब देखने की एक कोशिश है जो रेंज के बाहर है अथवा रेंज होकर भी स्पष्ट दिख नहीं रहा है। कोशिश अन्ततः यही कि जो दिख है सर्जक को, वह ठीक वैसा ही पाठक को भी नजर आए। हर लेखक चाहता यही है कि पाठक रचना को वैसा ग्रहण करे जैसे लेखक ने सिरजा। वह कितना सफल-असफल हुआ, यह निर्णय पाठक का है और वही सर्वोपरि भी। कई बार ऐसे प्रयत्न (मिथकीय सृजन) बाधक भी हो जाते हैं। लेखक भी मोहग्रस्त हो जाता है। लेखक के अपने काम कर चुकने पर उसकी भूमिका समाप्त हो जाती है। इसके बाद रचना है और पाठक।

जैसे ही इस उपन्यास का पहला प्रारूप तैयार हुआ, मैं इससे सन्तुष्ट कम और आतंकित ज्यादा हुआ। अपना ही लिखा पढ़ जाने की हिम्मत तक जुटा नहीं पा रहा था। मैं समझ में नहीं आ रहा था, यह होड़ किससे और कैसी? क्या यह लेखन किसी उन्माद में किये गये काम का प्रतिफल भर तो नहीं है? फिर लगता, जो कुछ होता है, आवेश में ही होता है। कभी लगा, यह तो सारे लेखकीय अनुभव का निचोड़ है पर ऐसे भ्रम मुझमें ज्यादा टिकते नहीं हैं। इसी बेचैनी में मैंने अपने इस बेहरतीव से उपन्यास को डॉ. प्रभातकुमार भट्टाचार्य को एक दिन सौंपा दिया।

मैं जानता हूँ, प्रभात जी से कुछ भी पढ़वा लेना आसान नहीं है। किसी का यदि कुछ पढ़ेंगे तो अपना समय लेकर। पढ़ भी लिया तो जरूरी नहीं कि अपनी राय दें ही। उन्हें कोई बाध्य नहीं कर सकता। राय दी भी तो जरूरी नहीं कि यह क्रिटिकल ही हो। मैंने उनसे इतनाभर कहा कि—"बस एक नजर भर डाल लें इस पर और यदि जहाँ भी अपठनीय लगने लगे, वहीं छोड़ दें।

खैर उन्होंने इसे पूरा पढ़ लिया और आश्चर्यजनक रूप से जल्दी ही पढ़ लिया। तब भी वे इस पर बात करने को तैयार नहीं हुए। बस—'आजकल-आजकल' होती रही। मैं मन ही मन समझ गया कि जो बात पैदा होनी थी लेखन में, पैदा नहीं हो सकी। "न हो सकी तो न सही, छोड़ो। कुछ किया तो यही सन्तोष", चाहे वह किया धरा सन्तोषजनक न हो।

...और एक दिन अचानक प्रभात जी घर आए। इधर-उधर की तमाम बातें कीं। हँसी-मजाक हुआ। न हुई तो मेरे लिखे पर कोई बात। अपनी मनपसन्द चाय पी और जाते-जाते एक लिफाफा थमा दिया। बाद में उनका लिखा जब पढ़ा जो केवल पत्र नहीं था। विश्वास नहीं हो रहा था कि ऐसा पत्र उन्होंने मुझे लिखा

है। जीवन में ऐसी खुशी कम ही मिलती है जो उस खत को पढ़कर मिली। मैंने प्रभात जी से वादा किया है कि उस पत्र का एक भी शब्द अपनी तरफ से सार्वजनिक नहीं करूँगा। करेंगे तो वे ही करेंगे। मैं आज भी उस वचन से बँधा हूँ। अस्तु—

मैं एक और व्यक्ति का उल्लेख करना ज़रूरी समझता हूँ और वह हैं देवास के मेरे अग्रजवत् नवगीतकार—नईम। नईम भाई—को ख़तो-किताब में जो महारत हासिल है, वैसी मेरी जानकारी में औरों में बहुत कम है। पत्रों के अलावा नवगीत पर दो चार आलेख लिखने के अलावा नईम ने कुछ गद्य लिखा, इसकी जानकारी कम से कम मुझे तो नहीं है। मगर हाँ, मार-मारकर दूसरों से गद्य लिखवा लेने की जो महारत उन्हें हैं, वैसी दूसरों को नहीं है। 'तथापि' के 'मोक्ष' के लिए भी वे पीछे ही पड़ गये और लिखवाकर ही दम लिया।

मेरा अब तक का लिखा गद्य किसी गहरे अवसाद की उपज है। 'आह से उपजा होगा गान' की तरह ही। कह सकते हैं, ऐसा लम्बा लेखन ही मेरे अपने गहरे अवसादों से उबरने का साधन है। इस उपन्यास के लेखन की अवधि में मैं कैसे-कैसे तनावों से घिरा था, उसकी तफ़सील में जाने की जरूरत नहीं। पर मेरा 'मोक्ष' भी इसी लेखन से सम्भव हो सका। कामना यही करता हूँ कि अब तो कम से कम ऐसा न ही हो।

मेरी पत्नी वसुमती अब पूरी तरह मान चुकी है कि—यह व्यक्ति सिवा लिखने के कुछ और कर ही नहीं सकता, जबकि कई बड़ी-बड़ी जिम्मेदारियाँ सिर पर हैं। मैं पूरी तरह नाकारा सिद्ध हो गया हूँ तो क्या करूँ? वह जितनी मुझसे परेशान है, उससे भी कहीं ज्यादा मेरे—'कबाड़' को लेकर। वह इसे सहेजे भी तो कितना और कब तक? मैं तो जैसे घर को कबाड़खाना बनाने को ही आमादा हूँ। उसके—'कान्तासम्मित उपदेश' भी कारगर नहीं हुए। उसने भी शायद अब हार मान ली है। मैं भी हूँ और मन ही मन क्षमा-प्रार्थी भी...

बचपन में पिताजी के मुख से 'श्रीमद् भागवत' सुनना अनिवार्यता थी। अवज्ञा का अर्थ था उनका कोपभाजन। खेलने के उन दिनों में भागवत्-कथा सुनना दण्ड की तरह ही था, पर उसी दण्ड ने मुझे कथा रस में डुबाया भी। कई बार इसी तरह जो ग्रहण करते हैं, वही हमारे संस्कार का अंश बन जाता है। कथा रचने का गुण शायद अपने पिताजी से ही प्राप्त हुआ। यही नहीं, विपरीत ध्रुव पर जाकर नकारने की ज़िद भी विकसित हुई।

मेरे अब तक जितने भी गुरु रहे—अक्षर ज्ञान करवाने वाले स्व. असगरअली से लेकर छोटे बड़े सभी, जिनसे प्रत्यक्ष और परोक्ष रूप से कुछ न कुछ सीखा,

उम्र के इस पड़ाव पर अब मुझे उन सभी के प्रति अपनी हार्दिक कृतज्ञता व्यक्त करनी है। मित्रों का आभार मानना है, जो मेरे तुनकमिजाजीपन के बावजूद प्रेम करते रहे, मिताई निबाहते रहे हैं।

हर लेखक की कामना होती है कि उसका लेखन (जो लेखक की अपनी निगाह में श्रेष्ठ ही होता है) किसी अच्छे प्रकाशक के माध्यम से अधिक से अधिक पाठकों तक पहुँचे। अच्छा प्रकाशक मिलने से लेखन और लेखक को प्रतिष्ठा तो मिलती ही है। मेरा भी एक स्वप्न रहा है कि कभी मेरी कोई कृति 'भारतीय ज्ञानपीठ' से भी प्रकाशित हो। ऐसा होना मेरे लिए उसी सूची में सम्मिलित होने का अवसर है, जिसमें हिन्दी और तमाम भारतीय भाषाओं के महत्त्वपूर्ण लेखक सम्मिलित हैं। मैं भारतीय ज्ञानपीठ के निदेशक डॉ. प्रभाकर श्रोत्रिय के प्रति कृतज्ञ हूँ कि इस उपन्यास के प्रकाशन से मेरा वह स्वप्न अब पूरा हो रहा है।

—प्रमोद त्रिवेदी

29 मार्च, 2006

'मन्वन्तर'
205, सेठीनगर, उज्जैन (म.प्र.) 456010

तथापि

तस्य स्थित्वा कथमपि पुरः कौतुकाधानहेतो-
रन्तर्बाष्पश्चिरमनुचरो राजराजस्य दध्यौ।
मेघालोके भवति सुखिनोऽप्यन्थावृत्तिचेतः
कण्ठाश्लेषप्रणयनि जने किं पुनर्दूरसंस्थे॥

एक

''एक अनजान-सी जगह में रहना, रहना नहीं होता, बस दिन काटना होता है। इतना समय हो गया, यहाँ रहते हुए पर इस भूमि से, यहाँ के लोगों से रिश्ता नहीं जुड़ सका। देह यहाँ है और मन वहाँ अलकापुरी में। जो छूट गया या जिसे छोड़ना पड़ा, मन उसी में रमा है और जो पास है, उसका मेरे लिए कोई अर्थ नहीं। अपनी अलकापुरी से मैं उपेक्षित हूँ और यहाँ की मैं उपेक्षा कर रहा हूँ। इसलिए मैं न तो यहाँ का हूँ और न वहाँ का। यही मेरी त्रासदी है। यदि मुझे सदा-सदा के लिए निर्वासन मिल गया होता तो धीरे-धीरे मैं इस भूमि से, यहाँ के लोगों से, उनके रंग-ढंग से जुड़ जाता। पर मुझे तो फिर अपनी भूमि पर, अपने लोगों के बीच ही लौटना है, इसलिए यहाँ से जुड़ने की मानसिकता ही नहीं बन पाती। यहाँ के प्रति लगाव ही पैदा नहीं हो पा रहा। एक गहरी फाँक पैदा हो गयी है मुझमें। और यह चैन से नहीं रहने देती है। मैं आधा यहाँ और आधा वहाँ। याने मैं न यहाँ और न वहाँ।

यहाँ मैं अब उन हर छोटी से छोटी चीजों को याद करता रहता हूँ, जो वहाँ रहकर कभी याद ही नहीं आयी। याद करता रहता हूँ, रह-रहकर उन बातों को जिनका तब कोई महत्त्व ही नहीं रहा। नगण्य-सा, सब कुछ परिस्थितिवश भी किस कदर महत्त्व प्राप्त कर लेता है और अब तो मैं ऐसी घटनाओं-सन्दर्भों में सिमटकर रह गया हूँ। मेरा तो अब अपना अस्तित्व ही नहीं रहा। जो कुछ घेरता है, मुझे निरन्तर तोड़ता है। इस टूटन और बिखराव में समय गुज़र रहा है और मैं किसी और ही समय से गुज़र रहा हूँ। तमाम छाप हैं, मुझपर समय की। बस, अपने इस वर्तमान की ही कोई छाप नहीं है।''

''मुझे यहाँ से जाना है। एक-एक क्षण गुजरता है तो लगता है, इस अभिशप्त अवधि का एक-एक क्षण कम हो रहा है। ये लोग मेरे अपने नहीं हैं—यह परायापन

मुझे यहाँ का होने ही नहीं दे रहा। वहाँ कम बन्धन थे? यहाँ मैं पूरी तरह स्वाधीन हूँ, पर मैं स्वाधीनता का अनुभव क्यों कर नहीं पा रहा? कैसी है यह स्वाधीनता? क्या यही दण्ड है, जो यक्षपति ने मुझे दिया? कितना यातनामय!

भले लोग हैं यहाँ के। अलकापुरी से भिन्न है यहाँ की संस्कृति। जब इन्हें मालूम हुआ कि मैं यहाँ इस एकान्त में टिका हूँ, कुछ दिनों से तो कुछ ग्रामवासी आये। मुझ अनजान व्यक्ति से अपनापन जताया। आग्रह किया कि मैं यहाँ अकेले नहीं, उन सबके बीच और सबके साथ रहूँ। मैं अतिथि था, इसलिए देव-तुल्य था उनके लिए। मैं-देवतुल्य!!! कितने भोले हैं ये लोग। मैंने उनकी बातों पर ध्यान ही नहीं दिया था। मुझे कोई मतलब ही नहीं था, तब भी उन्होंने बुरा नहीं माना। मनुष्यता के बारे में सुना अवश्य था। यहाँ अनुभव किया। हम मनुष्य तो हैं नहीं। हम तो कुछ अलग ही हैं इनसे।

अब भी अक्सर कोई न कोई आ ही जाता है, मेरा हाल लेने के लिए। अपने सामर्थ्य के अनुसार कुछ न कुछ लेकर ही आता है, जब भी कोई आता है यहाँ। ये मुझे कोई सिद्ध पुरुष मानते हैं। मैं और सिद्ध पुरुष, इससे बढ़कर हास्यास्पद बात भला और कुछ हो सकती है? मैं इन्हें क्या बताऊँ? क्या समझाऊँ इन्हें? वास्तविकता यदि जान भी लें, तब भी इन्हें फर्क नहीं पड़ेगा!''

''...मैं एक विरही प्राणी। मैं कुछ हूँ, यह अनुभव भी मुझे अलकापुरी से निर्वासित होने के बाद यहाँ आकर ही हुआ। वरना मैं तो अपने स्वामी का सेवक भर था। सेवक भी नहीं, उसका क्रीत दास। कुबेर की व्यवस्था का नगण्य-सा अंश। जैसे किसी यन्त्र में अनेक कलपुर्ज़े होते हैं, मैं भी ऐसा ही एक पुर्ज़ा। मुझे सक्रिय तो सतत रहना था, पर श्रेय तो यन्त्र को ही मिलता है। पुर्ज़े पर किसका ध्यान जाता है? मुझे अलग किया और मेरे जैसे किसी और को लगा दिया गया। कल उसे निकाल दिया जाएगा। और...यन्त्र गतिशील रहे, तन्त्र केवल इतना चाहता है। यही है हमारी नियति। मैं नहीं तो कोई और। वह नहीं तो...

मैं यहाँ आकर वैसा पुर्ज़ा नहीं हूँ, यह कितना बड़ा फर्क है कि मैं अपनी धड़कनों को अनुभव कर रहा हूँ...

'धनपति' यह कोई संज्ञा नहीं, बस एक विशेषण बोधक शब्द है। जो भी इस शब्द का वरण कर लेता है, उसका स्वभाव और व्यवहार बदल जाते हैं। दृष्टिकोण बदल जाते हैं। वह व्यक्ति मनुष्य को मनुष्य नहीं समझता। उसके

अलावा शेष सभी कृमि-कीट! जो कुछ है, वही है। जितना कुछ है, सब उसके लिए है। उसके आश्रित। उसके अनुग्रह पर निर्भर।

इस शब्द—'धनपति' के मूल में तो 'धन' ही है। यही व्यक्ति को औरों से अलग करता है। उसे वर्चस्वी बनाता है। धन से एक व्यवस्था विकसित होती है, धन जितना प्रतिष्ठित होता जाता है। व्यवस्था उतनी ही सुदृढ़ होती जाती है। मनुष्य को यही व्यवस्था दो वर्गों में विभाजित कर देती है। जो शोषित हैं, उनका सत्त्व हरण होता है। इस व्यवस्था में और वे व्यक्तित्वहीन होते चले जाते हैं। मुझे ही लें, मेरा भी कोई नाम था भला-सा। पर अब मेरी पहचान इतनी भर ही रह गयी कि मैं केवल धनपति का अनुचर। नहीं, एक दण्डित-अभिशप्त अनुचर!

कितने-कितने मिथक निर्मित हो जाते हैं। होते चले जाते हैं। नहीं, तन्त्र ऐसे मिथक को जो धनपति को गौरवान्वित करते हैं, उन्हें बहुत ही सुनियोजित ढंग से प्रचारित करता है। तन्त्र उसके प्रभा-मण्डल के विस्तार में जुट जाता है, पूरी तत्परता के साथ अपने शीर्ष पुरुष की छवि बनाने में। इस चकाचौंध में वह सब नहीं दिखाई देता, जो सच है, कठोर और कारुणिक!

धनपति होकर व्यक्ति सारे नियमों से परे हो जाता है। समर्थ व्यक्ति का दोष भी दोष नहीं माना जाता। उसके मुँह से जो कुछ निकला, वही विधान। जो दण्ड-विधान, वही उस तन्त्र की व्यवस्था। यह व्यवस्था सबसे पहले व्यक्ति की वाणी का हरण करती है। उस बेआवाज़ व्यवस्था को सुव्यवस्था कहा जाता है। और ऐसे ही शासन को सुशासन। इस तन्त्र की प्रशस्तियाँ चारण-बन्दीजन उपमा, रूपक और अतिशयोक्ति से सजी भाषा में करते हैं। समाज में यही गुणगान इतिहास कहलाता है। भीत लोग या तो इस जय-घोष में सम्मिलित हो जाते हैं या भागकर कन्दराओं में छुप जाते हैं। व्यवस्थाएँ कुल मिलाकर ऐसे ही चलती हैं।"

"मैं कुबेर का उद्यानपाल था। उसके उद्यान की देख-रेख का दायित्व मुझ पर था। मैंने परिश्रमपूर्वक पूरी निष्ठा से यह कार्य किया। सब कुछ ठीक ही चल रहा था।

एक दिन कहा गया, मेरी असावधानी की वजह से राजोद्यान में इन्द्र का ऐरावत घुस आया और उसने पूरा उद्यान उजाड़ दिया। मुझे तो ऐसा कुछ भी नज़र नहीं आया। मैं सेवक ही तो था, और सेवक की जबान नहीं होती। मुझ पर

अभियोग लगा, मुझे अभियोग स्वीकार करना ही था, मैंने किया।

अच्छा, मान लेता हूँ ऐसा ही हुआ, तब भी क्या मेरी बिसात थी कि मैं देवराज इन्द्र के ऐरावत को रोक लेता? मेरी छोड़िए, यदि मेरे अधिपति स्वयं उद्यान में होते तो क्या वे उसे रोक पाते? हर व्यवस्था सोपान की तरह होती है। मैं अपने स्वामी के अधीन था तो मेरे स्वामी इन्द्र के अधीन। दोष अधीनस्थ में ही देखा जाता है। व्यवस्था के अनुरूप मुझे तो उद्यान की रक्षा करते हुए प्राण-उत्सर्ग कर देना था। मेरा यह उत्सर्ग तब स्वामी-भक्ति और कर्तव्य-निष्ठा का एक दृष्टान्त बन जाता। एक व्यवस्था के लिए उनके अनुचर के प्राण का क्या मूल्य? मैंने ऐसा नहीं किया, इसी का दण्ड है यह। अगर मैं किसी तरह उस गजराज को रोक लेता तो क्या मुझे दण्ड नहीं मिलता? तब अभियोग कुछ अलग होता, पर होता अवश्य।

कहा यह भी गया कि उद्यान में ऐरावत के प्रवेश की बात मिथ्या थी। मेरा दोष यह था कि मैंने अपने दायित्व का निर्वाह ठीक से नहीं किया।

मेरी नियुक्ति इसीलिए हुई थी कि अपने स्वामी के पूजन के लिए मुझे प्रतिदिन मानसरोवर से कमल पुष्प लाने होते थे। उस दिन स्वामी अपने आराध्य को कमल-पुष्प अर्पित कर रहे थे, तभी एक पुष्प में बन्दी भँवरे ने अपना डंक गड़ा दिया। मुझ पर अभियोग लगा कि अपनी प्रिया की आसक्ति मैं मैंने कर्तव्य-पालन में अवहेलना की और ताजे खिले कमल-पुष्प न लाकर रात के बासी कमल ले गया।

ये दो अलग-अलग अभियोग हैं, कौन-सा सही, कौन-सा गलत, पता नहीं। क्या दोनों ही गलत तो नहीं? ऐसा तो नहीं कि बात कोई तीसरी ही हो? अब यह बात मेरे मन में बार-बार उठने लगी है कि हो सकता है, स्वामी को हमारा प्रेम, प्रेम में इतनी तल्लीनता न सुहाई हो? लगा हो, एक क्रीत-दास को प्रेम करने का भला क्या अधिकार? सेवक के तो केवल कर्तव्य होते हैं। उसे तो सोते-जागते, सपने में भी अपने दासत्व का बोध होना चाहिए—इतना लगाव है पत्नी से, इतना अनुरक्त है तो भुगत, अपने किये की सज़ा। भुगत अब यह वियोग...। तू ही क्यों, तेरी पत्नी भी तो उतनी ही सहभागी है, इस अपराध में। इसलिए दण्ड भी दोनों को मिलना चाहिए। बल्कि उत्तरदायी तो उसका रूप है, जिसने तुझे कर्तव्य से विमुख कर दिया। इतना दुःसाहस!

बिना प्रतिवाद के वाद सिद्ध हो गये। दोनों अपराधी, दोनों को समान दण्ड। एक को निर्वासन, दूसरे को पहले से अलग-थलग करके घोर एकाकीपन झेलने की यातना। इसे कहते हैं, एक पत्थर से दो शिकार।

यह है अधिपति का न्याय।''

"इसे अभिशाप कह लें या दण्ड, इससे कुछ भी फर्क नहीं पड़ेगा। बस, मैं सर्वहारा जरूर हो गया।

माना, मैं कुबेर का अनुचर था, पर ऐसा गया-गुजरा भी नहीं था।

कुबेर के भव्य राजप्रासाद के उत्तर में मेरा निवास स्थान था। इन्द्रधनुष के समान सतरंगा तोरण लोगों का ध्यान बरबस अपनी ओर खींच लेता था। इसके एक ओर मेरी प्रिय पत्नी के स्नेह-जल से सिंचित बढ़ता-पनपता मन्दार वृक्ष था—नन्हा-सा। एक बावड़ी थी। उसकी सीढ़ियाँ मरकत-खचित थीं। उसमें स्वर्णकमल खिलते थे। राजहंस इस बावड़ी में क्रीड़ा करते इतने मगन रहते थे कि उन्हें मानसरोवर जाने की इच्छा ही नहीं होती थी। इसी बावड़ी के किनारे एक क्रीड़ा-पर्वत भी था। जिसका शिखर इन्द्रनील मणियों से निर्मित था। इसके चारों ओर कदली वृक्ष। इसी क्रीड़ा-शैल में कुरबक की बाड़ से घिरा, मोतियों से सजा एक मण्डप, पास में रक्त अशोक। दूसरी ओर मौलश्री-बकुल। इस रम्यता के बीच सोने से बनी छतरी। उस पर आकर बैठता नीलकण्ठी मयूर!

यह था मेरा वैभव। एक दास, कुबेर के अनुचर का वैभव। यह थी, मेरी सौन्दर्य-दृष्टि। भला मेरे स्वामी को यह क्योंकर सहन होता कि एक ना कुछ-सा अनुचर उससे होड़ ले। एक सेवक को हमेशा एक सेवक की तरह ही रहना चाहिए, अपनी मर्यादा में। किसी भी स्वामी को यही सुहाता है। यही उसकी मानसिकता होती है। कुबेर को भी मेरा वैभव खटका हो तो इसमें कोई आश्चर्य नहीं। फिर भी धनपति मेरे स्वामी थे और मैं उनके सामने, उनके वैभव के सामने टिक ही नहीं सकता था।...मेरे पंख कतर दिए गये। जो भी था, उस सबसे मुझे वंचित कर दिया गया। और अब मैं यहाँ अपनी भूमि, अपनी प्रिया, अपने समाज से इतनी दूर, सबसे वंचित इस वीराने में अपना सब कुछ खोकर एक नितान्त सर्वहारा।"

"अब मैं सोचने लगा हूँ—जो कुछ हुआ, एक तरह से अच्छा ही हुआ। यहाँ रहकर अब तक के सोचे से मैं कुछ अलग तो सोचने लगा। मैंने पहले तो कभी इस तरह सोचा ही नहीं—न अपने बारे में, न ही किसी और के बारे में। अपने स्वामी की चाकरी करते, उनकी आज्ञा का पालन करते हुए मेरी सोच की परिधि अपने दायित्व-निर्वाह की थी या अपनी प्रिय पत्नी के साथ सुख-भोग तक सीमित। एक बिन्दु पर भय था तो दूसरे ब्रिन्दु पर आसक्ति। इन्हीं दो छोरों के बीच जीवन गतिमान था।...यह सच ही है, हम जिसका अन्न खाते हैं, हमारी

मति भी वैसी ही हो जाती है। परिवेश ही हमारी जीवन-दृष्टि और सोच की दिशा तय करता है। एक सिमटा हुआ दायरा, नगण्य-सी सुविधाएँ, एक धुँधलापन, उसमें टिमटिमाते दो-चार तारे, साँस लेने भर को हवा। इतने भर में सब कुछ सिमट गया था। सबसे बड़ी और अहम बात यह है कि अपनी स्वतन्त्रता को खो चुकने के बाद क्या बच रह जाता है? कुछ भी तो नहीं। पर जब कभी, किसी भी वजह से हम अपने उस सीमित, बँधे बँधाये संसार या कि अपनी कारा से बाहर आते हैं या कर दिए जाते हैं तो खुलेपन में हकबका जाते हैं। बाहर के उजास में आँखें चुँधिया जाती हैं। बन्धन का अलग तरह का भय, तो खुलेपन का भय भी अपनी तरह का और वह भी कम नहीं।

मैं चाहकर तो इस रामगिरि पर नहीं आया। अपने जाने-पहचाने समाज से दूर यहाँ फेंक दिया गया। एक भयभरी संवादहीनता में...।''

''यह भी मनुष्य का स्वभाव ही है—वह नितान्त भिन्न परिवेश में धीरे-धीरे कुछ तालमेल बिठा ही लेता है। इतने दिनों यहाँ रहते हुए मैं यहाँ का अभ्यस्त होता जा रहा हूँ। कभी-कभी अलकापुरी की यादें बहुत बेचैन कर देती हैं। तब भी मुझे रहना यहीं है। यहाँ की जलवायु वहाँ से भिन्न, मिट्टी भिन्न, वनस्पतियाँ भिन्न, इसलिए यहाँ के वातावरण की सुगन्ध भी भिन्न। वहाँ देह से उठती सुगन्ध की सघनता थी। यहाँ वातावरण की सुगन्ध है। इसका प्रभाव भी भिन्न। वहाँ के स्फुरण से यहाँ का स्फुरण भी भिन्न है। सब कुछ नया-नया है, जो रोमांचित करता है।...अब यहाँ आकर लगने लगा है कि हर प्रसंग कुछ छीनता है तो नया कुछ देता भी है। उस एकरसपन से अलग यह अनुभव मुझे एक तुलनात्मक नहीं, आलोचनात्मक दृष्टि दे रहा है। सच कहूँ तो यहाँ जो कुछ नयापन है, उसमें बहुत कुछ अच्छा भी है। कभी-कभी मैं इसी तरह सोचता हूँ।''

''अपनी प्रिया से बिछुड़कर अब मैं उसकी सुन्दरता का आकलन करने लगा हूँ। मेरा आखेट करते उसके वे नयन-बाण, उसकी वो घनेरी केशराशि जो सारी उपमाओं को सार्थक बनाती थी। कभी मैं उसके मुख को कमल कहता था और स्वयं कमल-सा खिल जाता था। तो क्या उसका मुख-सूर्य था? मैंने तो उसे चन्द्रमुखी कहा! तो....? उसके मुख-मण्डल पर मँडराती अलकावली कभी मेघ

लगती थी तो कभी भ्रमर। वह हँसती थी तो लगता, मालती पुष्प झर रहे हैं। उसकी वाणी संगीत थी। उसके...। अरे! मैं तो कविता करने लगा! सच ही कहा है, वियोग व्यक्ति को कवि बना देता है। अपनी प्रिया के सामीप्य में कभी उसे, उसके नयनों को, उसकी केशराशि को, उसके मुख को, मुख को घेरती-घिरती अलकावली को, उसकी हँसी के पुष्प-प्रपात को देखने, नहीं, इस तरह अनुभव करने और कल्पना की उड़ान भरने का मुझे कभी अवसर ही नहीं मिला! 'प्रेम अन्धा होता है।' नहीं, वह प्रेमी को अन्धा कर देता है। हम दोनों ही एक अटूट बेभानी में जी रहे थे। जी भी रहे थे और उसी में मर भी रहे थे! हम विकल-प्यासे थे तो एक-दूसरे के लिए ठण्डे और मीठे पानी का स्वच्छ सरोवर भी थे। हम सरोवर थे, तो एक आग भी थे, जिसमें हम सदा जलते रहते थे। अपनी-अपनी अपूर्णताओं में पूर्ण होते और पूर्णता की पराकाष्ठा में भी पूर्णता के लिए थोड़ी जगह फिर भी बच जाती थी। अद्वैत की भूमि पर हम ब्रह्म थे और ब्रह्मानन्द भी...। हम तो परस्पर आहूतियाँ थे और हर क्षण स्वाहा हो रहे थे।

अब सोचता हूँ, इतना सब कुछ हो रहा था और हमें कुछ भी भान नहीं था। वह जो सुख था, उसे भी मैं यहाँ अपने दुःख की चरमता में ही जान रहा हूँ। सच, भरे-पूरेपन का बोध कभी भरे-पूरेपन में नहीं होता। उसे अनुभव करने के लिए रीतापन होना जरूरी है। वह अब है और मैं अनुभव कर रहा हूँ। एक साथ वह भरा-पूरापन और यह रिक्तता...।"

"मैं अपनी यह रामकहानी किसके लिए लिख रहा हूँ? लिखे चला जा रहा हूँ। कौन रुचि लेगा मेरे इस एकालाप में? एकालाप तो यों भी नीरस और उबाऊ ही होते हैं। मेरे पास इतना समय है कि काटे नहीं कटता। इतने खाली समय में यही तो काम है मेरे पास। सच, अपनी स्मृतियों में जीते हुए, अपने से टकराते और अन्वेषित करते हुए मुझे सचमुच अच्छा लग रहा है। हमें मालूम न हो तब भी हमारे भीतर कितना कुछ भरा होता है, व्यक्त होने की प्रतीक्षा में। अवसर मिल जाता है तो अभिव्यक्ति के लिए भाषा भी मिल जाती है। मैं अपना यह शाप या दण्ड, जो भी कहें, अपनी इस दैनन्दिनी में काट लूँगा। बाद में फिर कभी अवकाश मिलेगा और अपने इन्हीं शब्दों से गुज़रूँगा तो खुद एक आश्चर्य से भर जाऊँगा।

अपने नित्य अनुभव को शब्द-रूप देने का यह काम भी नहीं करता तो मैं यहाँ क्या करता? कैसे बीतते ये दिन? इसी तरह मैं अपने जीवन को दुबारा

जी रहा हूँ। जो हो चुका, उसमें होने की ललक मुझे नया सुख दे रही है।

...अच्छा, वहाँ मेरी प्रिया अपने पहाड़ से ये दिन किस तरह काट रही होगी? कैसी होगी उसकी हालत? बिदा की वेला में वह तो मूर्च्छित हो गयी थी। फिर क्या हुआ होगा? रो-रोकर अपनी जान न दे दी हो कहीं? मेरे अपराध का दण्ड वह भुगत रही है। मुझ से प्रेम करने का दण्ड!

एक दुष्ट विचार मेरे मन में अब बार-बार आता है, धनपति कुबेर भी कभी मेरी ही तरह निर्वासन भोगे। उसे भी अनुभव हो, अपनी भूमि, अपने समाज, अपने स्वजन से दूर जाना और नितान्त एकाकी होना। वहाँ, जहाँ समय किस तरह बीत जाता है, पता नहीं चलता। मेरे स्वामी को भी कभी अनुभव हो कि एक क्षण कितना लम्बा और भारी हो जाता है। सच मानें, इस विचार से ही मुझे बहुत शान्ति मिलती है।...मेरे सोचने से भी क्या होगा? वो तो अलकापुरी के अधिपति हैं। उनको भला कौन दे सकता है दण्ड?

...चलो, इतने दिन बीते तो शेष दिन भी बीत जाएँगे। फिर एक दिन यहाँ से प्रस्थान। फिर अपनी प्रिया के पास। फिर वही अपार सुख की अथाहता। वहाँ फिर वही व्यवस्था होगी, मनुष्य की स्वतन्त्रता को छीन लेनेवाली। चाकरी होगी, बन्धन होंगे, वही ढर्रा होगा। वैसे ही सुख-दुःख होंगे। शाप से मुक्ति मिलेगी तो वे सारे बन्धन होंगे, जिनमें पुनः बँध जाना होगा। चलो, वह भी सही।"

"अब मैं कुछ ज्यादा ही बहकने लगा हूँ।"

"कुछ शिखर ऐसे होते हैं, जिनका हिम कभी नहीं पिघलता। इन पर हिम जमा होता रहता है और किसी दिन टूटकर बिखर जाता है। हिम-शिखर टूटते हैं। नया हिम फिर फिर जमा होने लगता है। फिर शिखरों को नया रूप मिलता और नयी ऊँचाई भी। ऐसी ऊँचाइयों पर हवा नहीं, हिम आँधियाँ चलती रहती हैं। ऐसी हिमता कि साँस लेना मुश्किल हो जाता है। शिराओं में रक्त नहीं, हिम प्रवाहित होता रहता है। इन ऊँचाइयों पर जीवन भी हिमवत। इसे जैसा चाहें परिभाषित कर लें, जीवन को या हिम को...। यहाँ रह-रहकर ये ठण्डे झोंके उन्हीं ऊँचाईयों से आ रहे हैं। इस शीत में, निशीथ में प्रिया किस हाल में होगी, पता नहीं।

कैसी है, यह गति? इसी गतिहीनता में मेरी दुर्गति हो रही है। मन है कि काल को फलाँगते हुए आगे भागे जा रहा है और अतीत में डूबा, आशंकाओं से घिरा मैं पीछे खिंचा जा रहा हूँ। मेरी इस दारुण स्थिति को कोई कैसे जान पाएगा? क्यों होगी किसी की मुझमें रुचि?''

''रामगिरि का यह प्रदेश, जहाँ मैं इस समय हूँ और अलकापुरी जहाँ से मैं अब निर्वासित हूँ, दो भूमियाँ मुझ से अजब खेल, खेल रही हैं। मैं यहाँ होकर भी यहाँ नहीं हूँ और जहाँ नहीं हूँ, मन वहीं भटक रहा है। इस तरह मैं न तो यहाँ हूँ और न ही वहाँ। तो क्या कोई तीसरी भूमि भी है, जहाँ मैं... ??? कौन-सी भूमि होगी वह?...मैं किस बुरी तरह फँस गया हूँ, इस दुष्चक्र में।

मैं अब विभाजित ही नहीं, पूरी तरह खण्डित हो गया हूँ, यही मेरी त्रासदी है। कोई मेरी तरह ऐसी त्रासदी का शिकार न हो।''

''कई बार लगता है, इस जीवन से तो अन्त ही भला।''

''जैसा कि हर प्रेमी अपनी प्रेमिका से करता है, वही घिसा-पिटा और बार-बार दोहराया गया वाक्य मैंने भी दोहराया था।''

''सुख की इस चरमता के अनुभव के बाद अब मैं मर भी जाऊँ तो...?''

''....................।''

''तुम हँसी क्यों?''

''क्यों, मेरी हँसी तुम्हें अच्छी नहीं लगी? तुम तो...''

''यह बात नहीं। तब भी...''

''तब भी क्या?''

''कुछ नहीं।''

''नहीं, मुझे बतलाओ।''

''तुम्हारा इस तरह मरना...''

''हाँ, हाँ मैं...''

तुम दुबारा हँस पड़ी थी। वह हँसी मुझे चीर गयी थी। सच तो यह है कि मुझे अपने ही कथन का खोखलापन नजर आ रहा था अब। पर मेरा पुरुष अहंकार आहत हो गया था, तुम्हारी उस हँसी से। तुमने ताड़ लिया था। तुम गम्भीर

हो गयी थी। तुमने कहा था—

"प्रिय! मुझको यह बतलाओ, तुम मृत्यु का उपहास कर रहे हो या जीवन का?"

और मैं निरुत्तर हो गया था। पहली बार नहीं, तुम्हारे सामने मैं कितनी ही बार निरुत्तर हुआ हूँ। उस दिन मैं चुपचाप तुम्हें देखता रहा। देखना ऐसा कि पता नहीं होता कि हम कुछ देख रहे हैं। शायद हम उसके पार कुछ देखते हैं, पता नहीं क्या? संकोच में भरी तुमने पूछा।

"ऐसे क्या देख रहे हो?"

"तुम्हें नहीं, तुममें देख रहा हूँ।"

"मुझमें क्या?"

"तुममें जीवन का ज्वार..."

"लो, अभी तो कह रहे थे...जैसे मैं तुम्हारी मृत्यु की निमित्त हूँ और अब मुझ में देख रहे हो, जीवन का ज्वार? सच क्या है?"

"सच केवल इतना है कि तुम्हारे सामने मैं बहक जाता हूँ बस। यह तुम्हारा सामीप्य..."

"मैं तो तुम्हारे सामीप्य में नहीं बहकती। कभी मृत्यु का विचार ही नहीं आता।"

जीवन में बस जीवन का ही विचार नये स्वप्न से भर जाता है। जीवन अनुपम है और इसका कोई विकल्प नहीं है। कुछ है?"

"कहा न, मैं बहक जाता हूँ।"

"मेरे भोले प्रिय..."

जब-जब मैं निरुत्तर हुआ। मेरे मन में प्रेम और घुमड़ा। भाषा में उसे समाधान देने की विफलता मुझे और गहरे प्रेम में धकेलती। जो भाषा में सम्भव नहीं, वह सब प्रेम में व्यक्त करने की कोशिश! कभी-कभी लगता, वह मेरी सन्तुष्टि के लिए मूर्खता का अभिनय कर रही है। कभी वह अभिनय मुझे अच्छा लगता और कभी नहीं। फिर भी वे दिन बड़े अच्छे थे। हम भी पंख लगाकर उड़ते थे और वे दिन भी...।"

"ये स्मृतियाँ ही अब मेरे इन कठिन दिनों में मेरे जीने का आधार हो गयी हैं। मैं तब भी मरने की बात करता था, पर वो बात दूसरी थी। अब मैं फिर मरने की बात सोचता हूँ। जीवन को समाप्त कर देने का विचार बहुत बार मन में आया।

यह विचार तब के वाक्य-विन्यास से बहुत अलग और काफी गम्भीर था।— इस तरह जीने का कोई अर्थ है? ऐसे घुट-घुटकर जीने से तो जीवन का अन्त ही भला।

हम लाख सोचें इस तरह, पर कुछ भी हो जाए, जीवन का मोह बहुत बड़ा होता है। सोच कितना भी लूँ, मैं मर नहीं सकता। वरना अब तक तो कभी का मर गया होता। यों मर जाना किसी समस्या का समाधान नहीं है। समाधान तो जीवन में मिलते हैं। जीवन है तो सम्भावनाएँ हैं। मैंने ही प्रिया को एक बार नहीं, हजारों बार कहा है—"मेरा सारा जीवन, मेरे जीवन की एक-एक साँस तुम्हारी है—मेरा अपना कुछ भी नहीं।" यह क्या मैंने कहने भर को कहा था? यदि नहीं तो अब अपने बारे में कोई भी निर्णय लेने का मुझे क्या हक है?"

मैं फिर अतीत की गहराइयों में गोता लगा जाता हूँ। मैंने क्या कहा था, वह तो याद नहीं आ रहा, पर वह मेरी बात पर हमेशा की तरह ही मुझे आहत करनेवाली हँसी, हँसी थी। मेरा मूर्खतापूर्ण प्रतिवाद था—

"तुम हमेशा इस तरह क्यों हँसती हो?"

"किस तरह?"

"तुम्हारी हँसी शल्य की तरह भीतर घुसी चली जाती है, तुम्हें पता है?"

"तुम्हें मेरे आँसू अच्छे लगते हैं, पर तुम तो उन्हें कभी अवसर ही नहीं देते।"

"मेरी हर बात तुम इसी तरह उड़ा देती हो। मेरी किसी बात को गम्भीरता से नहीं लेती। कभी तो..."

"क्या कभी तो....? मुझे तुम्हारी इस बात पर भी हँसी आ रही है।"

"तो हँसो।"

"तुम तो बुरा मान गये।"

"बुरा माना भी तो जाऊँगा कहाँ?"

"क्यों, कमी है यहाँ? यहाँ तो..."

"यहाँ तो क्या?"

"जीवन में जो वाक्य पूरा होता है, वही अक्सर गलत सिद्ध होता है। नहीं?"

"तुम दुष्ट हो।"

"वह तो मैं हूँ।"

उस दिन मैं बहुत आहत हुआ था। जब उसे भी लगा कि बात कुछ ज्यादा ही गम्भीर हो गयी है तो वो सँभली। उसने मुझे रिझाने की बहुतेरी चेष्टा की। वीणा के तार छेड़े। उसका गान सुनकर पवन रुक गया, पर उसका गान और वीणा

की झंकृति भी मुझे अवसाद से उबार नहीं सके। फिर उसने सुगन्धित फूलों की माला बनायी और प्रेम से मेरे गले में डाल दी। उस दिन तो फूलों की सुगन्ध भी बेअसर हो रही थी।...''क्यों, कमी है यहाँ? यहाँ तो...'' मेरी प्रिया ने मुझे लम्पट क्यों समझा? क्यों वह मुझे भी औरों जैसा ही समझती है? सन्देह करना हर स्त्री का स्वभाव होता है। क्या देखा उसने मुझमें?... ''यहाँ तो...'' अब मैं उसे आहत करना चाहता था। मुझे दुःखी करके वह सुखी हो, यह कैसे सम्भव था। मैं पुरुष, मेरा पुरुष अहंकार आहत हुआ था। अन्त में मुझे आलिंगन में लेकर उसने कातर होकर कहा था,

''मेरे अपराध का मुझे दण्ड दो।''

''हाँ, वह तो तुम्हें अवश्य मिलेगा।''

''तुम बहुत दुष्ट हो।''

''हाँ, मैं हूँ।''

और मैं पूरी 'दुष्टता' पर उतर आया था।

हम समुद्र हो रहे थे। ज्वार उठ रहा था। लहरें आकाश छू रही थीं। नहीं, हम आकाश छू रहे थे। अथाह जलराशि थी। केवल जल की सत्ता। लहरों की क्रीड़ा। टूटते तटबन्ध। अनन्त सुख था, जो हम पर बरस रहा था। समुद्र का सारा जल उस वृष्टि में भीग रहा था। एक राग था, जो पानी से पानी पर बज रहा था और पानी उस राग को सुन रहा था।

मैं एक क्षण को पता नहीं क्यों, कैसे उस सुख से बाहर आया था। बस क्षण मात्र को। मैंने देखा, वह—मेरी प्राण-प्रिया रो रही थी। चुपचाप निःशब्द। मैं चौंका।

''क्यों क्या हुआ?''

वह बोली कुछ भी नहीं। वह डूबी-डूबी आँखों से मुझे देख रही थी। फिर अचानक बाँध टूट गया। मैं सचमुच घबरा गया था। ऐसा क्या हो गया? मैं सोचने लगा, पर कुछ भी समझ में नहीं आया। मैंने कहा—

''कुछ बोलो! मुझे बतलाओ तो?''

''मुझे छोड़ दो, थोड़ी देर के लिए अकेला।''

''आखिर हुआ क्या?''

''पता नहीं।''

''मुझसे फिर कुछ...?''

''नहीं।''

''तो?''

मैं सोचने लगा, ऐसा हुआ क्या? स्त्री को समझना असम्भव है। अभी-

अभी तो वह मेरे लिए वीणा के तार छेड़कर गा रही थी। अभी तो उसकी फूलमाला के ये फूल भी नहीं कुम्हलाये। अभी तो...। फिर यह अचानक?

मुझे अचानक कुछ सीढ़ियाँ दिखाई दीं। ये मेरे लिए नयी थीं। मैं ये सीढ़ियाँ उतरने लगा। एक गहरी सुरंग, अँधेरी। कुछ भय भी था मन में, कहाँ पहुँचाएगीं ये सीढ़ियाँ? जितना भय था, उतनी ही उत्सुकता थी। मैं उतरता गया—उतरता ही चला गया। फिर लगा, यहाँ इस अँधेरे में कोई है। मैं देख नहीं पाया। बस सुना। अरे! यह तो मेरी प्रिया की ही तो आवाज है। गहरे विषाद में डूबी, वह खुद से कह रही थी :

"हम स्त्रियाँ-
हम केवल साधन?
हम पुरुषों के लिए मात्र देह?
अपने दुःख में डूबी
उनमें खोई
हम
परम सुखी होने का अभिनय करतीं...!!!

हम जानतीं
स्वयं को अपने माध्यम से।
करतीं,
उनके लिए श्रृंगार
छेड़तीं वीणा के तार
गूँथतीं पुष्प-माला उनके लिए
सब कुछ उनके लिए
वंचित स्वयं से...!!!

एक लीक
जिस पर चल रही हैं हम
जन्म-जन्मान्तर से
आतीं उनके लिए
जीतीं उनके लिए
सोचतीं
स्वयं को अलग कर सब कुछ से
और एक दिन
चली जातीं चुपचाप।

पानी बुझाता है
सबकी प्यास
पर
हम वो पानी
जो विकल अपनी प्यास में
हैं,
फिर भी अनुपस्थित
अपनी ही साँस में!!!

मैं पहली बार अपनी प्रिया में उतरा था, इस तरह चुपचाप। उसे जाना पहली बार, अपने अब तक के जानने से भिन्न। मैंने पहली बार उसे पाया। मैं शर्मिन्दा हुआ। मैंने उसे ही नहीं, अपने को भी जाना था। मैं सच के सम्मुख था और सच का सामना कर नहीं पा रहा था। उसे पता ही नहीं चला कि मैं एक चोर की तरह उसे टोह रहा हूँ। यदि उसे पता चल जाता तो वह फिर अभिनय शुरू कर देती। मैं अब तक उसके अभिनय को...? हर स्त्री क्या इसी तरह हर पुरुष के लिए अभिनय करती है? हम पुरुष क्या...?

मैं वापस अपने में लौटा, उन्हीं सीढ़ियों से। मैं सहज नहीं था। सहज हो पाना सम्भव नहीं था। वह या हर स्त्री जैसा सोचती है, सच उतना ही नहीं है। वह सच है तो सच इस परिधि से बाहर भी है। वह मेरा सच है, पर सच को सच के सामने खड़ा कर देना एक तरह से सफाई देने जैसा ही है। नहीं, मुझे सफाई नहीं देना है।

मुझे उस रात नींद नहीं आयी। मैं बहुत व्यग्र था। शायद इसी वजह से मैं अपने दायित्व का निर्वाह ठीक से नहीं कर पाया। शायद मुझसे अवज्ञा हुई। शायद...।''

''मैं फिर फिर कहता हूँ—'' मैं अपने लिए कुछ भी नहीं हूँ। तुम चाहे विश्वास न करो। पर मैं हूँ तो तुमसे ही हूँ। मैं तुमसे ही अपने अर्थ का विस्तार हूँ। तुम अपना या मेरा आकलन कैसा भी करो, मुझे, अपने को तुम्हें सौंपना ही है। मुझे विश्वास है और मैं जरा भी गलत नहीं हूँ—बिदा की बेला में तुम्हारे वे आँसू सच्चे थे। अभिनय के बावजूद तुम्हारा प्रेम केवल यान्त्रिक अभिनय नहीं था। मैंने तुमसे कहा था—''यह दण्ड भी पूरा होगा। हमें धैर्य नहीं खोना है।

हमें परीक्षा देनी है और सफल भी होना है।"

"मुझे तो दोहरी परीक्षा देनी है। और सफल होना है।...तुम किस तरह भर रही हो अपना खालीपन? क्या तुम भी मेरी ही तरह...?"

"सपने, सपने होते हैं, हमारे मन की गहराइयों में छुपी-दबी कामनाएँ या इन्हीं के आसपास अतार्किक भय। सपनों की जड़ें नहीं होतीं, फिर भी ये बुरी तरह जकड़ लेते हैं। ये कितने सच-कितने झूठ, ज्ञात नहीं, पर जब भी सपने आते हैं, सच से भी बड़ा सच लगते हैं। कई बार सपने एक शृंखला में आते हैं। कभी सम्बद्ध तो कभी असम्बद्ध।

उस रात मेरी प्रिय पत्नी ने भी एक स्वप्न-शृंखला देखी। सपने अक्सर याद नहीं रहते। रहते भी हैं तो आधे-अधूरे ही याद रहते हैं, पर उसे तो यह स्वप्न-शृंखला पूरी-पूरी याद थी। उसने सपने को इस तरह देखा, जैसे सपना नहीं, वह सच देख रही हो। उसने देखा था—

खूँटी पर टँगी उसकी मणि-माला को खूँटी निगल रही है। क्या हो रहा है यह? ऐसा होता है क्या? पर यह हो रहा था। वह सपने में डर रही थी। वह पुकार रही थी...और देखते वह मणि-माला पूरी की पूरी खूँटी में समा गयी। सपने में वह काँप रही थी। उसे लगा, निश्चय ही कोई अशुभ संकेत है, पर क्या?

इसी सपने में एक दूसरा सपना आ जुड़ा था—उसने देखा अपने भवन की बावड़ी का जल तेजी से सूख रहा है।...अब तो वहाँ केवल दल-दल, सारे स्वर्णकमल मुरझा गये। प्यास से विकल राजहंस मानसरोवर की ओर उड़े जा रहे हैं।

आकाश में धूमकेतु दिखाई दे रहा है।

फिर वह धूमकेतु भी गायब। चक्रवाक का जोड़ा तिनका-तिनका चुनकर पता नहीं कब से नीड़ बना रहा था। वह नीड़ नहीं, उनका एक सुख-स्वप्न था..। अचानक तेज आँधी चलने लगी। नीड़ उजड़ गया था। उस आँधी में तिनके उड़ रहे थे। सारा किया-कराया व्यर्थ हो गया था। उस आँधी में चक्रवाक-युगल का क्रन्दन आकाश को वेध रहा था।

"उठो तो..."

मैंने गहरी नींद में अपनी प्रिया की भीत पुकार सुनी। लगा, यह मैं सपने में सुन रहा हूँ। मैं फिर भी जाग गया था। पूछा—

"क्या हुआ?"

"वह देखो।"

"क्या? कहाँ? कुछ भी तो नहीं।"

कुछ भी नहीं था। होता भी क्या? वह मुझमें सिमट आयी। बोली—

"मुझे डर लग रहा है।"

"तुमने जरूर कोई भयानक स्वप्न देखा है।"

"हाँ, सपना ही था। बहुत बुरा सपना। ऐसा सपना पहले कभी नहीं आया। उन सपनों में तो जीवन का अधूरापन पूर्ण हो जाता था और स्वप्न, जीवन में यथार्थ हो सुख को बढ़ा देते थे। वे स्वप्न तो जागने के बाद भी अंजन की तरह आँखों का शृंगार हो अँजे रहते थे और आज....?"

उसने अपनी स्वप्न-शृंखला को इस तरह सुना दिया, जैसे सपने व्यतीत न हुए हों।

"क्या यह किसी भारी अमंगल का संकेत है?"

मैंने उसे बहुतेरा समझाने की कोशिश की, पर मेरे प्रयास सफल नहीं हुए। मैंने कहा—

"सपने, बस सपने हैं, आये और चले गये।
ये हम हैं, जो केवल आशंकाओं में दले गये।"

अरे, यह तो अनायास एक छन्द हो गया। मैं गुनगुनाने लगा—"सपने, बस सपने हैं..." उसे मेरी यह ठिठोली जरा भी नहीं सुहाई?

"यह ठिठोली करने का समय नहीं है।"

मैंने समझाया था—"स्वप्न का वास्तविकता से कोई नाता नहीं होता।"

"तो फिर ऐसे स्वप्न आते क्यों हैं?"

"मुझे तो नहीं आते।"

"तुम गम्भीर होते ही कहाँ हो?"

"ऐसी गम्भीरता का क्या अर्थ, जो हमारे सुख छीन ले? तुम स्त्रियाँ..."

"तुम स्त्रियाँ क्या?"

"तुम स्त्रियाँ स्वभावतः शंकालु होती हो।"

"और तुम आँखें मूँदे रहते हो।"

मैं जानता हूँ, विवाद में मैं कभी जीत नहीं सकता। मुझे ऊब होने लगती है। मैं अपनी भलाई इसी में मानता हूँ कि पराजित होने के पहले मैं अपनी पराजय स्वीकार कर लूँ। मेरा तो मत है—जो समय हमारे पास है, उसे भरपूर जिओ। केवल आशंकाओं से घिरकर वर्तमान की उपेक्षा करने का कोई अर्थ नहीं है। मैं वही देखता हूँ, जो ठीक मेरी आँखों के सामने होता है और जो है, वह मेरे

लिए सत्य है। जो है ही नहीं, उसे मैं कल्पित नहीं करता।...स्त्रियों में सूँघने की शक्ति जबरदस्त होती है। वह क्या नहीं सूँघ लेती हैं? उसी सुगन्ध में वे दु:खी और सुखी होती रहती हैं।''

''सपने सच नहीं होते, औरों की तरह मैं भी यही मानता था, पर सपने सच भी हो जाया करते हैं, यह अब निर्वासन भोगते हुए अनुभव कर रहा हूँ। मेरा नीड़ भी वैसा ही तो उजड़ गया है, जैसा मेरी प्रिया ने उस रात स्वप्न में चक्रवाक पक्षी का नीड़ उजड़ते हुए देखा था।''

''दिन हैं कि बस कट रहे हैं। पहाड़ से दिन हैं और रातें तो और भी अन्तहीन काली और भयावह! करने को यहाँ कुछ भी नहीं है, पर गहरी निष्क्रियता भरी थकान सदा बनी रहती है। वहाँ अपने स्वामी का भय था। यहाँ कोई भी नहीं, पर मेरा भय जो इस अकेलेपन की उपज है, उस भय से कहीं अधिक भारी है। मैं यहाँ करूँ तो क्या करूँ, समझ में नहीं आता।

वहाँ अलकापुरी में मैंने क्या किया? अपने स्वामी की सेवा ही तो की। उस बन्धन में मैंने अपनी मुक्ति के कम सपने देखे? वहाँ वह कर्म करना पड़ता था, जो मैं करना नहीं चाहता था। बस, बाध्यता थी, इसलिए मुक्ति की कामना भी प्रबल होती जा रही थी। अब मैं पूरी तरह से मुक्त, पर कितना? एक दास ही मुक्ति के सपने देखता है हमेशा।

एक बन्धन और भी था। माना, वह बन्धन बहुत मधुर था, फिर था तो बन्धन ही न? दो अलग-अलग तरह के बन्धन थे। इसलिए तनाव भी अधिक था। यहाँ न तो उस तरह का बन्धन और न ही वैसे तनाव, नितान्त मुक्ति के भी अपनी तरह के अलग तनाव होते हैं, यह मैंने अब जाना।

अनासक्ति और आसक्ति, आसक्ति में बस भूख, भूख और केवल भूख। कभी न तो स्वाद का अनुभव किया और न ही तृप्ति का। एक यान्त्रिक जीवन जी रहा था, मैं वहाँ उन दोनों ही स्तरों पर।....मैं अकेला ही नहीं था, वहाँ अलकापुरी में। अपने-अपने प्रभाव में हर कोई ऐसा ही जीवन जी रहा था और अनासक्त होकर अपना कर्म किये जा रहा था। अगर वहाँ के जीवन को परिभाषित करें तो वह परिभाषा होगी—'भोग में भय और भय में भोग।' वहाँ किसी को

मालूम ही नहीं है कि इन हिमानी शिखरों के परकोटों के बाहर भी कोई संसार है, उनके संसार से भिन्न। वहाँ से दूर भी कोई बसावट है और वहाँ के निवासियों से नितान्त भिन्न हैं यहाँ के निवासी। कर्म अलग हैं। भय अलग है। सुख-दु:ख भी बिल्कुल अलग हैं।

मैंने यहाँ आकर पहली बार जाना कि यहाँ के लोग केवल अपने लिए और सिर्फ अपने में ही नहीं जीते। औरों के लिए भी जीते हैं। यहाँ, एक का सुख सबका सुख होता है और किसी एक का दु:ख हर एक का दु:ख। यह तो मैंने यहाँ आकर जाना कि दु:ख भी गाया जा सकता है। और दु:ख में से भी ये लोग अपने लिए कोई न कोई सुख खोज लेते हैं। सचमुच अद्‌भुत लोग हैं ये!! बिल्कुल अलग मिट्टी से बने!!!''

''स्थिरता, जड़ता का पर्याय है और गति जीवन का। गति भी यान्त्रिक हो जाए तो उसमें भी नावीन्य समाप्त हो जाता है। हमारा हृदय धड़क रहा है, यही और इतना भर ही जीवन का संकेत नहीं है। जीवन का अर्थ है यात्रा, निरन्तर आगे बढ़ना। कुछ नया करना। नया सोचना। तय करना कि हम क्या करें? जो कर रहे हैं, उसके कुछ बड़े और व्यापक अर्थ हैं, वैसा करना ही नयी ऊर्जा देता है। अपने दायरे के बाहर भी हमारे सरोकार हैं और हम एक बड़े समाज का अंग हैं, यह विचार ही हमें पूरी तरह से बदल देता है। मैं इतना कुछ सोचने लगा हूँ तो लगता है, मैं काफी कुछ बदल गया हूँ।

मैंने तो यहाँ आकर ही प्रेम के महत्त्व का अनुभव किया। भोग से रहित प्रेम के स्वाद को चखा। जाना, प्रेम जितना नैकट्य में विकसता है, उससे कहीं अधिक वह दूरी में प्रगाढ़ होता है। प्रगाढ़ ही नहीं होता, परिपक्व भी होता है। इस दृष्टि से यह निर्वासन बुरा नहीं है। अब मैं जब भी लौटूँगा, वैसा नहीं लौटूँगा, जैसा अलकापुरी में मैं था।

यहाँ के एकाकीपन में मैंने जिस तरह अपने को आविष्कृत किया है, मैं सचमुच चकित हूँ। अपने अनुभवों को भाषा देना, मुझे बहुत भला लग रहा है। नहीं, यह प्रलाप नहीं, निरन्तर आत्मसंवाद है। मुझे लग रहा है, मैं जाग्रत हूँ। मैं अपने को एक नये रूप में ढालना चाहता हूँ। मैं चाहता हूँ, कुछ मैं नया रचूँ। और यहाँ का नयापन मुझे रचे, यह व्यप्ति मुझे, मेरे सोच को, मेरे कर्म को विस्तार दे।''

त्वामासारप्रशमितवनोपप्लवं साधु मूर्ध्ना
वक्ष्यत्यध्वश्रमपरिगतं सानुमानाम्रकूटः।
न क्षुद्रोऽपि प्रथमसुकृतापेक्षया संश्रयाय
प्राप्ते मित्रे भवति विमुखः किं पुनर्यस्तथोच्चैः॥

दो

"...यह जनपद मेरे लिए अब भी अपरिचित-सा ही है। यहाँ होकर भी मैं अब तक यहाँ का नहीं हो सका। मैं सबसे ही नहीं, अपने से भी तो अलग-थलग हो गया। मैं जितना आत्मकेन्द्रित रहा, अब उतना ही बिखरा हुआ हूँ। मैं अपने सोच में आकाश-पाताल एक करता रहता हूँ, पर उतना ही आत्म-कारा में बन्दी। यही मेरा दण्ड है। यह पूरा जनपद मेरे लिए एक खुला कारागार।

यहाँ के निवासी तो काफी मिलनसार हैं। प्रेमी जीव। मुझ अपरिचित को यहाँ देख उन्हें सन्देह भी हुआ और उत्सुकता भी जागी। मैं यहाँ रहकर इस तरह दूर-दूर रहूँ, यह उन्हें अच्छा नहीं लगता था। अपने में सम्मिलित करने की उन्होंने कोशिश भी कम नहीं की। बल्कि उन्हें मेरे व्यवहार पर आश्चर्य ही होता था। एक दिन ग्राम प्रमुख मेरे पास आये। वे गाँव के मुखिया ही नहीं, सबके पिता-तुल्य भी थे।

"क्या हो रहा है?"

"बस, कुछ भी नहीं।"

"फिर भी?"

"क्या होना है?"

"तो आइए! कब तक यों अलग-थलग रहेंगे सबसे? मिलिए-जुलिए। आपको अच्छा ही लगेगा।"

"आप सही कह रहे हैं।"

"तो समस्या क्या है?"

"मुझे नहीं मालूम।"

"तो फिर कोई समस्या नहीं है।"

"पूज्यवर! 'नहीं मालूम' का अर्थ यह नहीं कि कुछ है नहीं। जो है, वह इतना जटिल और अबूझ है कि उसे सरलीकृत नहीं किया जा सकता।"

"एक बात कहूँ, बुरा तो नहीं मानोगे?"

''बिलकुल नहीं, बल्कि आपसे बात करते हुए। आज मुझे बहुत अच्छा लग रहा है।''

''तो तुम अपने दुःख को अपनी निधि मानकर सहेजो मत। उसका साझा करो।''

''साझा! किससे?''

''अपनों से।''

''यहाँ मेरा अपना कौन है? मैं अपनों से बहुत-बहुत दूर यहाँ एकदम अकेला...''

''देखो, अपना कोई होता नहीं, अपना बनाना पड़ता है। अपने में किसी को अपना बनाने की ललक हो तो पराये भी अपने हो जाते हैं। क्या तुममें वह ललक है?''

''क्या यह इतना आसान है?''

''कठिन भी नहीं है, अगर चाहो तो।'' हम तो स्वभावतः सामाजिक हैं।

''हम...?''

''क्यों, क्या कठिनाई है?''

''...क्यों कठिनाई क्या है?'' अब मैं ग्राम प्रमुख को क्या बतलाऊँ कि क्या कठिनाई है। वे भला क्या समझ सकते हैं। मेरी कठिनाई को? उस दिन ग्राम प्रमुख चले गये, पर कुछ सवाल छोड़ गये थे। कितनी आसानी से उन्होंने कह दिया था—''मेरी समस्या कोई समस्या नहीं है।'' उन्हें भला क्या मालूम कि अपने अधिपति के अनुचर होने का क्या अर्थ है? अपने स्वामी के कोप-भाजन होने का क्या अर्थ है? अपनी प्रिया की निकटता और फिर बिछोह का क्या अर्थ है? विस्थापन का क्या अर्थ होगा? पीड़ा क्या होती है?

मैं केवल एक जातिवाचक संज्ञा। मैं अपने स्वामी का अनुचर, यही मेरा विशेषण। मैं अपनी प्रिया का बिना मोल का चेरा। मैं अर्थात् कितने ही बन्धनों में बँधा-छटपटाता एक व्यक्ति। व्यक्ति भी नहीं, एक नगण्य-सा जीव। मैं यहाँ अपने स्वामी, अपनी प्रिया से दूर, मुक्त, पर उनकी स्मृतियों में इस तरह घिरा कि पहले से कहीं अधिक आबद्ध।

ग्राम प्रमुख ने कहा—''तुम अपनी खोज शुरू करो।''

''पर कैसे?''

''कैसे, सबको अपने-अपने ढंग से अपने को खोजना और पाना होता है।

इस प्रयत्न में किसी का अनुभव काम नहीं आता। हाँ, इस कोशिश में अद्भुत सुख मिलता है। कह सकते हो, एक पुनर्जन्म होता है।''

''हर एक के जीवन में एक बार तो अवसर आता ही है, जब वह प्रश्न करता है कि आखिर वह है कौन? आज मुझे भी यह प्रश्न रह-रहकर उद्वेलित कर रहा है कि आखिर मैं हूँ कौन? यदि मैं वह नहीं हूँ, जो अब तक था तो फिर मैं कौन? मेरी पहचान क्या? मेरा अपना अस्तित्व?

ग्राम-प्रमुख फिर किसी दिन आएँगे। वे मेरे रूखे व्यवहार का बुरा नहीं मानते। धीरे-धीरे वे मुझे अच्छे लगने लगे हैं। मैं उनसे सहमत नहीं हो पाता, फिर भी उनकी बातों में दम लगता है। वे कभी उत्तेजित नहीं होते जैसे मैं हमेशा रहता हूँ। वे आग्रह भी नहीं करते। वे कहते हैं—''हममें घुलो-मिलो।''

मैंने कहा था—''मुझे यहाँ टिकना थोड़े ही है।''

''इससे क्या फर्क पड़ता है?''

''फिर नाहक क्यों?''

''जब तक हो यहाँ, देखो तो यहाँ के लोगों को। जानो तो यहाँ के भी सुख-दुःख। जोड़ो तो यहाँ की मिट्टी से अपना नाता। महसूसो तो सही यहाँ के अन्न-जल का स्वाद। और जब भी यहाँ से वापस लौटो, तुम्हारे पास यहाँ के कुछ अनुभव हों।''

मैं ग्राम-प्रमुख से जो भी प्रतिप्रश्न करता था, उनसे पीछा छुड़ाने के लिए करता था। मुझे लगता, क्यों यह व्यक्ति मेरे एकान्त को नष्ट कर रहा है?''

''ग्राम-प्रमुख इधर कुछ दिनों से नहीं आये। तो एक अजीब-सी बेचैनी हो रही है। यह एक दूसरे तरह की बेचैनी है, जो अब तक नहीं हुई। संवाद के लिए बेचैनी। आश्चर्य कि अब मुझे अलकापुरी की, अपनी प्रिया की वैसी याद नहीं आती। न ही अपने स्वामी की कारगुजारियों पर ध्यान जाता है। चकित हूँ, कोई कैसे अपने लिए इस तरह जगह बना लेता है। पहले लगता था, मैं अपनी यादों के सहारे अकेला नहीं हूँ। अब लगता है, अब कोई है उन यादों के अलावा भी जो बिलकुल अलग तरह से अपनी जगह बना चुका है।

इन दिनों ग्राम-प्रमुख क्यों नहीं आ रहे हैं? कहीं वे अस्वस्थ तो नहीं हैं? क्या हुआ वे नहीं आ रहे तो मुझे ही उनके पास जाना चाहिए। मैं जरूर जाऊँगा।

''आज पहली बार मैं बस्ती में गया। एक खिंचाव मुझे वहाँ ले गया। यह खिंचाव उस खिंचाव से अलग था, जो मैं अलकापुरी में अनुभव करता था। यह मेरी सामाजिकता का किंचित् ही सही, पर विस्तार था। क्या यह यहाँ की हवा-मिट्‌टी का असर था? जो हो, यह अपने से बाहर आने और जुड़ने की पहली कोशिश थी। मुझे सचमुच अच्छा लग रहा था। एक ऐसा नाता, जो नाते जैसा था ही नहीं पर अपनी ओर खींच रहा था।

हमारी अलकापुरी से बिलकुल भिन्न थी यह बस्ती। जहाँ अलकापुरी में सब कुछ स्वर्ण-खचित और रत्नजटित था। यहाँ सब कुछ कच्चा-मिट्टी का। कच्चे घर, कच्चे रास्ते धूल भरे। एक नैसर्गिक सुगन्ध थी मिट्टी की। लगा, यहाँ के लोग भी इसी मिट्टी के बने हैं। उनमें से भी मिट्टी की वही गन्ध फूट रही थी। जैसे मिट्टी का धर्म होता है, कोई बीज पड़ा नहीं कि वह फूट जाता है, वैसा ही मन था, यहाँ के लोगों का उर्वर। पहली बार अनुभव हुआ, सुगन्ध स्वर्ण-रत्नों से नहीं आती, केवल मिट्टी से आती है। मैं अब तक जिन सुगन्धियों का अभ्यस्त रहा हूँ, वे सभी कृत्रिम सुगन्धियाँ थीं। मानवीय नैसर्गिक गन्ध को दबातीं। यहाँ आने के बाद आज मुझमें उत्साह जागा था। यह जुड़ने का असर था। लगा, सबसे कटने पर आप खुद अपने से ही कट जाते हैं। मुझे अचानक लगा कि मैं जो शापग्रस्त और निर्वासित होकर केवल स्मृतियों का स्तूप होकर रह गया था, अब अपने में प्रवाहित कल-कल सुन रहा हूँ। मुझमें कुछ दबा या यहाँ आकर पड़ा कोई बीज विकस रहा है।

ग्राम-प्रमुख का घर भी बस्ती के और तमाम घरों की तरह सामान्य घर था। गोबर-मिट्टी से लिपा। यह ग्राम-प्रमुख का घर? इस घर से तो हम वहाँ दासों-अनुचरों के घर भव्य थे। इनके घर पर न तो पताका और न ही तोरण। न मोर आँगन में नृत्य करते। न शुक-सारिका के सम्वाद। यह तो अच्छा हुआ, गृह-स्वामी घर के बाहर ही मिल गये, वरना मैं तो ऐसे ही चक्कर लगाकर यहाँ से निराश लौट जाता।

उन्होंने मुझे दूर से ही देख लिया था और मैंने भी उतनी ही दूर से मुझे देखकर उनकी आँखों में आयी चमक को देख लिया। वे मुझे लेने के लिए बढ़ आये थे। उनकी पाग भी इस अतिरेक में ढीली हो गयी थी, जिसे उन्होंने जतन

से सम्भाला था। मुझे लगा, मेरा यहाँ आना सचमुच सार्थक हो गया। मैं उनकी प्रसन्नता में अपनी प्रसन्नता को भी देख रहा था। मैं भी उतना ही प्रसन्न था, जितने ग्राम-प्रमुख थे।

"मुझे विश्वास था, तुम जरूर आओगे।"

"क्या सचमुच विश्वास था?"

"हाँ, पक्का विश्वास था।"

"आप नहीं आये, इतने दिनों से तो..."

"चलो, अच्छा ही हुआ न?"

"हाँ, अच्छा तो हुआ फिर भी...?"

"कई-कई काम लगे रहते हैं। ग्राम-प्रमुख होने के कुछ दायित्व कई बार बुरी तरह से उलझा लेते हैं। छोड़ो...।"

"आपके कामों में मैं बाधक तो नहीं हो रहा?"

"अरे, बाधा कैसी? काम, काम की तरह चलते रहते हैं। कैसे हो?"

"आप कैसे हैं?"

"अच्छा ही। आज हमारी गोरू ने बछिया जनी है। कितना अच्छा मौका है न, आज ही तुम आये? आओ।"

गोरू के बछिया जनने की खुशी में मेरे अचानक पहुँचने की खुशी उनमें समाये नहीं समा रही थी। वे बोले—

'यही हमारा धन है। तुम उस नवजात बछिया को देखोगे तो खुश हो जाओगे कितनी प्यारी, कितनी सुन्दर।"

मुझे लगा था, सहसा एक लम्बी काली छाया जो मुझे अब तक घेरे थी, हट रही थी। गोरू की बछिया मेरी आँखों के सामने आ गयी थी। जबकि मैं अभी ग्राम-प्रमुख के घर की देहरी भी नहीं चढ़ा था। कितनी सुन्दर थीं उसकी आँखें। गोरू बहुत प्रेम से बछिया की त्वचा को चाट रही थी और बछिया की त्वचा में कम्पन उसकी चमक को और बढ़ा देता था। हमारे वहाँ तो कामधेनु थी। बस, हम कामना करते और सब कुछ प्राप्त हो जाता था। हमें कभी यह विचार ही नहीं आया था कि कामधेनु की भी कोई कामना हो सकती है। ग्राम-प्रमुख की गैया की यह बछिया उस गैया की कामना ही थी। गैया के थन दूध से ऐसे भरे थे कि अब दूध अपने आप बह निकलेगा। इससे पहले इतना सुखी प्राणी मैंने देखा ही नहीं था।

एक काली छाया मुझ पर से हट गयी थी। मैंने अनुभव किया, मैं एक कमल की तरह खिल रहा हूँ। उजास ने काली छाया के जादू को तोड़ दिया है। उजास के इस मैदान में मैं रोमांचकारी पुलक!"

"ग्राम-प्रमुख के निवास की बाहरी दीवार पर लोक शैली के चित्र बने थे। इनमें अलकापुरी के भव्य भवनों में उत्कीर्ण चित्रों जैसी परिश्रमजन्य भव्य आलंकारिकता और बारीकियाँ चाहे न हों, पर उनकी सादगी में भी गजब का आकर्षण था। प्रकृति से जो रंग सहज उपलब्ध हो गये, वे ही इन अंकनों में प्रयुक्त हुए थे। ये चित्र इस बस्ती की जीवन-शैली की अभिव्यक्ति थे। या कह सकते हैं, यहां के निवासियों के जीवन में जो अभाव थे, जैसे हाथी-घोड़े इनके जीवन में कभी सम्मिलित हो ही नहीं सकते थे, वो सब इन घरों की दीवारों पर सज गये थे। प्रवेश द्वार पर गणेश विराजमान थे। मैं इन चित्रों में खो गया। ग्राम-प्रमुख ने कहा था,

"खालीपन, वो दीवारों पर हो या जीवन में, हमें नहीं सुहाता। कुछ न कुछ होना चाहिए। जैसा हमारा जीवन, वैसा ही यह अनगढ़ अंकन हमारे अनसधे हाथों और मन के उत्साह का परिणाम।"

मैंने कहा था, "बहुत सधा-बँधापन भी जकड़ लेता है। वह सहज नहीं बनावटी हो जाता है। एक साँचे में ढला सब कुछ बासी लगने लगता है।"

जब मैंने यह बात कही तो क्या मैं अनायास ही अपनी जीवन-शैली की जड़ीभूतता पर टिप्पणी तो नहीं करने लगा था? फिर दूसरे ही क्षण विचार आया, तो मुझे यहाँ कुछ समय बिताना है जाना और होना तो मुझे अपने उसी समाज में है। बस, यह चार दिनों का नयापन मुझे बाँध रहा है तो क्या? जो कुछ नया होता है, वह हर एक को लुभाता, मुझे भी इसी वजह से तो सब कुछ अच्छा लग रहा है। मैं यही सब कुछ सोच रहा था कि ग्राम-प्रमुख ने मुझे फिर उबार लिया।

"बहुत कठिन और चुनौती भरा जीवन है हमारा। जो कुछ है, हमारे परिश्रम का परिणाम है। हमें सहज कुछ भी नहीं मिलता। इसलिए जो भी मिलता है, वह हमारे लिए मूल्यवान और सुखकारी होता है। खूब मेहनत करते हैं। खूब भूख लगती है। गहरी नींद सोते हैं और तरोताजा हो उठते हैं अपने काम में जुट जाने के लिए।"

"आप तो ग्राम-प्रमुख हैं, आप भी...?"

"इससे क्या? जो मेरा काम है, वह तो मुझे ही करना है, वह कोई और आकर थोड़े कर देगा।"

"पर आप तो मुखिया हैं?"

"इससे क्या? यह एक अतिरिक्त दायित्व है।"

ग्राम-प्रमुख के इस कथन से मैं फिर से अपने में खो गया। कितना भिन्न तन्त्र है, यहाँ का और वहाँ का। एक भिन्न सोच का परिणाम। मेरे स्वामी कुबेर क्या करते हैं? वहाँ सब कुछ सेवक ही करते हैं। अनुचर, क्रीत दास करते हैं। स्वामी केवल आदेश देता है और सब पालन करते ही हैं, उसके आदेश का। भय हमें कार्य करने के लिए बाध्य करता है। हम भूल ही जाते हैं कि हमारा कोई अलग से अस्तित्व भी है और यहाँ ग्राम-प्रमुख कह रहे हैं—"जो काम मेरा है, वह तो मुझे ही पूरा करना है। वह कोई और आकर थोड़े कर जाएगा।"

मुखियाजी के घर में से स्त्री-स्वर में कोई बहुत ही मीठा गान बाहर आ रहा था। ठेठ लोक बोली में वह गान था। मेरे लिए चाहे वह गान अर्थ से परे हो, पर उसके स्वरों की मिठास मुझे मीठा बना रही थी। मैंने ग्राम-प्रमुख से पूछा—

"घर में इतना मीठा कौन गा रहा है?"

"घर की मालकिन।"

"कितना सधा हुआ स्वर है उनका।"

"हमारा सारा जीवन गान से ही सधा है। गान हमारे जीवन को साध लेते हैं। इसी तरह जीवन कट जाता है। हम खुशियों को गान में बाँध लेते हैं, उतनी ही कुशलता से जीवन के कष्टों को भी सुरों में साध लेते हैं। और इस तरह कष्ट, कष्ट नहीं रह जाता है।...फिर यह तो बुढ़िया के लिए खुशी का अवसर है, इसलिए उसके स्वरों में कुछ ज्यादा ही उल्लास है।"

"महाशय! क्या आप मुझे इस गीत का भाव समझाएँगे?"

"भाव? पूरा मजा तो गीत में है और उन स्वरों में जिसमें वो बाँधा गया है। फिर भी..."

ओ नवजात!
माँ की कोख का सुख लिया तूने
या लिया सुख
तेरी माँ ने
तुझे पाल नौ मास
अपनी कोख में?

मंगल बाजे बज रहे अयोध्या में,

मथुरा में बज रहे,
बज रहे ऊपर आकाशों में।

जनकपुर में,
गोकुल में,
पूरी धरती फहरा रही पताकाओं सी
समुद्र में उठती है हरख, लहरों सी।
उठती है हरख माँ में...

देवकी ने जन्मा
यशोदा ने पाया—
गंगा और जमना (यमुना) ने
बधावा गाया
धन्य-धन्य एक पाकर तुझे
अपनी कोख में
पाकर दूजी भी धन्य-धन्य
अपनी गोद में।

मैं चकित, एक बछिया के जन्म पर इतनी खुशी! लगा, गृहस्वामिनी अपने लिए ही यह गीत गा रही थी। मुखिया ने कहा था,

"ये पशु ही हमारा जीवन है। ये हम से अलग हैं ही नहीं। ये पशु शायद हमारे बिना जी जाएँ, पर हम इनके बिना रह ही नहीं सकते। क्यों न खुशी होगी, भला हमारी गोरू के बियाने पर। तुम हमें जानते नहीं हो न, इसीलिए यहाँ जो कुछ सहज सामान्य है, वह भी तुम्हें बार-बार चौंकाता है। कल जब यह बछिया हुई, तब बुढ़िया क्या गा रही थी बताऊँ?"

"यदि आपत्ति न हो तो अवश्य बतलाइए।"

"आपत्ति कैसी? तुम्हें भी तो मालूम हो उसका बौरायापन।"

"मेरी वाली (प्रिय) गोरू लाड़ी / पीपलामूल लेकर खड़ी हूँ मैं / तेरी सास / खड़े हैं तेरे ससुर / पी ले ये पीपलामूल / करते हैं विनती तुझसे / ओ बड़े घर की बेटी / इनका तो रख ले मान / खूब-खूब उतरेगा दूध / धापेगा तेरा लाल / ओ मेरी वाली गोरू लाड़ी / सोना तू फिर गहरी नींद।

खड़ी लेकर पीपलामूल जेठानी तेरी / विनती करते तेरे जेठ जी/ओ गोरू लाड़ी पी ले-पी ले पीपलामूल।

देवरानी लिए खड़ी पीपलामूल / देवरिया कर विनती / ओ भावज प्यारी पी ले तू पीपलामूल।

चिरपिरी है बहुत पीपलामूल / मुझ चन्द्रवदनी के जलते कोमल ओंठ/ना मैं पीऊँ जी पीपलामूल।

प्रीतम अरज करे / ओ प्यारी पी ले पीपलामूल / झट उछरे बालूड़ा तू पी ले पीपलामूल।

सतपुड़ा की लाओ शिलाजी / लाओ नरबदा की बटिया / पीसो पियाजी पिलाओ अपने हाथ से जी तो गट-गट पी जाऊँ पीपलामूल / पियाजी पी जाऊँ मैं तीती पीपलामूल।''

मैंने हँसते हुए कहा—''बूढ़ा! बौरा गई तू। गोरू के पूरे खानदान को ला खड़ा कर दिया।''

वो बोली, ''मुखियाजी! तुम क्या जानो एक औरत की खुशी। तुम सम्भालो अपनी पंचायत। अब यहाँ दखल मत दो। बाहर तुम्हारा राज और घर में घरवाली का। तुम अपनी अकल बाहर ही लगाओ। ये हमारा मामला है, इसमें दखल मत दो।''

''मैं बस...''

''मैं तो वैं तो कुछ नहीं, अपना काम देखो।''

''सच, आज तक चली है किसी की अपने गृहिणी के सामने? मैंने कहा तू जी भरकर गा। गा क्या नाच।''

''वो पूछँगी नहीं तुमसे कि क्या करना और क्या नहीं करना है।''

''कभी पूछा है?''

''मैंने कभी दखल दी तुम्हारे काम में?''

''तो यह है मुखिया जी की हालत उनके अपने घर में...।''

मैंने मुखियाजी से पूछा था,

''अच्छा बतलाइए, कभी आपके लिए भी ऐसा ही कोई मीठा गीत गाती है काकी माँ?''

यह 'काकी माँ' सम्बोधन अचानक ही मेरे मुँह पर आ गया था। उन बूढ़े

ग्राम-प्रमुख की आँखों में मेरे लिए ढेर-सा प्रेम उमड़ आया था। वे अपने को सम्भाल नहीं पाये। उनकी आँखों के कोने हल्के-से भीग गये थे। मैं क्या करूँ समझ नहीं पा रहा था। फिर वे सहज हो गये। बोले,

"अरे! मेरी तरफ देखने की फुरसत ही नहीं मिलती उसे। गाएगी क्या?"

"तो आप ही..."

"पागल हो गये? ऐसा कुछ किया तो दौड़ा लेगी मुझे इस उम्र में।"

कितनी बातें हुई थीं, मेरी ग्राम-प्रमुख से। इस तरह की बातें तो कभी जीवन में नहीं हुईं। होती भी कैसे, मैं इससे पहले कभी ऐसे प्रेमीले व्यक्ति से मिला ही कहाँ। पहली बार जाना कि इनमें अपने दु:ख को भी उतनी ही उद्दामता से गाने की क्षमता है। मैंने जाना कि बस्ती के इन लोगों में ही यह अद्भुत जीवट है कि ये अपने दु:ख को भी किसी राग में ढालकर उसे अपनी ताकत बना लेते हैं।"

"यहाँ आकर मैंने बहुत कुछ जाना। बहुत कुछ सीखा।"

त्वय्यायत्तं कृषिफलमिति भ्रूविलासानभिज्ञैः
प्रीतिस्निग्धैर्जनपदवधू-लोचनैः पीयमानः।
सद्यः सीरोत्कषणसुरभि-क्षेत्रमारुह्य मालं
किंचित् पश्चाद् व्रज लघुगतिर्भूय एवोत्तरेण॥

तीन

"...ये मेरे ही पंख थे, जिनके बल पर मैं कितनी-कितनी बार कितने-कितने आकाशों को नाप गया था। तब सारी दूरियाँ और ऊँचाइयाँ मेरी हद में थीं। तब तो मैं अपने सौर मण्डल और इसकी नीहारिका को ही नहीं, कई-कई नभगंगाओं को पार कर गया। अपने इस एक जीवन में मैं कितने ही प्रकाश वर्ष जिया-मरा। इसी एक जीवन में बार-बार पुनर्जन्म। मरण और फिर नया जन्म!! इस अनन्तता में मैं कितने ही महाप्रलय और नूतन सृष्टि के आरम्भ का साक्षी! धरती के वासियों को अब तक नहीं मालूम कि उनके इस धड़कते ग्रह के अलावा भी कहीं जीवन की धड़कनें हैं। अपने इन्हीं पंखों के बल पर मैंने कितनी ही महान् सभ्यताएँ इस ब्रह्माण्ड के अनाम ग्रह-नक्षत्रों पर देखी हैं। उनकी अद्भुतताओं को जाना और चकित हुआ। अपने इस एक जीवन में मैं कितने ही जीवन जी गया, इन्हीं पंखों के बल पर। इस यात्रा में कितनों से कितनी-कितनी बार मिले। मिले, फिर बिछड़े और फिर-फिर मिले!!!

इसी जीवन में सब कुछ खोया-पाया। एक अखण्ड लीला थी, जिसमें मैं था।

क्या हो गया आज मेरे इन्हीं पंखों को? किसने हरण कर लिया इनका सामर्थ्य? क्या ये वे ही पंख हैं?....या कोई जादू था, जो अब टूट गया है? गिरना कितना त्रासद होता है। जितनी ऊँचाई से गिरना, उतनी ही बड़ी दुर्घटना। मैं तो सदा ही अनाप ऊँचाइयों पर ही रहा और आज...

शायद कहीं कोई टिकने भर को ही सही, मुझे एक आधार मिल जाए, पर सिवा गहरी हताशा के अब कुछ भी नहीं। मेरे ये पंख भी अब केवल दुर्बल फड़फड़ाहट मात्र! अपनी उजली स्मृतियों के साथ मैं घनीभूत विषाद में घिरा यह जीवन भी अब जीवन नहीं। ये पंख अब अनावश्यक बोझ। मैं न अपने अतीत में और न ही वर्तमान में। मेरी एक आँख में अपना वह अतीत, तो दूसरी आँख में यह दारुण वर्तमान और इन दोनों से मिलकर बना एक तीसरा ही बिम्ब। यह

तीसरा बिम्ब ही मेरी सच्ची वास्तविकता। यह असह्य छटपटाहट।''

''एक गहरी बिल्लौरी खन्दक-चिकनी और सपाट। इस बिल्लौरी खन्दक पर मेरे कितने ही बिम्ब विचित्रताओं से भरे। बिम्बों की यह आज भीड़ मुझे चिढ़ा रही है। मैं किस तरह अपना ही विलोम हो गया। ये मेरा आधा-अधूरापन मुझे कभी पूर्ण नहीं होने देता। मेरी कोशिश कि मैं इसी तरह इस मायावी तिलिस्म से, अपने अगणित विभाजन से बाहर आ जाऊँ। मेरी इस कोशिश में मेरी ही इन हजारों बिम्बों-प्रतिबिम्बों की असफल कोशिशें, मेरी विफलताओं को हजार गुना करतीं। मैं इस बिल्लौरीगन की सपाट और अलंघ्य ऊँचाइयों को चढ़ जाने की विफल कोशिशों में एक कीड़े की तरह बार-बार गिर पड़ता। टकराता-लहूलुहान होता मैं, वाकई एक कीड़ा? क्या मुझे नष्ट हो-होकर महज एक कीड़ा हो जाना था? एक हठी, लिजलिजा और घृणित? बस, मैं एक ऊँचाई तक किसी तरह इस आशा में चढ़ जाता कि अब की बार तो...पर हर बार की तरह इस बार भी विफल।

यह मेरा कारागार है और मैं इसमें अपने बिम्बों-प्रतिबिम्बों के साथ दण्ड भोग रहा हूँ। मेरी हर कोशिश मुझे कुछ और पीड़ा दे जाती है। मैं लगातार पस्त हो रहा हूँ। शायद मेरी मुक्ति अब है ही नहीं।''

''तुम व्यर्थ कोशिश कर रहे हो।''

''तो क्या करूँ? कोशिश करना भी छोड़ दूँ? फिर...?''

''करो, करते रहो। कुछ नहीं होगा।''

''मरना तो...''

''वह भी नहीं।''

''और यह जीना, अपने मुँह चिढ़ाते प्रतिरूपों के बीच?''

''यही तुम्हारी नियति है।''

''मैं अस्वीकार करता हूँ।''

''तुम कुछ भी नहीं कर सकते।''

''मैं तुम्हारी शरण में हूँ। मुझे मुक्ति दो।''

''मुक्त तो कोई नहीं है। हर कोई अपनी-अपनी खन्दक में बन्दी है। तुम्हारी ही तरह रक्तरंजित।''

''तो...?''

''न तुम बाहर आ सकते हो और न ही अपने प्रतिरूपों से बच सकते हो।

बस टकराते रहो।''

''तुम मुझे कमजोर बना रहे हो। क्यों?''

''मैं तो कुछ भी नहीं कर रहा। तुम महाबली बन जाओ।''

''....''

''तुम तो चुप हो गये। क्या इस तरह?''

''मैं...''

''हाँ, तुम कुछ भी नहीं कर सकते। अपनी इस वास्तविकता को स्वीकार लो।''

''अपने कीड़े हो जाने की वास्तविकता को?''

''यह भी तो तुमने ही माना है।''

''मेरी सहायता करो।''

वह आवाज चुप हो गयी।

''बोलो।''

''...''

''मुझे अकेला मत छोड़ो। खन्दक चाहे अप्रिय ही सही, एक संलग्नता का बोध तो देती ही है। अपने होने का भी। मैं नहीं जानता कि तुम कौन हो? हो भी या नहीं, पर हो तभी तो संवाद जारी है। कटु या चुभता हुआ ही सही, पर बोलो।''

फिर चुप्पी छायी तो ऐसी छायी कि लाख कोशिशों के बावजूद टूटी ही नहीं। वह बिल्लौरीपन भी ठोस अन्धेरे में बदलता गया। वे मेरे बिम्ब भी उस अँधेरे में समा गये। रहे बस मैं और मेरा अकेलापन। मैं सोच रहा था—वह जो सम्वाद चल रहा था, अभी तक वह मेरी अपनी पराजित आत्मा से मेरा सम्वाद तो नहीं था? तो अब पराजित ही सही, पर मेरी आत्मा की यह चुप्पी, मुझे छीजती रही।''

''ये ग्रीष्म के तपन भरे दिन हैं। ये लम्बे दिन काटे नहीं कटते। मनुष्य ही नहीं, पशु-पक्षी तक विकल हैं। दिन की तपन रात में भी बनी रहती है। नींद नहीं आती। फिर ध्यान जाता है, अपने अतीत पर। कैसे दिन थे वे।''

तपते ग्रीष्म के दिनों में अलका में भी सारी गतिविधियों की सक्रियता पर क्लान्ति छायी रहती थी। बस, यही कामना कि किसी तरह दिन ढले। जलाशयों के जल भाप बन उड़ने लगते। मन ही नहीं होता था, सरोवर से बाहर निकलने

का। हर कोई चाहता था कि भुवन भास्कर अपनी तपन समेटकर बिदा हों और अन्ततः दिन ढलता। आकाश तारक-दीपों से जगमगा उठता। सरोवर में कमल पुष्प बन्द हो जाते, पर मन के कमल खिल उठते।

सद्यस्नाताओं के चन्दन चर्चित उरोज, पुष्प सज्जित केश-राशि, प्रथुल नितम्बों पर ठहरी करधनी और इनकी हंस गति युवकों के मन की तपन को शान्त करती थीं। रसिकों के मन चाह जागती कि चन्द्रकिरणों में नहाई अटारियों पर अपनी साँसों में उफनती मदिर-गन्ध को ये सुन्दरियाँ अपने गीतों और वीणा की झंकार से और मादक बना दें।

ग्रीष्म की इन रातों में सबके भीतर काम धीरे-धीरे सुलगता। अग्नि, अग्नि को भड़काती है और अग्नि ही अग्नि को शान्त करती है। प्यास है कि बुझती नहीं है। महीन वस्त्र भी तन काटते हैं। श्वेत पुष्पों की माला और कामिनियों के चंचल मदिर आमन्त्रण से भला कौन उत्तेजित नहीं होगा। ग्रीष्म की तपन, राग भी उत्पन्न करती है और वैराग्य भी। राग-विराग का अजब रसायन उत्पन्न हो रहा है।

श्लथ कामिनियाँ अपनी अटारियों पर सो रही हैं। वे किसी मादक स्वप्न में खोयी हैं। बेसुध इन युवतियों के वस्त्र अस्त-व्यस्त हो रहे हैं। पुष्प मालाएँ टूटी पड़ी हैं। मन में वो भावोज्वार अभी भी उठ रहे हैं। उनका प्रमाण है—देह में उठता ज्वार। सुमेरू डोल रहे हैं। चन्द्रमा इस आरोह-अवरोह का साक्षी है। समय ठहर गया। हवा थम गयी। नायिका पता नहीं क्या बुदबुदायी। शायद उसमें कोई प्यास फिर जागी। बौराया-सा चन्द्र सब कुछ देखता रहा, सब कुछ। प्रकृति और पुरुष का एकाकार होना। एक अनन्त अद्वैत सत्ता और अपनी सुषुप्ति में प्रकृति और पुरुष में जन्म लेता एक अटूट राग भाव। चन्द्रमा थक गया। पीला पड़ गया, पर मन था कि हटना नहीं चाहता था।

खुमारी-सी उस पर छाने लगी थी। वह उदास हो गया। वह आकाश की इस विस्तीर्णता में कितना अकेला। एक गहरी कसक। कुछ टूट गया उसमें। यों वह इस एकाकीपन में एक कातर कविता हो रहा था। दूर एक तारा टूटा। नहीं, वह टूटता तारा नहीं, चन्द्र के टूटेपन से निकली एक आह थी।''

''उलझन-चिन्ता बात तो एक ही है। बतलाइए?''

''कुछ भी नहीं, बेकार की ऊहापोह। आप बतलाएँ?''

''पिछले साल पानी कम बरसा। सब कुछ पानी पर ही निर्भर है। पानी नहीं तो हम नहीं। पता नहीं इस बार क्या हो? धरती में दरारें पड़ गयी हैं।

पशुओं को पानी नहीं। पानी और चारे की तलाश में नहीं, अपने पशुओं को बचाने के लिए लोग अपने घर छोड़कर दर-दर की ठोकर खा रहे हैं। धरती माँ सबका पालन करती है, पर जब वही प्यासी है तो हमारी फिकर कैसे कर पाएगी। बस, इस बार मेघ राजा हम पर, हमारी धरती पर कृपा करें। धरती तृप्त, तो हम सब भी तृप्त। पर अभी तो हर कोई राह देख रहा है, आषाढ़ के पहले बादल की।''

हाँ, यहाँ का तो दृश्य ही अलग है।

न तो हवा में नमी है और न ही धरती में। सारे वृक्ष सूख गये हैं। सूखे पत्तोंवाले वृक्ष की शाखा पर बैठी प्यास और ताप से विकल वह चिड़िया कैसी हाँफ रही है। लगता है, वह अब गिरी, तब गिरी।

अद्‌भुत! इस ग्रीष्म ने पूरे प्रान्त को तपोवन बना दिया। मोर और सर्प, सिंह और हाथी और हर कोई अपना वैर-भाव भूल गये हैं। सर्प अपनी चंचल जीभ से हवा पी रहा है। वह अपने ही विष से मानो विकल है। उसके सम्मुख उसका भोज्य है, पर वह खा नहीं पा रहा। क्या कुछ नहीं है, चौंकाने के लिए। सर्प की कुण्डली में शीतलता पाने के लिए मोर ने कहीं अपनी गर्दन डाल दी है तो कहीं भीषण ताप से विकल अपना अनिष्ट भूलकर मोर की छाया में आकर बैठ गया है सर्प! मलिन पोखरों से निकलकर प्यासे सर्पों के छतरी से फैले फणों के नीचे आ.बैठे हैं दादुर। ऋतुएँ असम्भव को भी सम्भव बना देती हैं।

ग्रीष्म से व्याकुल हाथियों का झुण्ड सरोवर में जा घुसा। कमल वन उजड़ गया। मछलियाँ इनके पैरों तले कुचलती जा रही हैं। सारस डर के मारे उड़े चले जा रहे हैं।

लू के थपेड़ों से बाँसों में रगड़ हो रही है। लो, देखते-देखते जंगल दावाग्नि की भेंट चढ़ गया। इस आग से बचकर हिरण कहाँ शरण लें? आग की लपटों में घिरे वे स्वाहा हो रहे हैं। आकाश से भी अग्निवर्षा हो रही है और धरती पर अग्नि-उत्सव हो रहा है।

आकाश से चाहे आग बरस रही हो, पर किसान वर्षा के पहले बिना इस आग की चिन्ता किये अगली फसल के लिए खेत तैयार करने में जुट गये हैं। भाग्य ने साथ दिया तो खेतों में गिर रहा इनका पसीना एक दिन फसलों में सोना बनकर लहलहाएगा।''

''ग्रीष्म के ये तपते दिन जरूर हैं, पर अब मेरे लिए ग्रीष्म ऋतु, वह नहीं जो मैंने कल स्वप्न में देखी थी। थी वह कभी मेरे जीवन की वास्तविकता, पर

अब तो...''

कल ही तो ग्राम-प्रमुख मिले थे। वे कुछ ज्यादा ही चिन्तित लगे। उनकी चिन्ता एक नहीं होती। कइयों की कई-कई चिन्ताएँ उनकी अपनी हो जाती हैं। वो ग्राम-प्रमुख हैं। पूरे गाँव के सुख-दुःख उनके सुख-दुःख होते हैं। ग्रामवासियों के लिए वो 'मुखी' हैं। हर कोई अपनी समस्या लेकर उनके पास कभी भी आ धमकता है। शायद उन्हें अपने सुख-दुःखों के बारे में सोचने का समय ही नहीं मिलता। आज की यह चिन्ता भी ग्रामवासियों की ही होगी। मैंने पूछा था,

''आज आप कुछ ज्यादा ही चिन्ताग्रस्त हैं?''

''हाँ, हम चिन्ता-फिक्र तो अपने भाग्य में लिखवाकर ही लाते हैं। एक मिटी नहीं कि अगली चार इसी इन्तज़ार में मिलती हैं कि हमारी बारी कब आती है। इन्हीं में घिरे पूरा जीवन कट जाता है।

''आपको सुख भी तो इसी में मिलता है। इधर-उधर की सारी चिन्ताओं को ओढ़कर।''

''मित्र! ये गाँववाले मेरे हैं! जो कि हैं ही, तो इनकी चिन्ता, मेरी ही हुई न?''

''ये सब करते हैं आपकी चिन्ता कभी?''

''हाँ-हाँ, क्यों नहीं करते, हर कोई करता है।''

''भोले हैं आप।''

''हम सभी भोले हैं। यही हमारी पहचान है। जिस दिन यह भोलापन समाप्त हो जाएगा, हम, हम नहीं रहेंगे। तिनके-तिनके हो जाएँगे।''

मैं अपने में कहीं खो गया था। मेरे स्वामी ने तो कभी मेरे लिए इस तरह सोचा ही नहीं। मैं ही क्यों, मेरे जैसे हर अनुचर की चिन्ता यही रही कि अपने स्वामी की सेवा में कोई त्रुटि, कोई चूक न रह जाए। हमारे सुख-दुःखों से उन्हें कोई मतलब रहा ही नहीं कभी। वह तन्त्र ही दूसरा है, इस व्यवस्था का विलोम!

मैं अपने स्वभाव के अनुरूप गोते लगा रहा था। ग्राम-प्रमुख सामने बैठे थे। दोनों चुप। वे ही बोले।

''किस चिन्ता में खो गये?''

मैं जैसे जागा।

''मेरी चिन्ता क्या? हाँ, उलझनें जरूर हैं।''

''आप देखिएगा इनका यह उत्साह और परिश्रम इन्हीं सूखे खेतों में एक छोर से दूसरे छोर तक लहलहाएगा। आशा और इनके संकल्प इस गरमी की परवाह

नहीं कर रहे हैं। मुझे लगा अदम्य जीवट है यहाँ के लोगों में। ये हार मानते ही नहीं। असफल होते हैं, पर निराश नहीं होते।''

''ऐसे ही तपते दिनों की एक रात मैंने गाँव के बच्चों की टोली बनाकर कुछ-कुछ गाते और घर-घर घूमते-माँगते देखा। बच्चों में उल्लास देखते ही बनता था। बच्चों को तो बस अवसर मिलना चाहिए। वे क्या कर रहे थे, क्या गा रहे थे, कुछ समझ में नहीं आया। हाँ, अच्छा लगा था मन को।

दूसरे ही दिन ग्राम-प्रमुख मिल गये तो मैंने पूछ ही लिया।

''कल रात को कुछ बच्चे...?''

''देखा था उन्हें?''

''हाँ, क्या कर रहे थे, वे सब मिलकर?''

''डेंडक माता को मना रहे थे।''

''डेंडक माता?''

''अरे...ऽऽऽ...ऽऽ...ऽ...क्या कहते हैं आपकी बोली में...? शायद मेंढ़क, शायद दादुर। ये बच्चे मिट्टी की मेंढ़की बनाकर मना-गा रहे थे—''

डेंडक माता-डेंडक दे —
पानी की पखार दे —
थारा राज में
गदड़ा रेंके —
भों...ऽऽ...भट्।
भों...ऽऽ...भट्।

मैं हँस दिया। प्रमुख बोले,

''पता नहीं इससे कुछ होगा या नहीं, पर कभी लगता है बच्चों के इस भोले विश्वास से ही शायद कुछ हो जाए। पर देखो! उनके इस गान में, प्रार्थना में, वर्षा से कितना गहरा नाता है। डेंडक माता, डेंडक तभी तो जन्म देगी, जब पानी सारी लू-लपट को पखार देगा। अभी तो इस गरमी में गदहे रेंक रहे हैं। बरसात हुई कि डबरों-पोखरों से टर्र-टर्र सुनाई देगी।''

''मुखियाजी! आप तो कवि हो गये?''

''हमारा जीवन इसी तरह कविता के सहारे ही चलता है। कहाँ नहीं है कविता? हमारे लिए हमारे गीत-कविता के बाहर कुछ भी नहीं है। ये ही हमारी कमजोरी, ये ही हमारी ताकत!''

मैं उनके सामने हर बार चुप हो जाता। कितनी बड़ी शक्ति है इनके पास। किस तरह ऐसे ही विश्वासों के बल पर ये सारी आपदाओं को झेल जाते हैं। मुझे चुप देखकर प्रधान ही बोले,

''हम तो अपढ़ हैं। असभ्य ही मान लीजिए। इसलिए हम अपने विश्वासों में आज भी जिन्दा हैं। सुना तो है, दुनिया काफी आगे बढ़ गयी है। हमें नहीं मालूम कितनी और किस तरह। हमारी दुनिया तो हम तक सीमित है।''

अचानक ग्राम-प्रमुख हँसने लगे।

''आप हँस क्यों रहे हैं मुखियाजी?''

''अभी आपने हमारे बच्चों का कौतुक देखा। अब किसी उजली रात को हमारी औरतों का एक कौतुक देखेंगे।''

''आप दिखाएँगे तो जरूर देखेंगे।''

''ग्रामवासी नहीं देखेंगे।''

''क्यों? निषिद्ध है?''

''हाँ।''

''क्या होगा?''

''गाँव की सारी स्त्रियाँ निर्वसना होकर खेत में हल चलाएँगी रात को।''

''ऐसा! क्यों भला?''

''शायद ईश्वर को लज्जित करने के लिए। 'शायद' इसलिए कि मैं खुद भी ठीक-ठाक नहीं जानता कि इससे क्या होगा। कैसे क्यों?''

''उनको लज्जा नहीं आएगी?''

''देखते हैं, ईश्वर को आती है या नहीं।''

''ईश्वर अवश्य लज्जित होगा।''

''होना ही चाहिए।''

''...घनघोर वर्षा हो रही है। बच्चे भीग रहे हैं—''डेंडक माता, डेंडक दे ...भूलकर मग्न हो गा रहे हैं।''

''पानी बाबा आया
ककड़ी-भुट्टे लाया।''

"ईश्वर सचमुच शर्मिन्दा हुआ। उजली रात में अचानक कहाँ से आ गये इतने बादल? चन्द्रमा-तारे सभी इन बादलों की ओट में। इसी ओट में छुपा ईश्वर कह रहा था—"बस भी करो अब, देवियों।" और बादल बरसने लगे। तपती धरती पानी की बूँदों से गमकने लगी। स्त्रियों की निर्वसन देह में इन बूँदों से रोमांच हो रहा था। धरती की प्यास बुझ रही थी। धरती भीग रही थी। तन-मन भीग रहे थे। अचानक बिजली चमकी। "उई माँ...ऽऽ...ऽ..." इस कौंध में उन वसनहीनताओं ने एक-दूसरे को नहीं, अपने को देखा और लाज में गड़ गयीं। यह "उई माँ...ऽऽ...ऽ..." इसी में लज्जा-संकोच की अभिव्यक्ति थी।"

"और भरपूर चाँदनी में ये सभी सूखे खेत में हल चला रही थीं, एक साथ तब? कौन जान सका है, अब तक स्त्री-स्वभाव को?"

"इस झड़ी में एक वृक्ष पता नहीं कब से भीग रहा है। पूरे ग्रीष्म में प्रचण्ड ताप से विकल वृक्ष का यों भीगना ऐसा लगा, जैसे कोई शरारती बालक इस वर्षा-जल में स्नान कर रहा है। उसका यों नहाना सुखद लग रहा था। शायद वृक्ष को भी, पर पता नहीं क्यों, अचानक मुझे लगने लगा—कोई बच्चा रास्ता भटक गया है और इस भारी वर्षा में भीगा लगातार काँप रहा है। भयभीत काँपता और भीग रहा एक।"

"...लगा किसी शरारती बच्चे को उसकी शैतानियों के लिए यह सज़ा दी गयी है और यह रो रहा है। मूक कातरता में वह पत्ती-पत्ती आँसू बहाते हुए याचना कर रहा है—इस बार उसे क्षमा कर दिया जाए बस।"

"अरे अभी कहाँ वर्षा? अभी तो दूर-दूर तक वर्षा का अता-पता नहीं है। मैं कैसी भ्रमित विचित्रताओं के मायाजाल में फँस गया हूँ। जो सच न होकर भी सच से बढ़कर लग रही हैं। सच तो यही है कि ग्रीष्म अपने चरम पर है।"

कैसे और क्यों लग रहा था कि आकाश में इन्द्रधनुष प्रकट हो गया? मैं मुग्ध इसके सतरंगेपन पर। इस दृश्य से मन पर जो दृश्य निर्मित हुआ, वह तो इस बाहरी दृश्य से भी सुन्दर था। सारे रंग मुझमें भासित हो रहे थे या मैं उन रंगों से भासित। सच तो यह है, जब तक वह इन्द्रधनुष था, मैं था ही नहीं। था तो बस, वही-वही। मेरे भीतर हरीतिमा का अनन्त प्रसार था। इस हरेपन की

उद्दाम सुगन्ध मुझे आदिमता में ले जा रही थी। सारे तटबन्ध टूट रहे थे।

...यों इन्द्रधनुष है भी क्या? वर्षा थमने के बाद आकाश में बादल कुछ छँटे। सूर्य बादलों की ओट से बाहर आया। वर्षा तो थमी, पर आकाश में जल-बिन्दु तो थे ही महीन और अदृश्य। यह इन्द्रधनुष सूर्य-किरणों और इस व्याप्त अदृश्य जल का ही तो परिणाम था। न रंग और न धनुष, नितान्त भ्रम! पर ये भ्रम भी कितने प्यारे और सुखद होते हैं। पर जैसे इन्द्रधनुष क्षणिक होते हैं। जीवन में सुख के भ्रम भी उतने ही क्षणिक होते हैं। इन क्षणों के बाद कहाँ इन्द्रधनुष और उसका सतरंगागन? उसके बाद केवल...।''

''....अभी-अभी जो इन्द्रधनुष दिख रहा था, अचानक लुप्त हो गया। पता नहीं, किधर से काले-काले मेघ आ गये और आकाश की वह कोमल नीलिमा देखते-देखते ओझल हो गयी। लगने लगा, यदि ये बादल फटे तो बस प्रलय ही होना है। मेरी वह बेभानी अब बिलकुल ही अलग तरह के भय से घिर गयी थी। मनुष्य की कहीं गति नहीं। पानी न बरसे तो भी, बरसे तो भी। कभी अनावृष्टि उसे मारती है, तो कभी अतिवृष्टि।''

''वह वृक्ष अचानक मरने लगा। क्यों, कैसे? यों कह सकते हैं, सबकी आयु निश्चित है, किसी की कम तो किसी की ज्यादा। अपनी सघनता और विस्तार में यह गझिन वृक्ष यों मरने लगेगा, सोचा नहीं था।

कोई कीड़ा भीतर ही भीतर इस वृक्ष को खा रहा था। शायद इसकी जड़ों को। उस एक कीड़े के सामने इतना विशाल वृक्ष कैसा लाचार हो गया! पत्तियाँ मरने लगीं। पूरा वृक्ष एक खोखल हो गया। इस खोखल को कितने ही जीव-जन्तुओं ने अपना निवास बना लिया। वृक्ष पर नयी कोंपलें होनी थीं। फूल होने थे। भँवरों का गुँजार होना था। मधुमक्खियाँ मँडरानी थीं। स्वाद का वैभव होना था, पर होकर रह गया साँप, बिच्छू और घुघ्घुओं का वास! कहीं से भी जरा-सा छुओ, भुरभुरापन झरने लगता है। भय लगता है, यह रहा-सहा खोखल भी अब गिरा, तब गिरा। कभी भी यह वृक्ष एक किंवदन्ती हो जाएगा, रहस्यों में लिपटा।

यह क्या, वह वृक्ष नहीं, उस अदृश्य कीड़े का हर क्षण आहार बनता,

क्षरित होता कोई और नहीं, वह मैं ही!!! मैं खोखल होता, मुझी में मेरा भुरभुरापन झरता, जीवन से वंचित, कितनी ही आवाजों में घिरा ढहने के कगार पर कितना भयावह है यह विचार! क्या रह गया है अब मुझमें? क्या हो गया हूँ मैं? क्या है मेरा भविष्य? इससे बुरा विचार भला और क्या होगा कि मैं अपने लिए ही 'है' से 'था' में पहुँच गया? जब मैं अपने लिए ही अपने सारे अर्थ खो चुका हूँ तो भला दूसरों के लिए क्या मैं कुछ रह गया हूँ? सच तो यह है कि मैं पूरी तरह से आत्म-विश्वास खो बैठा हूँ। क्या शाप की यह अवधि पूरी कर मैं वापस इस रूप में स्वदेश पहुँचूँगा—कुण्ठित और खण्डित?"

"लगता है, मेरा सारा मानसिक सन्तुलन गड़बड़ा गया है। कितनी असम्बद्धताओं में मैं जी रहा हूँ। मैं एक सहज व्यक्ति न रहकर मनोविश्लेषकों के लिए अध्ययन की उत्कृष्ट 'सामग्री' हो गया हूँ। मैं अन्ध-विश्वासी कभी नहीं रहा पर अब लगता है कि इतने-इतने और लगातार ऐसे बुरे-बुरे विचार आने के पीछे कोई ठोस कारण जरूर है। क्या मैं वाकई भुरभुरेपन में परिवर्तित होता जा रहा हूँ? क्या वाकई मेरे जीवन में रस के सारे स्रोत सूख गये? क्या वाकई मेरे जीवन से सारे रंग गायब हो गये? यदि सच यही है तो इस जीवन का अर्थ क्या रह गया है? कितना साम्य है, मुझमें और मेरे मन में उभरे उस वृक्ष-बिम्ब के, जो अकेला अपने दुःखों में भीगा पत्ती-पत्ती रो रहा है। ये जो गाँठें मुझमें पड़ गयी हैं, क्या ये किसी तरह ढीली हो पाएँगीं? क्या उस खोखल पर कभी फिर से कोई कोंपल फूट सकेगी? क्या दुःस्वप्नों का यह इन्द्रजाल कभी टूटेगा? कई बार लगता है, मैं जिस भँवर में फँस गया हूँ, उसमें डूबना तय है। फिर भी मैं यों हार नहीं ही मानूँगा। डूब जाऊँ, पर कोशिश अन्तिम साँस तक करूँगा। समाधान चाहे न मिले, पर उत्तर पाने की कोशिश को छोड़ूँगा नहीं, कदापि नहीं।

क्या ये सारी उधेड़बुन यहाँ मेरे ही मन में चलती रहती है यहाँ वहाँ अलकापुरी में मेरी प्रिया भी ऐसे ही मानसिक तनाव झेल रही है? मेरे यहाँ से लौटने पर वहाँ सब कुछ यथावत् होगा या वहाँ भी कुछ अप्रत्याशित घटा होगा? एक छोटी और नगण्य बात, बात भी क्या, स्वामी के अहंकार से कितना कुछ हो गया। यहाँ मैं सबसे दूर दर-दर की ठोकर खाने को बाध्य हूँ और वहाँ वह, मेरे किये-अनकिये का दण्ड भोगती।

"मैं रहने को यहाँ रह रहा हूँ, पर उसी तरह जैसे प्रवासी पक्षी आते हैं। मुझे लौटना वहीं है। तो यहाँ रहना, केवल किसी तरह अपने दिन काटना है। बहुत भले और आत्मीयता से भरे-भरे हैं, ग्राम-प्रमुख और हर कोई। तब भी ये मेरे अपने तो हो नहीं सकते। ये रहेंगे पराये ही। स्वप्न और यथार्थ का यह विकट खेल मुझे लगातार निरीह बना रहा है। यथार्थ से अधिक स्वप्न, स्वप्न

से अधिक दु:स्वप्न मुझ पर हावी हो गये हैं। मैं कोशिश करूँ तो भी ये स्थितियाँ और भावात्मक संवेग मुझे सहज होने ही नहीं देते। समझ में नहीं आता, मैं क्या करूँ?''

''गाँठें और मजबूत होती जा रही हैं, बस, मैं केवल इतना ही चाहता हूँ, खुलें चाहें नहीं, पर थोड़ी तो ये ढीली हों, कुछ तो छुटकारा मिले इस कसाव से। दबाव कुछ तो कम हो। इस स्थिति में तो जीना मुश्किल हो गया है। इधर ग्रीष्म की यह तपन और उधर जीवन की भट्‌ठी और दहकती आँच। यह मेरा वर्तमान है और इस वर्तमान का चरम सत्य।''

शेषान्मासान्विरह-दिवसस्थापितस्यावधेर्वा
विन्यस्यन्ती भुवि गणनया देहलीदत्तपुष्पैः।
मत्सङ्गं वा हृदयनिहितारम्भमास्वादयन्ती
प्रायेणैते रमणविरहेष्वङ्गनानां विनोदाः॥

चार

"मुझे अब कितने और कैसे-कैसे विचित्र सपने आने लगे हैं! पहले मुझे ये सपने घेरते हैं और सपनों से बाहर आ जाने पर इनकी लम्बी-लम्बी छाया मेरे भीतर बनी रहती है। अब पिछली रात का सपना—

शीत ऋतु में सूर्य कब अस्त हो जाता है, पता ही नहीं चलता। वह होता भी है, तब भी ठिठुरा-ठिठुरा होता है। इतना ठण्डा मानो निशीथ में चन्द्र! इस हेमन्त में भी वही सब कुछ हो रहा था, जो सदियों से वहाँ होता आ रहा है।

कमल कुम्हला गये थे, पर लोध्र फूलों से लद गया था। युवतियाँ अपने केश को अगरू के धूम से सुगन्धित कर रही थीं। सुगन्धित धुआँ घुँघराले केशों में फँस रहा था। सारस की ध्वनि मन में कामना जगा रही थी। धान के पके खेतों से आती हुई हवा में एक स्वाद बसा हुआ था। इस घाम में प्रियंगु लता पीली पड़ गयी थी, जैसी मेरी प्रिया..."

"प्रिया की छवि सामने आते ही मन खिन्न हो जाता है।...प्रियंगु लता और मेरी प्रिया में यह कैसा अद्भुत साम्य...!!!

मैं अपने इस स्वप्न में अपनी प्रिया के पास पहुँच गया। मन में उत्साह भी था और भय भी। भय, स्वप्न में भी मेरा पीछा नहीं छोड़ता। यह चमत्कार स्वप्न में ही सम्भव है कि वे सारे बन्धन टूट जाते हैं और व्यक्ति उस स्वतन्त्रता का अनुभव करता है, जो जीवन में सम्भव ही नहीं होती। मैं सोच रहा था, प्रिया को कैसा लगेगा अचानक मुझे पाकर? उसे विश्वास ही नहीं होगा।

"तुम यहाँ?"

"हाँ।"

"पर कैसे?"

"तुमने खींच लिया और मैं खिंचा चला आया।"

''नहीं, यह उचित नहीं है, तुम लौट जाओ। मुझे बहुत भय लग रहा है।''

''देखो! मैं कितना खतरा उठाकर आया हूँ और तुम...।''

''क्यों आये?''

''क्यों आये?'' यह सोचा भी नहीं था कि इस दीर्घ अवधि में मुझसे दूर रहते और असह्य विरह को भोगते हुए मेरी प्रिया मुझसे यह कहेगी कि—''क्यों आये?'' मेरा तो सारा उत्साह ही ठण्डा पड़ गया था। मैं खुद सोच में पड़ गया कि मैं यहाँ क्यों आया? कभी नाटक में ऐसी अधोचरमताएँ आ जाती हैं। ऐसी मूर्खता मैंने क्यों की?

मैं अभी अपनी प्रिया के पास पहुँचा ही कहाँ था। अपनी ओर से ही नहीं सामनेवाले के वो सारे मनोभाव भी मैं कल्पित कर लेता हूँ, जो वह स्वप्न में भी सोच नहीं पाती। वह भला कह सकती है—''क्यों आये?'' मुझे लग रहा था, मेरी प्रिया के लिए मैं उस कोमल सूर्य की तरह हो जाऊँगा, जिसके स्पर्श मात्र से श्रीहत् कमल अचानक खिल उठता है। वाह! मैं अपने लिए कितनी ऊँची कल्पना कर लेता हूँ।

सपने में ही सही, पर यह दुःसाहस तो था ही कि मैं अपने स्वामी के आदेश की अवहेलना कर रहा था, इसलिए विशुद्ध रूप से स्वप्न होते हुए भी मेरा रक्तचाप असामान्य ही रहा होगा। मान लो, वहाँ मुझे, किसी ने मुझे देख लिया होता और स्वामी को सूचना दी गयी होती तो क्या होता? पर मेरे सपने पर मेरा कोई वश नहीं था, बल्कि मैं तो खुश ही था, स्वप्न में ही सही, चलो...

''मैं फिर अपने स्वप्न में लौटता हूँ।

मेरी प्रिया पता नहीं किन विचारों में खोयी थी। मैं उसके इतने पास था, पर वह जैसे वहाँ थी ही नहीं। मेरा घर व्यवस्थित ही लगा। मैंने चाहा, उसे अपने बाहुपाश में लेकर उसे चकित कर दूँ, पर मैं ऐसा कुछ भी न कर सका। मैं उसे एकटक देखता रहा, लगभग साँस रोके। वह ऊनी वस्त्र धारण किये थी। सज्जा कोई खास तो नहीं थी, पर ऐसा भी नहीं कि विरह की इस चरमता में वह अपने को सहज श्रृंगारित करना भूल गयी हो। मुझे आश्चर्य हुआ। सच कहूँ, मुझे ठेस ही लगी थी, उसे इस तरह व्यवस्थित देखकर। लगा, मैं ही बस पागल हुआ जा रहा था, चलो, सपने से बाहर आने पर अब मुझे अब वैसी बेचैनी नहीं रहेगी, जैसे अब तक रही।

मेरे भीतर का पुरुष मुझसे बोला, ''मूर्ख! स्त्री के चरित्र और पुरुष के भाग्य

को देवता भी नहीं जान सकते, फिर तेरी क्या हस्ती।'' पर कुछ हो तब या कुछ न हो तब भी, पुरुष के मन में स्त्री के चरित्र को लेकर कीड़ा कुलबुलाता ही रहता है। वह अपने चरित्र पर कभी क्यों नहीं सोचता? कितना पक्का विभाजन कर लिया—स्त्री के हिस्से में चरित्र और पुरुष के हिस्से में भाग्य!''

''विचार ने फिर पलटा खाया। हो सकता है, मेरी प्रिया पत्नी मेरे ही ध्यान में मग्न होती, अगर वह मलिन होती, अस्त-व्यस्त होती, घर का उद्यान उजड़ा होता। वह मृतप्राय दिखती तो मुझे सुख मिलता? कितना ओछा और अमानवीय सोच है यह, पर है। सच तो यह है कि हम स्त्री को इसी रूप में देखने के आदी हैं।

सिवा मेरे भला उसके ध्यान में क्यों कोई अन्य आएगा? मैंने अपने ओछेपन को धिक्कारा। तभी हवा के ठण्डे झोंके से वह सिहरी। उसमें चेत आयी। उसने अपने दुकूल को ठीक से लपेटा और गवाक्ष की ओर गयी। आकाश में टंगा चन्द्र हिमखण्ड लगा-अकेला और अवश। पास ही किसी नीड़ में पक्षी फड़फड़ाये। लगा, इस शीत निशीथ में पक्षियों का वह जोड़ा एक-दूसरे के और निकट आ गया। हाँ, दूर से चक्रवाक पक्षी के विरह कातर स्वर रह-रहकर मेरे घर तक, नहीं मेरी प्रिया तक पहुँच रहे थे। आकाश में अकेले ठिठुरते चन्द्र और चक्रवात पक्षी के विरह-व्याकुल स्वर से वह कुछ ज्यादा अनमनी हो गयी थी। चक्रवाक पक्षी के कातर स्वरों ने मुझे भी व्याकुल कर दिया। मैं तो अपनी प्रिया के इतने निकट था, तब भी...

वह मुड़ी और मदिरा कोष्ठ की ओर बढ़ गयी। उसकी चाल में मैंने कुछ ज्यादा ही लोच का अनुभव किया। उसने अपना चषक भरा और धीरे-धीरे पान करने लगी। मैं जो रामगिरि में रहते हुए मदिरा-पान के सुख से वंचित था, अचानक प्यास जागी। बल्कि मैं तो व्याकुल हो गया। आश्चर्य कि मुझमें अपनी प्रिया को पा लेने से अधिक मदिरा के लिए चाह जागी थी।

वह मैं तो नहीं था। मैं जो भी था, अपने स्वप्न के अधीन। अपने उस स्वप्न में मैं अपने स्वप्न से नियन्त्रित था और मैं मदिरा नहीं पा सका। न सही मदिरा, इतने निकट होकर क्या मैं उस रात अपनी प्रिया को पा सका था? यह एक अलग किस्सा है।''

"अब अवसर आ ही गया है तो एक रहस्य आपके सामने उद्घाटित कर ही दूँ।

हमने यत्नपूर्वक कई मुखौटे इकट्ठे किए हैं। कुछ एकदम परिचित और कई अपरिचित और रहस्यमय मुखौटे। ये इतने सजीव से थे कि इन्हें लगा लेने पर सामनेवाले को अनुभव ही नहीं होता था कि अपने को छुपाने के लिए हमने कोई मुखौटा अपने चेहरे पर लगा लिया है। यह हमारे खेल का एक साधन भी था। जब भी हम अपनी एकरसता से ऊबते तो कोई मुखौटा लगा लिया करते थे, बल्कि हम एक-दूसरे को नया मुखौटा लगाने को बाध्य करते थे। पता नहीं क्या था, उन मुखौटों में कि उन्हें लगाते ही सब कुछ बदल जाता था, हम, हमारे सारे रंग-ढंग। हम वो नहीं होते जो हम थे। इस तरह हम जीवन की ऊब और एकरसता से बच जाते थे।

शायद यह खेल हर एक की पसन्द का खेल होता है। कोई चाहे न बतलाए, न स्वीकार करे, पर हर एक के पास कुछ मुखौटे जरूर होते हैं। हम तो नहीं, पर कई ऐसे भी होते हैं, जो अपने मुखौटे से इतना रीझ जाते हैं कि उसे कभी उतारते ही नहीं। उनकी निजता को ये मुखौटे धीरे-धीरे समाप्त कर देते हैं और ये ही उस व्यक्ति की पहचान बन जाते हैं। अपने आप से अपरिचित हो जाना और आरोपित को वास्तविक मान लिया जाना बहुत बड़ी त्रासदी होती है, पर एक समय के बाद बिना मुखौटे के अपने से सामना करने का साहस ही समाप्त हो जाता है।

आपके पास कितने मुखौटे हैं?"

"वो पास के कक्ष में गयी और अपने चेहरे पर एक मुखौटा लगाकर लौटी। मुझे उसका अभी मुखौटा लगा लेना जरा भी नहीं सुहाया। मैं इतनी दूर से और इतना खतरा उठाकर क्या किसी मुखौटे से मिलने के लिए यहाँ आया था? मेरा सारा उत्साह ही ठण्डा हो गया। मैं उस मुखौटे को पहचानने की कोशिश करने लगा, पर मैं पहचान नहीं पाया। यह तो कोई नया ही मुखौटा था। मेरे मन में कई सन्देह उठने लगे। तो क्या...?

मेरे यहाँ आने का प्रयोजन दूसरा ही था। क्या हो सकता है, आप भी अच्छी तरह जानते हैं। जो अपनी प्रिया से दूर वहाँ तड़पता रहा, उसके आने का प्रयोजन क्या हो सकता है? पर अब यहाँ टिकने का प्रयोजन भिन्न हो गया।...आपका

अनुमान बिलकुल सही है। स्त्री का चरित्र और पुरुष का भाग्य। भाग्य या दुर्भाग्य! मैं अब अपनी पत्नी की गुप्तचरी करने को आमादा था। शक अपना जाल कितनी जल्दी बुनना शुरू कर देता है और मैं उस जाल में फँस गया था। बाहर कँप-कँपाती हवाएँ चल रही थीं और मैं भीतर ही भीतर तप रहा था।

"स्वप्न की माया भी अद्भुत है। ये कब, क्यों और कैसे हमारी नींद में जगह बना लेते हैं, मेरी समझ से तो परे हैं। एक स्वप्न का दूसरे से तारतम्य हो, यह कतई आवश्यक नहीं। हमें खुद यह पता नहीं होता कि हमारी स्वप्न-शृंखला में यह प्रकरण कैसे आ घुसा। अब इसी स्वप्न को लीजिए—

स्वप्न में ही स्वप्न की कड़ी टूटती है। अलकापुरी, मेरा आवास, मेरा वर्जित प्रदेश, पत्नी का व्यवहार, मन उठी शंका-कुशंका सब लुप्त। इसी नाटक में दूसरा नाटक तो नहीं, पर लगता बिलकुल अलग और दूसरा। मैं हर अंक में सपनों के हाथों में खेलता। अब कोई यह तर्क न करे कि क्या सपनों के हाथ होते हैं? न हों, पर ये इस तरह खींच लेते हैं कि आपका कोई वश नहीं चलता....

अचानक ग्राम-प्रमुख प्रकट हो गये। यानी मैं अलकापुरी की माया से निकलकर फिर रामगिरि आ गया, पर यह आना भी स्वप्न में ही हुआ। वे मुझे हताशा से उबारते रहे हैं। मैं पूछा,

"आज आप?"

"बस...ऽऽ....ऽ..."

"फिर भी?"

"घोर कलयुग...."

"आप पहेली मत बुझाइए। आप तो हर मुश्किल का हल निकाल लेते हैं, फिर?"

"बात साफ हो जाए, यह जरूरी भी नहीं। कई बार वह और उलझ जाती है या हमें ज्यादा उलझन में डाल देती है।"

ग्राम-प्रमुख कुछ ज्यादा ही दार्शनिक हो गये थे। वे इस मुद्रा में होते नहीं थे। मुझे तो कभी नजर नहीं आये।... "कई बार वह (बात) और उलझ जाती है या हमें ज्यादा उलझन में डाल देती है।" इस बात ने मुझे अपने तईं काफी

उद्वेलित कर दिया था। मेरी गाथा में भी कई-कई पेंच पड़ गये थे।

ग्राम-प्रमुख सम्मुख थे और मैं कहीं और था, किसी और दुनिया में खोया। यों वह दुनिया मेरी ही थी, पर मेरी कहाँ रह गयी थी। मैं अपनी दुनिया में अजनबी हो गया था या वो मेरे के लिए। मैं जड़ था। नहीं, जड़भरत! ग्राम-प्रमुख ने ही मुझे उबारा,

"क्या हो गया?"

"नहीं, बस यों ही।"

"उलझ गये?"

"हाँ।"

"यही होता है। कल एक कथा सुनी थी।"

"कैसी कथा?"

"कलयुग की। सुनोगे?"

"हाँ, जरूर। शायद इसी से मैं अपनी उलझन से थोड़ा बाहर आ सकूँ। जरूर सुनाइए।"

"पता नहीं..."

वो फिर अपने में खो गये। अपने में नहीं, गहरे अवसाद में। वो जैसे अपने से ही सम्वाद कर रहे थे। "...इस उम्र में वो लोभ में क्या पड़ी? और लोभ में पड़कर आखिर क्या मिला? अपना सब कुछ गँवाकर वो पागल हो गयी बेचारी।"

"आखिर हुआ क्या?"

"साधु के वेश में एक ठग आया गाँव में। बड़ा सिद्ध बनता था वह, पर था महाठग। आदमी तो उसके चक्कर में उतने नहीं आये, पर गाँव की अपढ़ भोली स्त्रियाँ उसके चक्कर में आ गयीं। पुरुषों से ज्यादा स्त्रियों की भीड़ जुटती। कहता—"हम तो रमते जोगी हैं, मोह-माया से दूर, पर 'उसका' आदेश है कि हो सके तो दुखीजन के दुःख दूर करूँ।...ना-ना हमें लक्ष्मी से क्या लेना-देना, इसी चक्कर में फँसे रहना होता तो सब कुछ छोड़कर बैराग क्यों धारते? ये सब अपने पास रखो।"

वह कहता—"धर्म तो स्त्रियों से ही इस धरा पर टिका है। वरना यह धरती कभी की रसातल में चली गयी होती। माई! आप ही पुरुषों को सन्मार्ग लाती रही हैं। आप सचमुच धन्य हैं। इसीलिए तो कृष्ण के नाम के पहले राधा का और राम के नाम के आगे सीता का नाम आता है। यह बहुत ही मर्म की बात है। सब में राधा छुपी बैठी है। हर एक में सीता। इन्हें प्रकट करो। आप शक्तिरूपा हो। हर पुरुष की शक्ति उसकी स्त्री है, पर वो अभागा कहीं और शक्ति को खोज रहा है। वह आपका अनादर करता है, तो साक्षात् शक्ति का अनादर करता

है। कितना मूढ़, कितना अज्ञानी है मनुष्य, इसीलिए वह दुःखी है।''

गाँव की स्त्रियाँ कह रही थीं—कितने पहुँचे हुए हैं महात्माजी। ज्ञान के सागर, पर अत्यन्त सरल। हाँ, वो साधु वाकई 'पहुँचा हुआ' था। उन्हें उस धूर्त की बातें भला क्यों न सुहातीं। उसके 'उपदेश' की वजह से घरों की शान्ति जाती रही।

''माई! स्वाधीन बनो।''

''पर कैसे महाराज? हम तो जन्म से पराधीन, अपमानित, लांछित।''

''यह आप कहती हैं?''

''हाँ, पर सभी यही मानते हैं। ऐसा ही व्यवहार करते हैं।''

''आप छोड़ो, ऐसा सोचना। अपना दृष्टिकोण बदलो। पहचानो अपने को। अपने में छुपी ऊर्जा को और तब देखो।''

''गुरु का आश्रय लो।''

''फिर क्या हुआ, आप जान सकते हैं। एक नामसझ तो चेली हो गयी, उस पाखण्डी की। फिर तो उसे सूत्र मिल गया, अपने चमत्कार दिखाने का और सारी स्त्रियाँ उसके जाल में फँसती चली गयी।''

''उस बूढ़ा को अपना भविष्य असुरक्षित लगता था। अकेली थी वह। वह ऐसा मानती थी, पर सारा गाँव उसे अपना मानता था। यों भोली थी। भोली थी, इसीलिए घापे में आ गयी। एक दिन उस ठग ने उस बूढ़ा से एक मुद्रा ली और उसके सामने दो मुद्राएँ हो गयीं। कैसे हुईं, यह कला कोई जान नहीं पाया। चमत्कार के रहस्य को कोई जान ले तो फिर वे चमत्कार नहीं रह जाते। इस दुगने के लोभ में जो कुछ था, उसके जीवनभर का जमा, सब गँवा बैठी। अपने मस्तिष्क का सन्तुलन खोकर वह विक्षिप्त हो गयी है।....और वह गुरु और उसकी चेली रातों-रात भाग गये।''

''वाह रे कलयुग!!!''

''मुखियाजी अभी भी 'वाह रे कलयुग' में ही अटके थे। बुरा तो हुआ, पर ये तो...मैंने कहा,

''मुखियाजी! जो हुआ अच्छा नहीं हुआ, पर यह कलयुग बीच में कहाँ से...''

''तुम नहीं जानते हो न इसीलिए...। सोना चढ़ बैठा था बुढ़िया के दिमाग पर। दुगने सोने की कल्पना भर से आँखें चुँधिया गयीं, तब और अब अँधेरा छा गया उसके जीवन में। तुम्हें नहीं पता, सोने में कलियुग का वास है?''

''नहीं प्रधानजी! मैं तो...''

''महाराज परीक्षित ने देखा—एक बैल किसी तरह अपने एक पैर पर खड़ा है और एक कपटी राजा उसे पीट रहा है। पास ही एक गाय खड़ी-खड़ी काँप रही है। परीक्षित ने विचार किया, मेरे राज्य की सीमा में यह दूसरा राजा कौन? और उसका इतना दु:साहस कि वह किसी प्राणी को सताये? राजा परीक्षित ने ललकारा।''

''दुष्ट! तेरा इतना साहस कि मेरे राज्य में इस तरह अन्याय करे। तू दण्ड का अधिकारी है। बता तू कौन है?''

फिर उस बैल को अभय देते हुए कहा,

''मैं जो देख रहा हूँ, आप वही नहीं हैं। यह पापी अवश्य दण्ड पाएगा। आप अपना परिचय दें।''

''राजा! मैं धर्म हूँ। तप, पवित्रता, दया और सत्य मेरे चार पैर हैं। काल की गति देखिए कि तप, शुचिता और दया क्षरित हो गये। आप सत्यनिष्ठ हैं, इसी कारण मैं एक पैर पर टिका हूँ।''

''और यह गाय?''

''मैं पृथ्वी हूँ, महाराज! चारों ओर लोभ, लूट, हिंसा, चोरी, कपट, कलह, दम्भ, दरिद्रता का प्रसार हो रहा है। झूठ मनुष्य का आचरण हो गया है। अपने स्वधर्म का त्याग कर सब अधर्म को अपना रहे हैं। मनुष्य किसी भी तरह सुरक्षित नहीं है। चोरी बढ़ रही है। पाप बढ़ रहे हैं। राजा का आचरण प्रजावत्सलवत् नहीं रहा। मलिनता बढ़ रही है।''

''दुष्ट! तू नहीं जानता मैं परीक्षित हूँ। मेरे राज्य में धर्म और पृथ्वी की यह दशा! तू धर्म को नष्ट कर रहा है। बता, तू कौन है?''

परीक्षित का नाम सुनते ही वह कपटी राजा थर-थर काँपने लगा।

''क्षमा करें, महाराज! मैं कलयुग हूँ। द्वापर व्यतीत हो जाने के बाद अब मैं...''

''मेरे होते हुए तू मेरे राज्य में मनमानी करे, इतना तेरा साहस? तू दण्ड पाएगा।''

''क्षमा करें, महाराज! सब कुछ कालबद्ध है। काल से परे कुछ भी नहीं है। न व्यक्ति और न ही प्रवृत्ति। द्वापर व्यतीत हुआ तो मुझे आना ही था। कालगति निश्चित है। एक व्यतीत होता है तो कोई उसका स्थान लेता ही है। मुझे तो आना ही था। मेरे गुण धर्म भी आने थे, मेरे साथ। व्यक्ति और समाज में यही

मेरी और समय की पहचान बन गये हैं।''

परीक्षित विचार में पड़ गये। काल से परे तो कुछ भी नहीं है। मैं स्वयं भी नहीं। यही हमें गढ़ता है, पर काल का अतिचार भी सम्भव नहीं है, एक राजा के होते हुए। तो क्या हो? परीक्षित की चिन्ता बढ़ गयी। मेरे रहते राज्य में धर्म नष्ट हो जाए, यह असम्भव। उसका क्रोध शान्त नहीं हो रहा था।

''तुझे दण्ड तो मिलेगा ही। अपराध तो तूने किया है, वह भी मेरे सामने। तू बच नहीं सकता।''

''मानता हूँ, मैंने अपराध किया। स्वीकार करता हूँ, अधर्म और अराजकता बढ़ रहे हैं, पर एक बात तब भी मेरे पक्ष में है। कहें तो निवेदन करूँ?''

''अपना पक्ष रखने का अवसर देता हूँ। कहो।''

''सारे दुर्गुणों के बावजूद मनुष्य वह सब अर्जित करने में सक्षम होगा, अपने बल पर और अल्प समय में जो पिछले युगों में सम्भव नहीं रहा।''

परीक्षित को लगा, हाँ यह सच है। मनुष्य, उसकी दृष्टि, उसका सोच बदल रहा है। वह अपने भरोसे अपना मार्ग बना रहा है। आगे बढ़ रहा है। वह पहले से भिन्न है। उसकी कार्य-शैली भिन्न है। वह तर्क करता है। बाबा वाक्य प्रमाण का युग बीत गया। अब वह पुरातनता से बाहर आ रहा है और नूतनता को ग्रहण कर रहा है। मनुष्य की क्षमता बढ़ी है, इसमें सन्देह नहीं, पर यह सब होते हुए कलयुग मनमानी करे, यह कदापि नहीं होगा। वो बोले—

''माना यह सही है, पर मैं तब भी तुम्हें अपने राज्य की सीमा में रहने की अनुमति नहीं दूँगा। तुम मेरे राज्य की सीमा से बाहर हो जाओ।''

''कहाँ जाऊँ मैं? सागरों में घिरी पूरी पृथ्वी ही आपके राज्य का विस्तार है। अब आप जहाँ आदेश देंगे, वहीं मेरा वास होगा. आप आदेश दें।''

परीक्षित फिर सोच में पड़ गये, पर उन्होंने कलयुग के लिए स्थान खोज ही लिए। वे कलयुग से बोले,

''किसी में एक भी गुण हो तो उस गुण की सराहना की जानी चाहिए। कलयुग! मैं तुम्हारे इस गुण की सराहना करता हूँ और तुम्हें द्यूत, मद्यपान, स्त्री-संग और हिंसा में वास की अनुमति प्रदान करता हूँ। तुम असत्य, मद, आसक्ति और हिंसा में पाये जाओगे। जो भी इनसे दूर रहेगा, तुम्हारी छाया से दूर रहेगा।''

कलयुग ने थोड़ा साहस दिखाया।

''द्यूत, मद्यपान, स्त्री-संग और हिंसा। आपने एक नहीं, चार-चार स्थान दिए, वे भी एक से बढ़कर एक। अभी-अभी आप ही ने तो कहा है—''किसी में एक भी गुण हो तो उसकी सराहना की जानी चाहिए। राजन्! यह है मेरी सराहना? इससे तो...''

परीक्षित सोच में डूब गये। फिर सोचकर बोले,

''चलो, स्वर्ण में भी तुम्हारा वास रहेगा, अब ठीक।''

''कलयुग का स्वर्ण में भी वास हो गया। स्वर्ण के लिए लोभ, स्वर्ण के लिए स्पर्द्धा, स्वर्ण के लिए युद्ध। स्वर्ण के लिए क्या कुछ नहीं। लोभ ही उस बूढ़ा को ले डूबा। स्वर्ण से उस कपटी साधु की मतिभ्रष्ट हुई या ठग वृत्ति ने उसे कपट-वेश धारण करने को बाध्य किया। कलयुग या स्वर्ण की चमक जो भी करवा दे, वही कम। अब तो परीक्षित भी नहीं, जो सत्य का धारण करते थे, वो भी नहीं रहे। स्वर्ण ही उनको खा गया। स्वर्ण यानी कलयुग। उन परीक्षित महाराज को ज़रा भी कल्पना नहीं होगी, तब कि स्वर्ण मुकुट नहीं, अपने सिर पर वे उस दिन से साक्षात् कलयुग को ही चढ़ाये रहे।

कहाँ वे अपने राज्य से कलयुग को खदेड़ रहे थे और वो एक दिन उन्हीं के सिर पर चढ़ बैठा। हर एक का सिर घूम गया स्वर्ण के प्रभाव से। हर कोई उसके पीछे पागल। सारी माया स्वर्ण की या कलयुग की। वाह रे कलयुग! तूने सभी को नाथ लिया।''

''ग्राम-प्रमुख जिस तरह अचानक प्रकट हुए थे स्वप्न में, वे लोप भी हो गये। स्वप्न-शृंखला के जो तार इस कलयुग प्रकरण के सम्मिलित होने से टूट गये थे, वे एक बार फिर अलकापुरी से जुड़ गये। मैं था। मुखौटा धारिणी मेरी यक्षिणी और मेरे सामने मेरा ही मुखौटा लगाये एक रहस्य और मुझमें पनपता सन्देह! कहते हैं, सपनों की जड़ें नहीं होती हैं, पर ये क्यों और कैसे अपनी जड़ें जमा लेते हैं, पता नहीं। मनुष्य हमेशा से शंकाशील रहा है तो क्या मेरे मन की शंकाओं को ही इस स्वप्न का आधार मिला? विश्वास कितना बोदा होता है, जरा-सा सन्देह उसे तोड़ देता है। सन्देह के और दृढ़ होने के लिए प्रमाण की नहीं, मन में उठी एक आधारहीन तरंग भर की दरकार होती है।

मन हो रहा था, यहाँ से भाग जाऊँ, पर कहाँ? यह तो सपना था। इससे बाहर निकलने के लिए जागना जरूरी था, पर क्या सपने के समाप्त होने के साथ सन्देह समाप्त हो जाएँगे? शायद नहीं। यह कीड़ा मुझे निरन्तर खोखला करता रहेगा।''

‘‘...परीक्षित ने कलयुग को द्यूत, हिंसा, स्त्री-संग, मद्यपान, हिंसा और स्वर्ण में स्थान दिया था। अलकापुरी तो स्वर्ण और वैभव का पर्याय है और मेरे स्वामी इस वैभव के अधिपति। स्त्री और अटूट भोग हमारा चरित्र!! भोग के बिना हम रह ही नहीं सकते। माँ, बहन, बेटी, बुआ, मौसी जैसे सम्बन्धों का हमारे लिए कोई महत्त्व ही नहीं। स्त्री अर्थात् देह!!! देह अर्थात् आकर्षण!!! आकर्षण अर्थात् भोग!!! एक भूख जो तृप्ति तक पहुँचती ही नहीं। स्त्री के पास उसका सोच भी होगा, संवेदना भी होगी। उसकी अपनी रुचि होगी। इच्छा-अनिच्छा भी होगी, यह सब हमारे सोच की सीमा के बाहर!!! स्त्री अर्थात् एक शैय्या! शैय्या अर्थात् आमन्त्रण!!! मद्यपान हमारी संस्कृति का अंग। एक सहज जीवन क्या होता है, हमने जाना ही नहीं। सदैव हम आवेश और उन्माद में ही रहे। सोम चषक हमारे अधरों से कभी भी नहीं हटा!!! हमने जो कुछ भी कहा—किया अपनी बेभानी में ही किया!!! अगर हम आवेश और उन्माद के बाहर होते तो हमारा भी विवेक जाग्रत होता। हम कुछ सार्थक सोचते। सार्थक करते पर हमें अवकाश ही कहाँ मिला, कुछ करने या सोचने का...। द्यूत हमारा मनोरंजन रहा। हम दाव जीतते रहे। दाव हारते रहे। सब कुछ दाव पर लगाकर सब कुछ पा लेना या सब कुछ खो देना। स्त्री अपने को दाव पर लगाती और हम पुरुष अपने को! कौन जीतता, कौन हारता, पता नहीं। शायद हर कोई हारता ही था। हारता भी इस तरह कि लगे, वही जीता!!! वह हार रहा होता, तब भी वह बिसात से उठना नहीं चाहता था। यह भी एक नशा! नशा स्वर्ण का! नशा स्त्री-संग का!!! नशा द्यूत का!!! इतना सब कुछ हो और मन में हिंसा न जगे, ऐसा हो ही नहीं सकता। हममें भी नाना रूपों में हिंसा जागी। प्रेम भी हमने हिंसक की तरह किया। पशु जो हमारे भीतर है, वह माँग करता और हम उसकी पूर्ति करते। हम क्या उसके सामने। वह जो चाहता, प्राप्त कर लेता। हम तो बस निमित्त मात्र थे। हमने युद्ध किये। हम युद्ध हारे। हम पशुवत् ही नहीं, पशु हो गये!!!

होगा, अवश्य रहा होगा। इस धरा पर कभी सतयुग, कभी त्रैता, कभी द्वापर। रहे होंगे इस धरा के मनुष्य भी देव-तुल्य, पर हमारा सारा जीवन सदैव कलयुग में ही रहा! आत्म...नहीं, देह से आरम्भ और देह पर समाप्त एक यात्रा। एक सतत यात्रा समाप्त होने तक।

मुझे दण्ड या निष्कासन जो भी मिला, कलयुग के चारित्रिक कारण से ही मिला। हम सभी दोषी हैं, क्योंकि यह दोष व्यवस्था की देन है। इस व्यवस्था

के शीर्ष पर यदि मेरे स्वामी कुबेर हैं तो इसके अन्तिम छोर पर मैं!!! मैं कलयुग से कलयुग में ही फिंका!!!"

"...यक्षिणी, मेरी प्रिया जो मुखौटा लगाये थी, अचानक एक तितली बनने लगी! बहुत ही बड़े पंखोंवाली, सुन्दर। फिर सारे मुखौटे तितली होते गये। एक उत्सव हो गया। यों तो वह हेमन्त ऋतु थी। वसन्त के बीच अभी शिशिर फैला पड़ा था। हिमता का प्रसार था, बाहर भी और मेरे भीतर भी, पर ये तितलियाँ हेमन्त को झुठलाते हुए वसन्त की सृष्टि कर रही थीं।

तितली बनी यक्षिणी मुझ तक आयी। मुझमें तो हेमन्त ही पसरा पड़ा था। मेरी हिमता से वह सहमी। लगा, यदि वह थोड़ा और निकट गयी तो वह मर जाएगी। वह जीना चाहती थी। उसके पास पंख थे। स्वप्न भी थे। वह अकेली नहीं थी। पूरी अलकापुरी वसन्तोत्सव हो रही थी। तितलियाँ मुझ अवांछित हेमन्त से बेखबर थीं। वे उड़ने लगीं और सब की सब आकाश में व्याप्त हो गयीं। आकाश दर्शनीय हो उठा। वह रंग-बिरंगी तितलियों के पंखों की लय से भर गया।

वहाँ रह गया मैं भौंचक! मैं अपने भीतर की तपन और ठिठुरन को भूल गया था। यह था मेरा दण्ड। मेरे पास न तो पंख थे और न ही आकाश था। यों यह मेरा ही घर है, पर अब यह घर कितना मेरा???

सपने इसी तरह घुसपैठ करके जो कुछ बचा-खुचा रह जाता है, उसे भी पूरी तरह उजाड़ देते हैं। मैं अपने सपने के बीच ऐसा ही एक उजाड़ हूँ। यों इस भयावह स्वप्न शृंखला में वह थोड़ी-सी आशा कि निष्कासन की यह अवधि बीती कि सबकुछ सामान्य हो जाएगा। सामान्य ही क्यों, जीवन नये उत्साह में नयी गति पाएगा, अब क्षीण हो चली है। किधर जाना है, पता नहीं। मैं चौराहे पर खड़ा हूँ, अनिश्चितताओं से घिरा हुआ। अकेला और निरीह।"

"...दुःस्वप्नों की यह शृंखला आखिर टूटी। मैं जागा तब भी आधा सपने में और आधा उस भयावह दुःस्वप्न से बाहर था। लगा, यह भी उसी सपने का अंश तो नहीं? पर अब मैं जाग गया था। अब मैं इस उधेड़-बुन में उलझा हूँ कि मैंने जो कुछ देखा स्वप्न में वह अलकापुरी का यथार्थ तो नहीं है? पहला विचार यही आता है कि मैं अपनी प्रिया के बारे में ऐसा गलत सोच ही क्यों

रहा? पर ऐसा सोचते हुए भी मन में बैठा चोर निकल ही नहीं रहा।'' कुछ भी हो सकता है। मैं अपने से ही उलझ जाता हूँ।

''कुछ भी हो सकता है।''

''कुछ भी क्या?''

''कुछ भी...''

''साफ-साफ क्यों नहीं कहते?''

''साफ-साफ कह देने से मेरे कष्ट और बढ़ जाएँगे।''

''यों कम हैं?''

''....।''

''तुम्हारे मस्तिष्क में बैठा कीड़ा तुम्हें खोखला किये जा रहा है, उसे मारो। मारो, इसलिए भी कि तुम्हें जीवन जीना है और यह तुम्हें सतत मार रहा है।''

''कैसे?''

''विश्वास करके।''

''विश्वास किस पर?''

''सबसे पहले स्वयं पर। फिर अपने अटूट प्रेम पर। क्या तुम्हें विश्वास है?''

''वह डिग गया है।''

''तो उसे दृढ़ करो। करोगे?''

''...।''

''तुम बहुत दुर्बल हो, इसीलिए तुम अपने को स्वयं नष्ट कर लोगे?''

''मैं प्रयत्न करता हूँ।''

''जब तक तुममें संकल्प-विकल्प चलते रहेंगे, कोई परिणाम नहीं निकलेगा, तुम भूल-भुलैया में और फँसते जाओगे।''

''तुम ही सही हो।''

''मैं कभी गलत नहीं होता।''

''घुन लग ही गयी है। उदासी कुछ अधिक गहरी हो गयी है। कभी-कभी दण्ड की अवधि पूर्ण होने के बाद भी वापस लौटने की बेचैनी समाप्त हुई-सी लगती है।

मैं इसके बाद भी क्या यहीं पड़ा रहूँगा? किसलिए?...वे तितलियाँ मेरे भीतर के सारे रंगों को लेकर पता नहीं कहाँ उड़ गयीं?''

जातं वंशे भुवनविदिते पुष्करावर्तकानां
जानामि त्वां प्रकृतिपुरुषं कामरूपं मघोनः।
तेनार्थित्वं त्वयि विधिवशाद्दूरबन्धुर्गतोऽहं
याच्ञा मोघा वरमधिगुणे नाधमे लब्धकामा॥

पाँच

"...आकाश में नक्षत्रों की स्थिति बदल रही है। अनुकूल हवाएँ दूर समुद्र से जल-मेघों को लाने को तत्पर हैं। महाजन अपना खारापन अपने पास रखकर अपनी मिठास ही संसार को देते हैं। उदार समुद्र का चरित्र भी कुछ ऐसा ही परोपकारी है। मेघ धरती की, जन-जन की प्यास बुझाने के लिए चल पड़े हैं। उन्होंने बलाकाओं के अन्तर्मन की अभिलाषा को भी जान लिया है। सज्जन दूसरों को मुदित देखकर मुदित होते हैं।"

वह जल है
जीवन का सम्बल है।
वह जल है—
धरती का अमृत है।
वह स्वाद,
तृप्ति,
सकल रस,
वह जीवन में कल-कल है।
वह जल है—

वह दूर दिशा से आता,
कितने-कितने
मधुर स्वप्न को लाता,
प्यासी धरती को सरसाता,
मन में कितनी ही
हूक उठाता,
सूने नभ में आज अचानक
कैसी यह हलचल है।

धरती पर आने को
आतुर,
मेघों का जल है।
वह जल है।

वह जल ही है—
जो मुझमें है जागा।
जिसने जोड़ा मुझमें
फिर से टूटा तागा।
यह जल ही है—
जिसने मुझको कवि बनाया।
जिसने यह गीत जगाया।
वह जल है।
जल है।''

''आज अचानक मुझमें यह कवितापन कैसे जाग गया? कवितापन ही कहूँगा मैं इसे। कविता हर एक के वश की बात नहीं है। उसको तो अपना सम्पूर्ण जीवन समर्पित करना होता है। कविता पहले माँगती है, तब ही मिलती है। मैंने तो बस शब्दों का संयोजन मात्र किया है। वह भी एक उमंग में। सुना यह है कि कविता भी कवि को रचती है। कैसे? पता नहीं। अभी तो मैं ही टूटा और बिखरा-बिखरा हूँ। पहले अपने को ही सहेज लूँ। यदि मैं यहाँ से लौटकर अपनी प्रिया से यह कहूँ कि वहाँ रामगिरि का निर्वासन भोगते हुए। मैंने एक कविता की थी तो वह हँसेगी।''

''तुम एक काम भी जीवन में ठीक से नहीं कर पाये तो कविता भला क्या लिखी होगी। रचना धैर्य की अपेक्षा करती है और तुम तो सदा से अधीरे रहे, इसीलिए तुमसे कभी कुछ भी ठीक से सध नहीं सका।''

''तुमसे प्रेम?''

''ओह! वो भी घोर अधीरेपन में। तुमने प्रेम करते हुए प्रेम का अनुभव किया कभी?''

''तुमने तो किया?''

''मैंने कहाँ किया, मैं तो तुम्हारे अधीरेपन में उलझी रही।''

''तो?''

''शायद अब तुममें कुछ ठहराव आ गया हो। शायद वहाँ अकेले रहते हुए तुम कुछ बदल गये। शायद कविता की ही हो। शायद...''

'अधीरता', यही मेरी दुखती रग है। हम स्त्रियों को चाहे नासमझ कहें। उन्हें निरी भावुक मान लें, पर वे बिल्कुल सही जगह पर अंगुली रखती हैं। अद्‌भुत क्षमता होती है, उनमें विश्लेषण करने की। अधीरापन मुझमें से तनिक भी नहीं गया। हो सकता है, कुछ बढ़ ही गया हो।

मैं भला क्या करता कविता?

''आज आषाढ़ का पहला दिन है। आकाश मेघमय। धरा रोमांचित। पहली बूँद गिरेगी आज के दिन के मेघ की। और धरती में सोया हरापन आँख मलता जाग जाएगा। धरती की सुगन्ध अपने अनुष्टुप हवाओं को सौंप देगी। धरती के जीवों के सपनों में कितने ही रंग भर देंगे ये बादल।

यह सब कुछ और इन सबके अतिरिक्त जो भी होगा, होगा, वे सब भविष्य की बातें हैं। इन मेघों को देखकर ही मेरे तपते मन में स्मृतियों के अंकुर फूट गये। ये मेघ धरती पर अभी चाहें न उतरे हों, मुझ पर तो बरसकर सराबोर कर गये। मैं सुगन्ध से भर गया। यह सुगन्ध मुझे सुखी और दुःखी कर गयी। ये मुझे सखावत् लगे। लगा, मैं अपने मन की बात इनसे कर सकता हूँ।''

''इन मेघों ने गरजकर गाँव को अपने आगमन की सूचना दी। यहाँ ठण्डी हवा तो इनके आने के पूर्व ही हरकारे की तरह आयी और इनके आगमन की घोषणा कर गयी। गाँव के सारे बालक पूरे उत्साह में आ गये—'पानी बाबा आये, ककड़ी-भुट्टे लाये।' लो, बादलों के आगमन की आहट भर ही हुई और ककड़ी-भुट्टे तक आ गये! बच्चों से बड़ा कवि कौन हो सकता है? झुण्ड बनाकर उत्साह से भरे बच्चे, बादलों की आगवानी में दौड़ गये। इन्हें मालूम है, मेघ उनके लिए ककड़ी-भुट्टे का उपहार लाये हैं तो क्यों न ये खुद आगे बढ़कर अपने उपहार प्राप्त कर लें। परिवर्तन की आहट भी मन में क्या कुछ नहीं जगा देती है। एक अद्भुत दृश्य था, मेरी आँखों के सामने। आबाल-वृद्ध सभी में अचानक कितने-कितने स्वप्न जाग गये थे। वृद्ध भूल गये कि वे वृद्ध हैं। अपनी लटपट पाग सम्भाले, हुलास भरे घर से निकल आये। ऐसे दृश्य अलकापुरी में देखने को कभी नहीं मिले। मिल ही नहीं सकते। पानी की महत्ता तो यहाँ आकर ही समझ में आयी। मन हुआ, इस उत्सव में मैं भी उनके जैसा हो जाऊँ, पर वैसा हो न सका।

पानी में तैल की तरह मिलना, मिलना नहीं होता। ये मिलकर भी अलग-अलग ही रहते हैं। मिलने का अर्थ है, परस्पर घुलनशीलता। जो मुझमें नहीं है।'

"...ये मेघ तो पुष्कर और आवर्तक महामेघों के कुल के ही तो हैं। बड़ों में बड़प्पन होता है। ये मेघ भी उदारमना हैं। इनमें सहज दया है, इसी कारण ये इतनी लम्बी यात्रा करके सबका ताप हरने के लिए आये हैं। मैं इनसे कुछ निवेदन करूँ, इसमें कुछ भी तो अनुचित नहीं है। ओछे व्यक्ति से किसी कामना के फलीभूत होने से बेहतर है कि भले व्यक्ति से की गयी कामना निष्फल हो जाए।"

मेरी कामना? क्या है मेरी कामना? इतनी भर कि मुझ विरही का सन्देश मेरी प्रिया तक पहुँचा दो। मेघ! तुम तो सतत यात्री हो। एक ही स्थान से कभी बँधे नहीं। अपना काम पूरा किया और चल पड़े। इसलिए चल पड़े कि कहीं और भी तुम्हारी ऐसी ही आतुर प्रतीक्षा है। मेघ! ऐसी ही यात्राओं में तुमने ध्यान दिया होगा कि प्रवासी पथिकों की स्त्रियों में आशा जाग जाती है, तुम्हें देखकर। उन्हें लगता है, तुम आ गये हो तो अब उनके प्रियतम भी शीघ्र ही उनके पास लौट आएँगे। इस असह्य वियोग का अन्त अब निकट ही है। यह तो मैं अभागा हूँ, जो पराधीन हूँ। न चाहते हुए भी अपनी प्राण-प्रिया से इतनी दूर रहने का दण्ड भोग रहा हूँ। देह यहाँ है, पर मेरे प्राण तो अपनी प्रिया के आसपास ही बसते हैं। मित्र! यह तो मन को समझाने की बात है। सत्य तो यही है कि हम दोनों एक-दूसरे से अलग हैं। स्वाधीनता से बड़ा कोई और सुख है ही नहीं और मैं पराधीन हूँ।"

"काकी माँ 'जगत काकी' है। जो आयु में उनसे बड़े हैं, वे भी उन्हें 'काकी माँ' ही कहते हैं। मैं भी उन्हें 'काकी माँ' ही कहने लगा हूँ। आज वो कुछ ज्यादा ही खुश दिखीं।

"आज तो बहुत खुश-खुश लग रही हो, काकी माँ?"

"हाँ, बात ही कुछ ऐसी है, परदेशी।"

"तुम मुझे परदेशी क्यों कहती हो?"

"तुम यहाँ के हुए ही कब?"

''क्यों, यहाँ का नहीं हूँ?''

''हो?''

''काकी माँ! मैं न तो यहाँ का हूँ और न ही वहाँ का। मैं तो बस, त्रिशंकु की तरह अधर में लटका हूँ। अलका का आकर्षण मुझे अपनी ओर खींचता है और रह मैं यहाँ रहा हूँ। मैं क्या करूँ? मेरे जैसे हर व्यक्ति की यही तो स्थिति होगी न?''

''तुम जब तक यहाँ हो, यहाँ के हो जाओ।''

''हुआ जा सकता है ऐसा?''

''हाँ, क्यों नहीं। यह तो मानने और रमने की बात है। एक बार यहाँ रम गये तो यहाँ की मिट्टी तुम्हें छोड़ेगी नहीं।''

''काकी माँ! जितने मोह में मैं बँधूँगा, उतना ही कष्ट बढ़ेगा न?''

''दोनों बातें हैं, कष्ट बढ़ता भी है, पर इसी मोह में वह संजीवनी भी है, जो हमें जिन्दा रखती है। मोह बल भी देता है, कष्टों को सहन करने का।''

''तुमसे पार पाना तो...''

''अरे! मैं ठहरी निरी गँवार, मैं तो यूँ ही बड़बड़ करती रहती हूँ। बुढ़ापे की यह भी एक निशानी है। क्या करूँ...?''

काकी माँ की खुशी का रहस्य यह था कि काका आज प्रवास से लौट रहे थे। कुछ झेंपते हुए उन्होंने कहा था,

''मेरे इस उछाह पर लोग हँसेंगे। कहेंगे, ''बूढ़ा को क्या हो गया? क्या युवापन लौट आया बावरी में?'' परदेशी! संग-साथ की जरूरत इसी उम्र में ज्यादा होती है। उसके होने से ही अपना होना, होना लगता है। तुम्हारे काका गये हैं जब से, अन्न का स्वाद जैसे चला गया।''

''बिलकुल सच कह रही हैं आप, काकी माँ!''

''तुम्हारे काका भी कभी कम क्रोधी नहीं थे। मैं भी कम नहीं थी उन्हें सुनाने में। गलत बात तब भी सहन नहीं होती थी न। मैं गलत नहीं हूँ तो क्यों दबूँ? वह उम्र लड़ते-झगड़ते ही निकली। शायद उस उम्र में हर कोई ऐसे ही लड़ता-झगड़ता है। जो नहीं झगड़ता, समझो कोई खोट है। अब दोनों उन झगड़ों को, उस बचकानेपन को याद करते, उन पर हँसते हैं या अपने पर। यह उम्र बीत रही है। ये अब तो शिशुवत् हो गये। कहाँ ये ताव खाकर कहते, ''तू है क्या? क्या समझती है अपने को मूरख!'' अब कहते हैं, ''मूरख तो मैं ही था। था क्या, अब भी हूँ।''

''ऐसी सिधाई भी क्या? घर में दो बासन हैं तो गिरें-टकराएँ थोड़ा कुछ तो हो। कभी-कभी मैं ही इन्हें उकसाने की कोशिश करती हूँ। कुछ तो अपने पुराने रंग में आएँ।...वह अँधड़ था जो निकल गया। जगमग आकाश में असंख्य

तारों की झिलमिलाहट है। इस झिलमिल आकाश के नीचे हम मनु और शतरूपा...''

कभी-कभी मैं उन्हें अपनी तरफ से उकसाती हूँ। वो कहते हैं,

''तेरे बिना तो...''

मैं हवा देती—

''रहने दो, रहने दो। यहाँ मुझसे यह चिरौरी और वहाँ परदेश में पता नहीं...''

''परदेश में क्या...? बोल...?''

''अरे! तुम मानुष जात...।''

''तू बाज नहीं आएगी।''

''मुझे बुढ़ऊ को तुनकते देख अब अच्छा लगता है। कहाँ, तब मैं ऐसे टण्टों से भरसक बचती थी।''

''अच्छा, कुछ चलता होगा तो तुम बतला दोगे सबकुछ?''

''और मैं कहूँ यहाँ मेरे पीछे तू...''

यही तरीका रहा है इनका। अब ये प्रतिक्रिया की राह देखते हैं।

''शर्म नहीं आती तुम्हें?''

''क्यों?''

और हमारे बीच हल्की-सी झड़प हो जाती और बुढ़ऊ मुँह फुला लेते। अब मुझे लगता है, ये वहीं हैं। पहले मैं रूठती थी और अब ये। मैं कहती हूँ—

''बुरा मान गये?''

''क्यों न मानूँ?''

''मानो न, अच्छा लगता है। लगता है, हम घर में दो प्राणी बस रहे हैं। वरना तुम तो एकदम गुड्डा बन जाते हो।''

''अच्छा लगता है, इस उम्र में इस तरह लड़ें?''

''क्या उम्र हो गयी अपनी?''

''तू हद करती है।''

''वो एकटक मुझे देखते हैं। मैं उनकी नलिका (गुड़गुड़ी) उन्हें थमा देती हूँ। वे किसी मीठे सपने में खो जाते हैं और मैं अपना चरखा लेकर। हाथ कात रहे थे और आँखें प्रिय पर टिकी थीं।''

''आज आकाश में मेघ हैं। काकी माँ खुद जल-घटा हो रही हैं। काका जो आ रहे हैं आषाढ़ सबके लिए कुछ न कुछ उपहार लिए आया है। काकी

माँ मुझे न्यौतती हैं। आत्मीयता से भरा आग्रह है उनका।

"आज खीर बनाऊँगी। तुम जरूर आना।"

"काकी माँ! आज तो काका आ रहे हैं। मेरा क्या काम?"

"अब तू ठिठौली करेगा मुझसे?"

"आऊँगा, काकी माँ! जरूर आऊँगा। पता नहीं, काका को मेरा होना कैसा लगे?"

"चुप भी कर। जरा भी लिहाज नहीं। आ जाना।"

"ये मेघ सबको इतना कुछ दे रहे हैं तो ये मुझे क्यों न देंगे?"

जल ही था,
जब सृष्टि नहीं थी।
जब सृष्टि नहीं होगी,
जल ही होगा।

ये महामेघ ही
सृष्टि का कार्य है
और कारण भी।
वह संकल्प भी है,
और वरदान भी।
पंचमहाभूत की लीला,
चलती रहेगी सतत
कोई साक्षी हो, तब भी
न हो
तब भी।

मेघों की ये कृपाएँ
हमारी गति हैं
रस-स्वाद-गन्ध हैं,
स्वप्न हमारे,
हमारी सम्वेदना।
हमारी प्रार्थना नहीं होगी व्यर्थ।

इन्हीं की कृपाओं में पाएँगे।
हम,
अपना इष्ट।

अभी-अभी खिले कुटज के फूलों का अर्घ्य मैंने नवमेघों को अर्पित किया। मेरी पुष्पांजलि को स्वीकार कर उपरले आकाश से नीचे आ गये जलधर। लगा ये तो रामगिरि के शिखर पर टिक गये हैं। आकाश मेघाच्छन्न हो, पर मेरे मनो-आकाश के बादल कुछ छँट गये। लगा, जो दाता है, वह मेरा मनोरथ भला क्यों न पूर्ण करेगा।

/

मैंने अपना परिचय देते हुए कहा,

"हे मेघ! मैं यहाँ रामगिरि का वासी नहीं। अलका का अभागा यक्ष हूँ। मैं यहाँ एकाकी हूँ, जो अपने स्वामी कुबेर के कोपवश निर्वासन भोग रहा हूँ। स्वामी दण्ड देते हैं और सेवक दण्ड भोगता है। मैं तो यहाँ दण्ड भोग ही रहा हूँ। मेरी प्रिया तो मेरे कारण मुझ जैसा ही दण्ड वहाँ अलकापुरी में अकारण भोग रही है। बन्धु! जो भी संतप्त हैं, तुम उनके हितु हो। तुम्हारी भौजाई केवल इसी आशा में किसी तरह जीवन की डोर को थामे है कि ये अभिशप्त दिन भी बीत जाएँगे एक, एक करके। कितने माह बीत गये और कितने शेष हैं, इसका हिसाब देहरी पर रखे फूलों की गिनती से करती होगी। अपने एकाकीपन को भरने का इससे भला साधन और क्या हो सकता है। उसका सारा ध्यान मुझमें और व्यस्तता फूलों की गणना करने में...।"

मित्र! तुम कहना—"मैं रामगिरि के आश्रमों में गया और वहाँ तुम्हारे पति से मिला। यहाँ चारों ओर से दैहिक, दैविक और भौतिक तापों से प्राणी घिरे हैं। तब इससे बढ़कर कोई सूचना नहीं हो सकती है कि जो जहाँ हैं, कुशल से हैं। न हो, तब भी यही कामना करता है कि वह सकुशल हो। मित्र, उससे कहना—"हर क्षण मेरा मन करता है कि इतनी निकटता हो कि हमारी सत्ता ही एक हो जाए।" मन करता है, पर भाग्य ने एक ऐसी दूरी खड़ी कर दी है कि इसे लाँघा नहीं जा सकता। जो मन चाहता है, वह हो नहीं पाता। यही दुर्भाग्य है।

मैं तुम्हें गेरू से चित्रित करता हूँ। अपने को तुम्हारे चरणों में निहारना भी कम सुखकर नहीं है, पर यह करते हुए आँखें बरबस डबडबा जाती हैं और विधाता को मेरा इतना सुख भी सहन नहीं होता। कहना—"स्वप्न में भी तुम्हें आलिंगन

में लेने के लिए अपनी भुजाएँ फैलाता हूँ तो मैं शून्य को ही अपने भुजपाश में ले पाता हूँ। प्रिये! स्वप्न में भी यह सुख दुर्लभ हो गया। मेरी इस दशा पर वनदेवियों के आँसू मोतियों की तरह तरु-पल्लवों पर बिखर जाते हैं।''

हे प्रिय सखा! मेरा सन्देश देना—''प्रिये! यह हमारे धैर्य की परीक्षा है। सुख और दुःख तो जीवन में आते ही रहते हैं। भाग्यचक्र तो सतत घूमता रहता है। देखना ये दिन भी नहीं रहेंगे। हम फिर मिलेंगे। हमारे सुखी दिन फिर लौटेंगे, तब तक...

विष्णु शेषशैया त्याग कर उठेंगे, मेरा शाप भी तभी पूरा हो जाएगा। ये चार मास भी बीत ही जाएँगे और तब हमारी रातों का उज्ज्वल पक्ष शुरू होगा। याद रखो प्रिया! वियोग में प्रेम घटता नहीं, बढ़ता ही है।''

मित्र! मैं नहीं मानता कि सज्जन पुरुष—''हाँ।'' कहकर ही अपना वचन पूरा करें। उदारमना मेघ! तुम तो यों भी बिना गर्जन के चुपचाप चातक की तृषा मिटा देते हो। मैत्री भाव से अथवा करुणार्द्र होकर तुम मेरा सन्देश मेरी विरहदग्धा प्रिया तक पहुँचाओगे ही, ऐसा मेरा मन कह रहा है। तुम अपनी विद्युत प्रिया से क्षण भर के लिए भी अलग न हो। एक विरही की अपने बन्धु, अपने सखा के लिए यही कामना है।''

''मैं एक साँस में कितना कुछ कह गया। सब कुछ तो कह गया।...हाँ, सब कुछ। फिर भी लगता है, बहुत कुछ छूट गया। यदि सब कुछ कहने लगता तो शायद शापमोचन की शेष अवधि पूर्ण हो जाती, तब भी मेरी व्यथा-कथा कुछ तो शेष रह ही जाती।

अब लग रहा है कि यह मेरी निरी धृष्टता नहीं है तो क्या है कि कितने सागर-पर्वत पार कर जलधर आज ही यहाँ आये और मैं इनके सामने अपना पुराण बाँचने बैठ गया। इन्हें थोड़ा सुस्ताने का अवसर तक नहीं दिया। यह इनकी शिष्टता है कि ये दम साधे मेरा प्रलाप सुनते रहे। मैंने इतना भी नहीं सोचा कि इस जनपद को इन वर्षा-मेघों की कितनी प्रतीक्षा थी। इनकी आवश्यकता बड़ी है या मेरा सन्देश भेजना? यहाँ के लोग यह जानेंगे तो क्या सोचेंगे?...कभी-कभी व्यक्ति ऐसा ही स्वार्थी हो जाता है। मेरे इस उतावलेपन की भी हद है!

एक बात तो है, मैं इन मेघ महाशय को प्रभावित करने में सफल तो रहा हूँ।''

''कुछ उत्साहित होकर मैंने बात को आगे बढ़ाया।''

"प्रियवर! मैं बता दूँ आपको? मैं बतला दूँ कि आप किस मार्ग से अलकापुरी पहुँचेंगे?"

अचानक बिजली चमकी तो लगा मेघ महाशय हँसे। हाँ वो हँसे ही थे। मुझे लगा कुछ चूक अवश्य हुई है। सम्भवतः मेरा कहा गया मेघ को प्रलाप भर लगा हो। शायद यह प्रलाप ही होगा। थोड़ा बोलकर मैं अधिक प्रभावी हो सकता था। शायद मैं कुछ ज्यादा ही घिघियाया। अब कई तरह की बातें मन में उठ रही हैं। मैंने जो कुछ कहा उसमें मेरी दुर्बलता ही ज्यादा झलकी। शायद हर दुर्बल और भावुक व्यक्ति कुछ मुझ-जैसा ही वाचाल हो जाता है। मेघ को देखा और मैं सुध-बुध खो बैठा।

मेघ ने कहा—"तुम, यक्ष तुम, मार्ग-निर्देश करोगे?"

मैं क्या कहता? कहना चाहता था, इसमें क्या आपत्ति है? पर चुप ही रहा। कई बार न बोलने पर बात नहीं बनती और कई बार अधिक बोल जाने पर बनी बनायी बात भी बिगड़ जाती है। यहाँ रामगिरि पर आकर तो मैं कुछ अधिक वाचाल हो गया हूँ। मेघ ने सम्वाद को टूटने नहीं दिया। हाँ, उनकी बात में न तो आवेश और न ही क्रोध। वो बोले,

"बन्धु! तुम बहुत ही दुःखी हो।"

"हाँ, इसीलिए आप मिले और मैं कथनीय-अकथनीय सबकुछ कह गया। कुछ अधिक ही। तब भी आपने धैर्यपूर्वक सुना।"

"………।"

"मुझे विश्वास है, आप मुझ पर उपकार अवश्य करेंगे। क्योंकि यह आपका चरित्र है। उदार व्यक्ति सदा परोपकार करने के लिए तत्पर रहते हैं. बिना किसी भेदभाव के।"

"मित्र! क्या मैं अपना उद्देश्य पूरा किये बिना ही लौट जाऊँ? एक ओर पूरे जनपद का प्रश्न है। इनके जीवन-मरण का प्रश्न। दूसरी ओर तुम्हारी समस्या। तुम्हीं बतलाओ, मेरे लिए क्या उचित है? क्या मुझे इन सब लोगों को इनके हाल पर छोड़ देना चाहिए? हाँ यदि तुम कहोगे तो...। तुम ही निर्णय करो...।"

"………"

"तुम कुछ कह नहीं रहे? मेरी बात से तुम तो और दुःखी हो गये लगता है।"

"मैं क्या कहूँ? मैंने सोचा था………"

"मेरी बात मानोगे?"

"कहिए।"

"तुम ही अलकापुरी चले जाओ।"

"मैं???"

"हाँ, क्या हर्ज़ है।"

"मैं तो एक निर्वासित..."

"सच्चा प्रेमी किसी बाधा-मर्यादा को नहीं मानता। वह प्राणों की चिन्ता नहीं करता।"

"और यदि मेरे स्वामी ने मुझे वहाँ पाया तो?"

"प्रेम करते हो और डरते हो? क्या होगा, तुम्हें प्राण-दण्ड दिया जाएगा न? इससे अधिक तो कुछ नहीं होगा। अपने प्रेम के लिए तुम उस दण्ड को उपहार मान लेना। इस तरह तुम हारोगे नहीं, जीत जाओगे। हारेगा, तुम्हारे स्वामी का विधान। कुछ गलत कर रहा हूँ?"

"आप मुझे विद्रोही बना रहे हैं।"

"प्रेमी तो जन्मजात विद्रोही होता है।"

"...।"

"तुम उस कोटि के प्रेमी नहीं हो। छोड़ो। क्या कह रहे थे तुम?"

"अब क्या कहूँ?"

"मैं सोच में पड़ गया हूँ। मेघ को दूत बनाने का मेरा निर्णय अनुचित तो नहीं है। मुझे तो आश्चर्य हो रहा है मेघ के कथन पर। वह तो विद्रोह की बात कर रहा है। क्या इतना आसान है? एक शक्तिशाली व्यवस्था से टकराने का अर्थ है, सर्वनाश। अब यह बात इन्हें कैसे समझाऊँ?"

"पुष्कर और आवर्तक कुल के वंशधर!" और पता नहीं क्या-क्या। शायद कुछ अधिक ही। स्वाभाविक है, जब अपना कोई काम होता है तो मनुष्य कुछ अधिक ही झुक जाता है। अरे, वंशज हैं तो हैं। समय के साथ कितना कुछ बदलता है, क्या मैं नहीं जानता। महान रघुवंश में ही अग्निवर्ण हुए और परिणाम? महान वंश में उत्पन्न होने से कुछ नहीं होता। ये महाशय हवा के अनुरूप अपनी गति और दिशा निश्चित करते हैं। जो हवा की दिशा, वही इनकी। ये स्वयं कुछ नहीं कर सकते। करना तो दूर हिल तक नहीं सकते। हवा इनके स्वरूप को बनाती-बिगाड़ती है। ऐसे अस्थिरमना का क्या विश्वास?

इन बड़े लोगों का कोई भरोसा नहीं। कभी कुछ, कभी कुछ। क्या पता ये मेरी परीक्षा ले रहे हों। हो सकता है, अन्ततः ये मेरा सन्देश मेरी प्रिया तक पहुँचाने के लिए तैयार हो ही जाएँ। जो भी हो, अपनी ओर से तो मैं ऐसा कुछ

भी नहीं करूँगा, जिससे बना खेल बिगड़ जाए।

बात मेघ ने ही फिर से छेड़ी।

"क्या बात है, तुम तो एकदम मौन हो गये?"

"क्या कहूँ?"

"अभी तो खूब बोल रहे थे। क्या हुआ?"

"कुछ नहीं।"

"कुछ तो है, यक्ष महाशय! अरे प्रसन्न रहो। सुखी रहोगे तो सौ लोग साथ होंगे। दुःखी के साथ क्यों कोई होने लगा। प्रसन्न रहो और सबको प्रसन्न रखो। निर्वासन ही तो मिला है। इसे सुखी रहकर भोग लो या दुःखी रहकर। दुःख को पदक की तरह क्यों लगाये रखा है। हाँ, सुख यों ही नहीं मिल जाता, उसे अर्जित करना पड़ता है। दुःख को धता बता दो। फिर देखो कैसे सब कुछ बदल जाता है। मेरी राय मानो और सुख की खोज में अभी ही जुट जाओ। यों तुम जिस हाल में चाहो रहो, तुम्हारी मर्जी।"

"कहना आसान है, मित्रवर! सुख कोई रास्ते में पड़ी वस्तु नहीं है, जो दिखी और उठा ली।"

"मैं कहाँ कह रहा हूँ कि वह रास्ते में पड़ी वस्तु है। अरे, कुछ करो। करते रहो। कुछ न मिले, तब भी आशा मत छोड़ो। लगता है, तुम तो जीवन के सारे दाव हार गये। जबकि सब कुछ तुम्हारे हाथ में है। ये हाथ असम्भव को भी सम्भव बना सकते हैं। प्रयत्न करो। सतत करते रहो। तुम स्वर्ग को धरा पर उतार सकते हो। उतार लो। असम्भव कुछ भी नहीं है, अगर दृढ़ निश्चय करके ठान लो।"

"आपके इस मूल्यवान अभिमत के लिए आभार।"

"तुम सचमुच ही बुरा मान गये। मैं तो तुम्हारी सहायता करना चाहता हूँ।"

"मुझे बुरा तो लगा। लगा तो इसमें छुपानेवाली बात नहीं है। मैंने मेघ से राय नहीं माँगी थी। जिस पर बीतती है, वही जानता है। पर मेघ ने अभी-अभी कहा कि—"मैं तुम्हारी सहायता करना चाहता हूँ।" तो मेरी हताशा में फिर आशा का संचार हुआ है। मेघ ने जो कुछ कहा, वह यदि विनोद मात्र है तो भी यह कैसा क्रूर विनोद है? मैंने अपने मनोभाव को भरसक दबाया। नहीं, सहज दिखने की भरसक कोशिश की।" मैंने कहा,

"मैं जानता हूँ, बन्धुवर! आप मेरी व्यथा-कथा से अवश्य द्रवित हुए हैं।

यह आपका सहज स्वभाव है।''

''तुम कुछ बतला रहे थे। नहीं?''

''हाँ, मैं...''

''मुझसे नि:संकोच कहो।''

''मित्र! आपका शुभागमन ग्राम-वधुओं के लिए किसी महोत्सव से कम आह्लादकारी नहीं है। कृषि और कृषकों के आप जीवनाधार हैं। बन्धु! माल क्षेत्र के ऊपर इस तरह बरसना कि जोती हुई भूमि गमक उठे।''

''दावाग्नि को शान्त कर देनेवाले मेघ! आप जैसे उपकारी मित्र को आम्रकूट सादर सिर-आँखों पर रखेगा ही। दशार्ण के उपवनों से होकर विदिशा पहुँचने पर वहाँ वेत्रवती के तरंगित जल का पान तुम ऐसे करोगे, जैसे वह उसका चंचल मुख हो।''

''यद्यपि यह थोड़ा वक्रमार्ग अवश्य है, तब भी उज्जयिनी के महलों-भव्य भवनों का ऊँची अटारियों के सुख से वंचित मत होना। वहाँ की नागर स्त्रियों के कटाक्ष से यदि वंचित रह गये तो मित्र समझना तुम छले गये। निर्विन्ध्या की लहरों पर हंसों की पंक्तियाँ करधनी के समान प्रतीत होंगी। उसके अटपटे प्रवाह और उसमें पड़ते भँवर में धँसकर उसके रस से तृप्त होना। वहाँ के ग्राम-वृद्ध उदयन कथा सुनाने में प्रवीण हैं। इनके कथा-कथ्य में कथा-रस तो मिलेगा ही, इतिहास रस भी मिलेगा। पुण्यों के क्षीण होने पर भी शेष पुण्यों के फल के समान अवन्ती क्षेत्र की राजधानी स्वर्ग सदृश्य ही है। हे मेघ! शिव के गण वहाँ तुम्हारा इसलिए भी आदर करेंगे कि उनके अधिष्ठाता के नीलकण्ठ में और तुममें वर्ण साम्य की शोभा है। तुम त्रिभुवन पति चण्डीश्वर के मन्दिर में अवश्य जाना। वहाँ उपवन में कमल के पराग से सुगन्धित सरोवर में जल-क्रीड़ा करती युवतियों को स्पर्श कर हवाओं के सुरभित झकोरे मनभावन होंगे। मित्र! यदि तुम महाकाल के मन्दिर में समय से कुछ पहले पहुँच जाओ, तब भी वहाँ पहुँचकर सूर्यास्त तक प्रतीक्षा करना। वहाँ की सान्ध्य आरती में अपनी घन-गरज से तुम्हें अवश्य सुफल मिलेगा। वहाँ प्रदोष बेला में नृत्य करती हुई गणिकाओं की कटि-किंकिणी बजती हैं तथा चँवर डुलाते हुए कोमल हाथ थक जाते हैं, मेघ! इन गणिकाओं के नख-क्षत पर शीतल बूँदें ढलकाकर तुम इनका उपकार ही करोगे।...और आरती के पश्चात् शिव-ताण्डव नृत्य में खिले हुए जपा पुष्पों के समान तुम्हारा अरुणाभ हो शिव को घेर लेना सुखद ही होगा। क्योंकि तब पशुपति रक्तरंजित

गजचर्म ओढ़ने की इच्छा त्याग देंगे और माता उमा को शिव का यह विरत भाव सुखकारी होगा। वे इस कारण तुम्हें प्रसन्न भाव से देखेंगी। उमा का यह अनुग्रह बड़ा सौभाग्यकारी होगा, मेरे प्रिय मेघ!''

''वहाँ उज्जयिनी में रात के समय अपने प्रियतम से मिलन के लिए उत्सुक और अधीरा कृष्णाभिसारिकाएँ गहन अन्धेरे में राजपथ से जा रही होंगी। हाथों को जब हाथ तक नहीं सूझ रहा होगा, तब प्रिय मेघ, जैसे कसौटी पर स्वर्ण रेख खिंच जाती है, तुम भी क्षण भर के लिए अपनी विद्युत कौंध से उन मार्गों को आलोकित कर देना। यह तो अवश्य करना, पर अपने घोर गर्जन से इन कोमलांगनाओं को भयभीत मत कर देना।''

''मेघ ध्यानावस्थित होकर मुझे सुन रहे थे। मुझे लगा, शायद झपकी लग गयी हो। क्या सुना, क्या न सुना, पता नहीं। मैं कोई लोरी तो नहीं सुना रहा था। मैं रुका तो मेघ महाशय को भी चेत आया। बोले,

''रुक क्यों गये?''

''मुझे लगा...''

''क्या लगा, यह कि मैं सो गया हूँ?''

''....।''

''नहीं, मैं ज़रा भी नहीं सोया। बस दो-तीन बातें घुमड़ती रहीं।''

''कैसी बातें?''

''छोड़ो, कहते रहो।''

''नहीं, पहले बतलाइए।''

''पहली तो यही कि विरहीजन सहज ही कवि हो जाते हैं। लगा, मैं कोई कविता सुन रहा हूँ। कितनी तन्मयता से तुम...। तुम सचमुच कवि हो?''

''नहीं मित्र! यह तो एक विरही प्राणी के मन का आवेग भर है आपको कविता लगी?''

''पूरी अलंकार, छन्द से सजी रसमय।''

''आप तो उपहास करते हैं। मैं और कविता???''

''भाई मेरे! क्या चित्र खींचते हो नगर का, नदी, नगर-वधुओं का, नागर युवतियों का और कैसा प्रबल आग्रह कि यह करना, वह करना। अद्‌भुत!! साथ ही यह मत करना, ऐसा भी मत करना।''

''बन्धु! लगता है, मैं आपके लिए मनोरंजन का साधन भर हूँ। क्यों मैं...?''

"नहीं-नहीं, ऐसा कैसे सोच लिया? हाँ, यह सच है कि मैं तुम्हारी तरह गम्भीर नहीं हो सकता। यह मेरी प्रकृति नहीं है, पर तुम तो..."

"तुम तो....क्या? यही तो न कि मैं नासमझ हूँ?"

"केवल नासमझ ही नहीं, भोले भी। तुम सच्चे प्रेमी हो न, इसीलिए नासमझ भी हो और भोले भी। समझदार व्यक्ति तो अपने गणित में पक्का होता है और प्रेम और समझदारी साथ-साथ नहीं निभते।"

"हाँ, आपने सही कहा।"

"मैं कहता सही हूँ, पर मैं गम्भीरता ओढ़े नहीं रह सकता। ज़रा गम्भीर हुआ कि झर-झर मोती झर जाते हैं। मैं हूँ ही ऐसा। चलो, आगे बढ़ो।"

"आप कुछ और..."

"विपद तो सुननी है भाई।"

"सच, तो कहूँ?"

"हाँ-हाँ, सुनाओ।"

"हे मेघ! गम्भीरा का उसके तटों से हटा हुआ नील नीर और उस जल को छूते बेंत ऐसे प्रतीत होते हैं, मानो गम्भीरा ने अपने नितम्ब से सरकते वस्त्र को अपने हाथों से पकड़ लिया है। प्रकृति भी मानो..."

"साधु-साधु!!!"

"बन्धु! आप तो फिर कहीं उलझ गये।"

"हाँ, भाई! गम्भीरा के सरकते वस्त्र में उलझ गया था।"

"आप भी....।"

"तुम सीधे-सीधे वर्णन क्यों नहीं करते? तुम्हें तो नदी में भी नख-शिख ही दिखाई देते हैं। नदी को नदी रहने दो। क्या यह उचित नहीं होगा?"

"क्यों नहीं होगा, पर मुझे तो हर नगर में अपनी अलका और जड़-चेतन में सर्वत्र अपनी प्रिया ही दिखाई देती है। मैं क्या करूँ?"

"तो फिर यह ताप-सन्ताप क्यों?"

"यह आप नहीं समझ पाएँगे।"

"ठीक, यही सही।"

"बन्धु! सरकण्डों के वन में जन्म लेनेवाले स्कन्द की अर्चना के बाद सिद्धगण जब किसी सुरक्षित स्थान की शरण ले लें, तब ही आगे बढ़ना कहीं वे भीग न जाएँ। मार्ग में चर्मण्वती भी पड़ेगी, इस नदी के प्रति सम्मान व्यक्त करने के लिए तनिक नीचे आ जाना। यह नदी महाराज रन्तिदेव की कीर्ति-रूपा हो प्रवाहित है। बन्धु, इसी यात्रा-पथ में दशपुर भी पड़ेगा। फिर लम्बा रास्ता पार करने के बाद ब्रह्मावर्त जनपद के ऊपर अपनी परछाई डालते हुए कुरुक्षेत्र के आते ही धुनर्धारी अर्जुन का सहज ही स्मरण हो आएगा। जिसने रणभूमि में अपने तीक्ष्ण बाणों की झड़ी शत्रु राजाओं पर इस तरह लगा दी थी, जैसे तुम कमल पुष्पों पर मूसलाधार वर्षा की झड़ी लगा देते हो।

कौरवों और पाण्डवों के प्रति समान स्नेह के कारण युद्ध से विमुख, बल्कि स्थितियों से निराश बलराम अपनी प्रिय सुस्वादु मदिरा को जिसे रेवती अपने मदिर नेत्रों से और भी मादक बना देती थी, उसे छोड़कर वे सरस्वती का जल सेवन करने लगे थे। हे मेघ! उस पवित्र जल के पान करने से तुम्हारा अन्तःकरण भी निर्मल हो जाएगा, चाहे वह बाह्य वर्ण वैसा ही श्यामल रहे।

कनखल में तुम उसी पतित पावनी गंगा का स्पर्श करना, जो सगरपुत्रों का उद्धार कर स्वर्ग की सीढ़ी बनी। गंगा की उज्ज्वल धारा में तुम्हारी छाया की श्यामलता घुलेगी तो ऐसा प्रतीत होगा, मानो प्रयागराज में गंगा-यमुना का मिलन हो रहा है। उस चट्टान की तुम भक्तिभाव से प्रदक्षिणा करना जिन पर शिव के चरणों की छाप है। सिद्धगण उनकी पूजा करते हैं। मित्र! यह धवल हिमालय साक्षात् त्रिनेत्र शिव का अट्टाहास है। कैलाश शिखर पर तुम थोड़ा अपना जी बहलाना। मानसरोवर के अमृत-तुल्य जल का पान करना। ऐरावत को ऐसे घेर लेना, मानो उसे दुकूल ओढ़ा दिया हो। कल्पवृक्ष के पल्लवों को ऐसे झकझौरना, जैसे चीनांकुश लेकर नर्तक-नर्तकियाँ नृत्य में उसे लहराते हैं।

हे मेघ! अलकापुरी तुम्हें ऐसी प्रतीत होगी, जैसे गंगा-रूपी साड़ी सरक गयी है और वह अपने प्रियतम कैलाश की गोद में विराजमान है। वर्षा में भीगी वह तुम्हें ऐसी लगेगी, मानो कामिनी की घुँघराली लटों में मोती गुंथे हों। ऐसी आकर्षक और शोभाशालिनी नगरी को तुम पहचान न सको, ऐसा हो नहीं सकता।"

"मेघ ने विनोद किया।

"चलो, अन्ततः तुम्हारी यात्रा को विराम मिला।"

"क्यों थक गये या ऊब गये?"

“क्यों कुछ और शेष रह गया है?”

“सोचता था, तुम्हें अपने घर तक ठीक-ठीक पहुँचा दूँ। पर छोड़ो।”

“नहीं, मन में है तो वह पूरा कर ही लो।”

“चाहे तुम ध्यान न दो?”

“एक बात तुम्हें बता दूँ। शायद तुम्हें ज्ञात हो, न हो, मैं सर्वत्र व्यापी हूँ। सहस्त्रों योजन दूर से मैं जल भर कर लाता हूँ। इस धरती पर ऐसा कोई स्थान नहीं, जो मैंने देखा न हो। फिर भी तुम ऐसे समझा रहे थे, ज्यों किसी बालक को समझाया जाता है।”

“मुझे टोक देते?”

“तुम्हें सुहाता?”

“....।”

“नहीं न? तो आगे?”

“आगे अब कुछ नहीं। यदि आप सचमुच गये तो मेरा आवास खोज ही लेंगे। मैंने आपका समय नष्ट किया। आपको सम्मुख पाकर मैं कुछ अधिक ही भावुक हो गया।”

“यही होता है: मेरे सामने हर कोई भावुक हो जाता है। यही होता है। क्या तुम्हें पछतावा है?”

“...।”

“जानते हो, मौन का एक लक्षण है, सम्मति।”

“हाँ और इसी मौन का दूसरा लक्षण है...”

“वह तुम नहीं हो।”

“एक भावुक व्यक्ति को कुछ भी मान लिया जा सकता है। नहीं?”

“तो आगे?”

“आगे कुछ नहीं। इतना ही पर्याप्त है।”

“सच में?”

“हाँ, अब मेरे विचार से तो।”

“अब मैं अपनी ओर से एक बात कहूँ?”

“यदि मुझे पात्र समझें तो?”

“देखो, मैं बहुत ही व्यावहारिक हूँ। भावुकता ठीक है, पर समस्या का हल भावुकता में नहीं, व्यवहार कुशलता में ही मिलता है। यह भावुकता, बार-बार अश्रुपात, विलाप, स्मरण और स्मृतियों के भँवर में फँसना, उनमें डूब जाना बुद्धिमानी नहीं है। जरा भी नहीं। मैं चाहता हूँ, भावावेश से थोड़ा उबरो और थोड़ा व्यावहारिक होकर सोचो। तुम्हें कोई राह मिलेगी।”

"आप दिखा सकते हैं वह राह?"

"हाँ, दिखा तो सकता हूँ पर..."

"कोई कठिनाई है?"

"पता नहीं तुम क्या सोचने लगोगे। मुझे तो पक्का विश्वास है कि अब मेरे बारे में वह धारणा नहीं रही होगी, जो आरम्भ में रही। लग रहा होगा, पुष्कर और आवर्तक कुल में यह तो कलंकवत् निकला।"

"मैंने ऐसा कुछ भी नहीं सोचा।"

"चलो, अच्छा है।"

"कुछ कह रहे थे।"

"हाँ, पर आज नहीं। अभी तो मैं यहाँ हूँ ही और हम मिलते रहेंगे।"

"...इस तरह मेघ ने मेरी जिज्ञासा बढ़ा दी। सच तो यह है, मेरी धड़कनों को बढ़ा दिया। मुझे मेघ का यह सतहीपन अच्छा नहीं लगा। गम्भीर बातों को भी गम्भीरता से न लेना अच्छी बात नहीं है। सच तो यह कि मुझे उनमें छिछोरापन ही नजर आया।...पता नहीं, अब ये महाशय क्या सुझाते हैं?"

"अभी तो ये जमकर बरस रहे हैं। धरती की प्यास काफी बुझ गयी है। धरती पर हरियाली छा गयी है। पशु प्रसन्न हैं। उनके लिए पर्याप्त जल भी हैं और भूख मिटाने के लिए हरा चारा भी। धरती प्रसन्न है। पशु प्रसन्न हैं, पूरा जनपद प्रसन्न है। मेघ की इस अनुकूलता पर तो हमारे ग्राम-प्रमुख भी प्रसन्न हैं।"

"मेघ से सामना हुआ, पर बात नहीं हुई। शायद वो अभी बात करना नहीं चाहते होंगे। शायद उन्हें लग रहा होगा, अभी अवसर नहीं आया, उस बात के लिए। मैंने निश्चय कर लिया था कि मैं अपनी तरफ से पहल नहीं करूँगा। हाँ, इतना मन में जरूर लगता था, यहाँ मेघ का काम पूरा हो गया है तो आगे बढ़ें। आगे बढ़ें, मतलब मेरा सन्देश लेकर अलकापुरी के लिए प्रस्थान करे। क्या पता उन्हें याद भी है या नहीं कि उन्होंने मेरा सन्देश ले जाने का वचन दिया है। हाँ, वह जो उत्तेजना थी, वह लगभग समाप्त हो गयी है।"

“अक्सर रह-रहकर यह बात मन में जरूर उठती रही कि आखिर मेघ मुझसे क्या कहना चाहते रहे? कहें तो ठीक, न कहें तो उनकी इच्छा।”

“आज मेघ मुझसे सहज होकर मिले।

“कहो, कैसे हो?”

“कृपा है?”

“मुझे याद है...”

“क्यों न होगा? मुझे पूरा विश्वास है।”

“यह दण्ड कब तक पूर्ण होगा?”

“देव के उठने तक।”

“और तब तक?”

“यह कठिन समय बिताना है। अब इतना बीता तो शेष समय भी बीत ही जाएगा।”

“मेरा कहा मानोगे?”

“कहिए न, मैं तो उसी दिन से उत्कण्ठित हूँ।”

“मेरी बात मानो, तुम यहाँ किसी से प्रेम कर लो और आनन्द से रहो।”

“क्या???”

मैं जैसे आकाश से गिरा।

“हाँ, मैंने वही कहा, जो तुमने सुना। इसमें इतना चौंकने की क्या बात है?”

“आप वो मेघ ही हैं?”

“हाँ। क्यों?”

“नहीं, मुझे लग रहा है, मेरी परीक्षा लेने के लिए देव ने किसी को माया रूप में मेरे पास भेजा है। छि: ऐसा घृणित प्रस्ताव!!! आखिर, आखिर क्या सोचकर आपने यह बात कही?”

“मैंने जो कुछ कहा, यक्ष! इसमें बुरा क्या है? तुम्हें निर्वासन मिला है न? अब यह तुम पर निर्भर है कि तुम इस दण्ड को कैसे भोगते हो। यह तुम्हारे ऊपर है, तुम यह अवधि रो-रोकर काटो या हँसते हुए। यक्ष! जीवन का एक-एक क्षण मूल्यवान है। जो बीत गया, वह जीवन में लौटना नहीं है। तुम दुःख को सुख में बदल दो और दण्ड को एक वरदान में, फिर देखो।”

“हम एक नियम से विधान से बँधे हैं। क्या...”

"नियम-विधान से तो तुम तब भी बँधे थे, फिर तुमने अपने दायित्व की उपेक्षा क्यों की?"

"मैं अपने प्रिया के प्रेम-पाश में बद्ध था, इसलिए। वह भी मेरा दायित्व था।"

"तुम अपनी आसक्ति का केवल औचित्य सिद्ध कर रहे हो।"

"तो उसका दण्ड भी तो भोग रहा हूँ। अब यह एक और पाप करूँगा तो उसका दण्ड? नहीं, मेघ! नहीं। अपना सुझाव अपने पास रखो।"

"चलो, यही सही।"

"सच, मुझे मेघ का सुझाव ज़रा भी नहीं सुहाया। यह भी कोई बात हुई भला, वो मेरी प्रिया वहाँ विरह-व्याकुल है। एक-एक क्षण उसके लिए भारी हो रहा है। वो वहाँ जीवित है तो केवल मेरे लिए। और जीवित भी क्या होगी, किसी तरह जीवन की डोर को थामे रखा होगा। प्राण इसलिए अटके होंगे कि उसकी आँखों में अपने प्रिय से मिलन की आशा शेष है और ये महाशय कह रहे हैं—"जोड़ लो, यहाँ पर किसी से नेह। अपने दुःख को सुख में बदल दो।" इस पुरुषार्थ की मुझे सीख दे रहे हैं? जो व्यक्ति दो नावों पर सवार होना चाहता है, वह डूबता ही है। पुरुषार्थ और व्यावहारिकता का पाठ मुझे मेघ से नहीं पढ़ना है। छल-कपट, पुरुषार्थ और व्यावहारिकता नहीं हो सकते और हों भी तो मुझे ऐसी व्यावहारिकता की जरूरत नहीं है और न ही मुझे इस तरह अपना पुरुषार्थ सिद्ध करना है। जो सुखी होना चाहें, हों इस तरह। उनके लिए शुभकामना।"

"एक-दो बार धूर्त मेघ ने टोह ली, पर मैंने उस ओर ध्यान नहीं दिया। जमे हुए मेघ छँटे, फिर घिरे, फिर छँटे। यों मैं शान्त लग रहा था, पर मन में कम उमड़-घुमड़ नहीं थी।

उस दिन अचानक ग्राम-प्रमुख से भेंट हो गयी। मुझे अनमना देख उन्होंने पूछा,

"अस्वस्थ हो?"

"नहीं, ऐसे ही कुछ बस।"

"क्या हुआ?"

मैंने सारा प्रकरण मुखियाजी के सामने रख दिया। वे सोच में पड़ गये। फिर बोले,

"उन्होंने तुमसे कहा ही न?"

"वह कहने लायक बात थी?"

"सुनने में क्या हर्ज है। सबकी सुनो और मन की करो। इस तरह मुँह फेर लेना। मुझे तो अच्छा नहीं लगा।...और तुम अपनी बात पहुँचाना चाहते हो वह? अच्छा बतलाओ, मेघराजा तुम्हारा काम भला क्यों न करेंगे?"

"यह बात तो मेरे ध्यान में आयी ही नहीं।"

"इसीलिए किसी से नाता मत तोड़ो। जोड़ना कठिन है, तोड़ने में जरा भी देर नहीं लगती। मेघराजा से बात तो करो।"

"हाँ, मैं जरूर करूँगा।"

"उस दिन मेघ ने मुझे फिर टकोरा।

"क्यों मित्र! अब भी रूठे हो?"

"नहीं, अब तो नहीं, पर उस दिन आपकी बात से बुरा जरूर लगा था। फिर मैंने आपकी बात पर लगातार विचार किया तो वैसी बात भी नहीं थी कि मुझे बुरा मान लेना था। मैं कुछ ज्यादा ही भावुक हो गया हूँ। यदि मेरे व्यवहार से आप..."

"नहीं-नहीं, वह बात नहीं, मैंने भी बस...."

"अब मुझे आप बतलाएँ, क्या मेरा किसी अन्य से प्रेम करना अनुचित नहीं होगा? मैं भ्रमित हूँ।"

"हर्ज़ क्या है? एक अन्तराल है, जिसमें कुछ भी नहीं है। इसी कुछ नहीं को कुछ से भरना है और क्या?"

"पर...?"

"अब जो बात कहूँगा, उससे तो तुम और बुरा मान जाओगे इसलिए संकोच है।"

"मुझसे अवश्य कहें। कड़वी बात वही कहता है, जो अपना होता है। मीठी-मीठी बात हर कोई कहता है।"

"तुमने मुझे अपना माना, धन्यवाद!"

मेरे मन में फिर उथल-पुथल शुरू हो गयी। पता नहीं, अब क्या धमका हो। हमारे बीच का वह मौन बहुत लम्बा लगा। हालाँकि वह बहुत लम्बा नहीं था, पर वह सघन होकर बोझिल भी हो गया था। चुप्पी मेघ ने ही तोड़ी।

"प्रिय यक्ष! तुम्हारी प्रिया भी क्या तुम्हारी तरह ही वहाँ तुम्हारी प्रतीक्षा में विकल होगी?"

"हाँ, निश्चय ही।"

"यक्ष! तुम्हारा समाज मुक्त समाज है। वर्जनाहीन समाज। तब भी क्या... ?"

"हाँ। तो?"

"तो तुम क्या सोचते हो?"

"मैं समझ नहीं पा रहा। मेघ आखिर... ?"

क्या सम्भव नहीं कि मैंने तुम्हें जो परामर्श दिया, वह वहाँ अलका में मूर्त हो रहा हो।"

"असम्भव है, यह।"

"असम्भव तो कुछ भी नहीं होता यक्ष! मैंने कहा सम्भव है..."

"मेघ! मुझे भ्रमित मत करो।"

"छोड़ो, मुझे कोई मतलब नहीं। जैसा तुम उचित समझो। हाँ, मैं तुम्हारा सन्देश अवश्य पहुँचाऊँगा। मुझे यह कार्य तो करना ही है। शायद इसी बहाने मैं वहाँ की वास्तविकता से अवगत हो लूँ। मित्र! मेरी कामना है, मेरी धारणा मिथ्या सिद्ध हो और ऐसा हुआ तो सर्वाधिक प्रसन्नता मुझे ही होगी। सब जानते हैं, कहीं मैं कम बरसता हूँ तो कहीं अधिक। ऐसा भी होता है, मैं आता हूँ, खूब छा जाता हूँ और बिन बरसे ही बिदा हो जाता हूँ। यहाँ कुछ ज्यादा ही बरस गया। चलता हूँ।"

"...मेघ यहाँ से चला गया, पर मेरे मन पर घटाटोप बढ़ गया। पता नहीं, यह जो कुछ हुआ, अचानक हो गया या नियति ने कुछ 'खेल' खेला है! नियति मेरे साथ ही बार-बार ऐसे खेल क्यों खेलती है? तब जो कुछ हुआ, उसका परिणाम आज भुगत रहा हूँ। आगे कुछ ऐसा-वैसा हुआ तो क्या कुछ भुगतना होगा, पता नहीं। मेघ तो बिदा हो गया, पर सन्देह के बीज जरूर बो गया।"

"आज फिर उसी स्वप्न-माया ने घेर लिया। अलकापुरी में मेरा घर। मुखौटों की हरकतें यक्षिणी का तितली बन सहसा गायब हो जाना, कुछ आँखों की ओट के पीछे की वास्तविकता के संकेत थे। मेरा ही मुखौटा लगाये, वह कौन होगा?

क्या यक्षिणी मेरे भ्रम में छली गयी होगी या वह स्वयं इस माया की सृष्टा रही होगी?" देवो न जानाति...।" अब मुझे विश्वास होने लगा है, वह स्वप्न आधा सच तो है ही। आधा सच वह और आधा सच यहाँ मैं। दो अलग भूमियों पर एक ही समय में आधा-आधा घटित होता एक पूरा सच!"

मेघ ने कहा था—"जो तुम मानकर चल रहे हो, वहाँ क्या वही होगा?"

वहाँ तो कुछ भी हो सकता है। क्या मैं अपने समाज को नहीं जानता? वहाँ कुछ भी हो सकता है। जैसे मछली को पानी के बाहर निकाल देने पर वह मर जाती है। अलका के नागरिक भी बिना भोग के रह नहीं सकते। ग्राम-प्रमुख ने बातों-बातों में एक दिन एक कहावत कही थी—"राँड तो अपना रँडापा काट ले। पर रँडवे काटने दें तब न।" उस समय तो कुछ भी समझ में नहीं आया था। आज जैसे अचानक पर्दा हट गया।

मुखौटों का खेल! मुखौटों की माया!! मेरा मुखौटा मुझे ही दृश्य से बाहर कर रहा है!!! तितली को उड़ने के लिए आकाश है। वह उड़ रही है। उड़ी जा रही है। नयी ऊँचाइयाँ! नया-नया अनुभव। नया रोमांच। नया सुख। मेघ मुझे नयी दृष्टि देकर चला गया या चला गया मेरे विवेक का हरण करके?

उसने कहा था—"व्यावहारिक बनो।"

"उफ्!!! जैसे इस 'उफ्' के साथ मैंने अपने को तनावों से पृथक किया। मैं तो पागल हो गया इस सिरफिरे मेघ की इस निरन्तर बक-बक से। भाषा के लच्छों में वह अच्छे-अच्छों को बहका सकता है।'

इसकी बातों के चक्कर में फँसा तो समझो उसकी दुर्गति हुई।

"मुझे कुछ भी समझ में नहीं आ रहा है। मेरे जैसा भ्रमित व्यक्ति शायद ही कोई हो। पहले नींद उचटने के कारण अलग थे, अब बिलकुल अलग हैं। कभी सोचता हूँ, पीठ पीछे कुछ भी होता, मुझे तो ज्ञात नहीं होता न? जागना ही त्रास है। मैं किस अन्धी सुरंग में फँस गया? कभी सोचता हूँ, सब कुछ भुलाकर जैसे अब तक दिन काटे, उसी तरह काट दूँ। मुझे अपनी प्रिया पर तो विश्वास होना ही चाहिए। विश्वास ही टूट गया तो क्या रह जाएगा? मन का घोड़ा बेलगाम दौड़ाता है।"

''....लगता है, मेघ ने ठीक ही सलाह दी थी। ''यों रोने-झींकने से क्या लाभ? जीवन तो गुजर गया, वह लौटना नहीं है। इसलिए जीवन का एक-एक क्षण मूल्यवान है। ''मैं कोई विशिष्ट जन नहीं। एक सामान्य व्यक्ति की तरह मुझे जीना और रहना चाहिए। मुझे अपने चेहरे से वैशिष्ट्य का मुखौटा उतार देना चाहिए। इससे मेरे कष्ट भी सामान्य कष्ट हो जाएँगे। सामान्य होकर मैं अधिक सहज होकर जी सकूँगा। अपनी अलग और विशेष पहचान खोकर मैं जन-प्रवाह का एक अंश बन जाऊँ यही ठीक है।''

''इसी रामगिरि पर वह पवित्र कुण्ड है, जहाँ सीता स्नान किया करती थी। श्रीराम ने जब वनगमन किया तो सीता ने भी अयोध्या त्याग दिया। वंन के कष्ट सहे। जहाँ पति, वहीं मैं। सारे राजसी सुखों का परित्याग कर दिया। वन के कष्टों में ही सीता ने सुख का अनुभव किया। सीता के स्नान से इस कुण्ड का जल पवित्र हो गया।''

''मेरी यक्षिणी ने तो एक बार भी नहीं कहा कि—''मैं भी तुम्हारे साथ चलूँगी। जहाँ तुम वहीं मैं। तुम नहीं तो अलका का वैभव, यहाँ के सुख मेरे लिए अर्थहीन हैं।'' मुँह रखने को भी नहीं कहा! मैं यहाँ इतनी दूर आ गया उसके प्रेम में पड़कर और वह...? यह प्रीति का दण्ड है, जो मैं दिन-रात भोग रहा हूँ। एक क्षण भी प्रिया की स्मृतियों से अलग नहीं हो पाता। प्रेम की अगन में हर क्षण जल रहा हूँ और वो वहाँ...?''

''मेघ वहाँ जाकर पता नहीं, कैसा दृश्य देखेगा? पता नहीं, क्या सोचेगा वह? पता नहीं, वह वहाँ जाकर हँसेगा या रोएगा? पता नहीं...।''

*तन्वी श्यामा शिखरिदशना पक्वबिम्बाधरोष्ठी
मध्ये क्षामा चकितहरिणीप्रेक्षणा निम्ननाभिः ।
श्रोणीभारादलसगमना स्तोकनम्रा स्तनाभ्यां
या तत्र स्याद्युवतिविषये सृष्टिराद्येव धातुः ॥*

छह

''वर्षा लगभग बीत गयी है। कभी-कभी अपना स्मरण करवाने के लिए वर्षा की हलकी फुहारें इसी तरह पड़ जाती हैं, जैसे कोई जाते-जाते कुछ दे जाता है—''लो, अब इतना ही है मेरे पास, इसे कहाँ उठाये-उठाये फिरूँगा। रख लो, इसे भी। चट बरसे और पट गायब। आकाश धुला-धुला। वृक्ष धुले-धुले। नदियाँ-नाले जिस तरह उच्छृंखल हो गये थे, अब सब फिर अपनी-अपनी मर्यादा में। सरोवर का जल आकाश के लिए दर्पण हो गया। भँवरे कमल पुष्पों पर मँडराने लगे। मधुमक्खियाँ मधु-संचय में सक्रिय हो गयीं। काँस के फूलों ने वर्षा ऋतु के व्यतीत हो जाने का संकेत दे दिया। बादलों की ओट में छुपा और वर्षा में भीगा सूर्य अब इतना प्रतापी हो गया कि हरिण भी काले पड़ गये। सूर्य जितना तपता-तपाता, रात में चन्द्र-किरणें शीतलता प्रदान करतीं। कल तक क्या था, आज क्या से क्या हो गया।''

''...क्या से क्या हो गया।'' इस वाक्य में कितना कुछ छुपा है। मुझे एक गहरी उदासी में ले गया, यह वाक्य—क्या से क्या हो गया? चौमासे से पहले मन की विकलता कुछ और थी। आज कुछ और ही है। मेघ ने क्या मेरे साथ मित्रता का निर्वाह किया? उसने क्या किया, यह तो मेरे मन की दुर्बलता थी। उसने जो कुछ कहा, मैंने मान लिया। मुझे शायद अपने प्रेम पर ही विश्वास नहीं था। मुझमें दृढ़ता होती तो वह लाख कुछ भी कहता, कोई असर नहीं होता। यह मेरी दुर्बलता ही थी, जिसने मुझे जड़ से उखाड़ दिया। सच तो यह है कि अब न तो मैं घर का रहा और न ही घाट का। बस, दर-दर का होकर रह गया।

मैं पहले एक-एक दिन गिनता था—''चलो, आज मेरे निर्वासन का एक और दिन कम हो गया। और आज दिन तो बीत रहे हैं, पर मन में कोई उत्साह

ही नहीं रहा। क्या देखूँगा मैं वहाँ जाकर? वहाँ क्या मिलेगा? मैं अलका से भाग रहा हूँ या स्वयं से? मन में बहुत से प्रश्न खड़े हो गये हैं। मन कभी-कभी यह भी कहता है कि यहीं, इसी रामगिरि पर एक संन्यासी की तरह शेष जीवन व्यतीत कर दूँ। अब जीवन में रह ही क्या गया है? फिर एक विचार यह भी आता है कि मेघ तो लबारी है। (अब उसके प्रति भी मेरे मन में भली धारणा नहीं रही।) एक विचारशील व्यक्ति में इतना तो विवेक होता ही है कि वह क्या कहे, क्या न कहे। बल्कि विचारवान व्यक्ति अवसर और स्थिति को भाँपकर सच को भी कभी कभी छुपा लेते हैं, यदि इस छुपाने में किसी का हित होता हो तो। मुखियाजी तो ठेठ गाँव के ठहरे, वे एक युक्ति कहते हैं, जो मेघ जैसे व्यक्ति पर बड़ी सटीक बैठती है—''मुँह आया बोल दें और...।'' यहाँ उसका उल्लेख शोभनीय नहीं है। यह लोक की शक्ति है, जो सही की अभिव्यक्ति सही ढंग से और गलत कि बिना हिचक और लाग-लपेट कर करती है। हम संस्कारशील (?) प्राणी भाषा के सौष्ठव में ही घुटते रहते हैं।''

''मुखियाजी की बहू मालव प्रदेश की है। वह आयी तो अपने साथ पूरा लोकशास्त्र ले आयी। अब वो ठहरी मुखियाजी की बहू। जो वह करे, वही सब करें। दूसरे, धर्म चाहे वह लोकधर्म हो, उसे अपनाने में यहाँ किसी को संकोच नहीं। कोई यह नहीं सोचता कि हमारे यहाँ तो ऐसा नहीं होता, वैसा नहीं होता। सब मानते हैं, अलग-अलग रूपों में, मान्यताओं में, कथा-वार्ता में, नये-नये नामों में वही ईश्वर है। यहाँ कुछ और, और वहाँ कुछ और। तो वहाँ के ईश्वर को यहाँ स्थापित करने में आपत्ति क्यों? इससे भी बढ़कर बात यह है कि वह अपने ढंग से हमारे सूने जीवन में रंग भरता है। वह तो उल्लास और उत्सव का पर्याय है। वह हमारे उल्लास में व्यक्त होता है। हमारे गीतों में...। यदि इतने उत्सव में एक उत्सव कुछ सुख और जोड़ देता है तो ऐसे पर्व-उत्सव, पूजा से भला किसे आपत्ति होती।

यह 'संजा' पर्व है, जो शरद ऋतु में आता है। वस्तुतः यह कन्याओं का लोकपर्व है। कच्ची भीत पर गोबर, फूलों-पत्तियों से संजा बनायी जाती है हर दिन। ऊपर पीले फूलों की पंखुड़ियों से सूर्य बनाया जाता है और सफेद पँखुड़ियों से चन्द्रमा। फिर बीच में कभी फूल कभी निसैनी, कभी स्वस्तिक, कभी चौपड़ तो कभी कल्पवृक्ष का प्रतीक वृक्ष। इस पर्व में कला-दक्षता का प्रदर्शन भी है और आस्था का भी। हमारे वहाँ की रत्नजटित भीतों पर यह नहीं होता। और

कौन गोबर में हाथ गन्दे करेगा। चाहे वह कामधेनु का गोबर ही क्यों न हो। अलका के संस्कार ही भिन्न हैं। यहाँ जो निश्छल-निष्कपट भोलापन है, वह वहाँ है ही नहीं। इसीलिए यहाँ के लोग जिस तरह सब में आकण्ठ डूब जाते हैं, वैसा वहाँ नहीं है। एक सजग सतर्कता उन्हें ऐसा सरल-सहज होने नहीं देती।

''....मेरे लिए यहाँ सब कुछ नया है, इसीलिए आकर्षण से भरपूर है।

मैं 'संजा' का उल्लेख कर रहा था। नवविवाहिताएँ ससुराल से पहली बार अपने मायके में आती हैं। इनका मन अभी भी सखी-सहेलियों में ही रमता है। सास, ससुर, ननद, देवर कोई नहीं भाता। संजाबाई को भाता है तो उसे उसका भरतार। वर्षा गयी शरद ऋतु आ गयी। ससुराल से बारी-बारी उसे लिवाने के लिए आते हैं, पर संजा अपने ससुराल नहीं जाती, अन्त में पति आता है, और संजा उसके साथ बिदा होती है। एक नितान्त लौकिक भाव-विदापर्व अन्ततः संजाबाई को 'देवी' और उसके पति को 'ईश्वरजी' में घटित करता है। यह मानवीय भाव की पराकाष्ठा है, जो मनुष्य को ही ईश्वर-रूप में देखती या मानती है या कि वह मनुष्य में ईश्वर खोजता है और उसे मान्यता देता है।...बड़ा ईश्वर नहीं है, बड़ा वह है, जो सामान्य को ईश्वरत्व प्रदान करता है। लोक के लिए और लोक में बड़ा वही है ईश्वर-रूप, जो जन-जन को उल्लास से भर दे।

> ''संजा बई का लाड़ाजी, लुगड़ो लाया जाड़ा जी
> असो कँई लाया दारी को, लाता गोटा किनारी को।''

जैसे लौकिक भाव की संजा

> ''बाई, संजा बई पेर्यो चुड़लो वी ईसवरजी झुर झुर झाँके म्हारी माँय-
> धरती पे धोलो चूड़ो दाँत रो।''

में विस्तार पाता है

> ''संजा का सासरिया से हाती बी आया घोड़ा बी आया''
> ''तम जाव संजा बई सासरिये, हूँ तो नी जऊँ दाउजी सासरिए''

की परिणति

> ''डाँडे बैठी चरकली उड़ाओ म्हारा दादाजी,
> बाई चाल्या सासरे मनाओ म्हारा दादाजी''

में होती है। मैंने यहाँ देखा, लोकजीवन और लोकधर्म को अलग किया ही नहीं जा सकता। यह रामगिरि का शरद है, जो अलका में सम्भव ही नहीं

है। यहाँ के लोक-व्यवहार और लोक-विश्वास को देख-देखकर मैं बस चकित होता रहता हूँ!''

''...मेरी स्थिति तो झूले की तरह हो गयी है। एक पेंग इधर तो दूसरी उधर। अभी-अभी मैं रामगिरि की शरद ऋतु में खोया हुआ था, अगली पेंग मुझे अलका में ले गयी। वह अलका जो मेरा संस्कार है। इससे बाहर और इससे भिन्न मैं हो नहीं सकता।

ये चाँदी से उजले, शंख जैसे बादल, जलहीन और हल्के-फुल्के बादल। आकाश में डोल रहे हैं, ऐसे-जैसे चँवर डुला रहे हों, स्वामी पर...।

सरोवर में खिले नीलोत्पल, वहीं विचरते हंसयुगल, मन्द-मन्द शीतल समीर के झोंकों में मेरा मन भी नयी उमंगों-तरंगों से भर जाता है। इस शरद में...

इस ऋतु में युवतियों ने देह चन्दन-चर्चित की। मुक्ता माल धारण की। अपने पुष्ट नितम्बों को करधनी से सज्जित किया। चरण कमल में नूपुर धारण किये और धारण की अपने में उमंग।

जो अभागे हैं, इस ऋतु में अपनी प्रिया से दूर हैं। वे जहाँ हैं, नील कमलों में अपनी-अपनी प्रिया के उत्सुक नेत्रों का आमन्त्रण अनुभव करते हैं। हँसों के कल-कूजन में सुनते हैं—अपनी प्रियाओं के नूपुर का रुन-झुन। जीवबन्धु के रक्तिम पुष्प देखकर इन्हें लगता है, यह इनके प्रिया के अधरों की ही लाली है। ये सब इनके पास है। पास नहीं है तो अपनी-अपनी प्रियाओं के नीलम नेत्र, नूपुर की वह मधुर रुन-झुन, वे रक्तिम अधर। कल्पना उन्हें एक सुख संसार में प्रवेश देती है और यथार्थ उन्हें विरह-वेदना से और भर देता है। वेदना आँसू बन जाती है और ये परदेशी आकुल-व्याकुल हो उठते हैं।

सत- उजली
मन केवल
घिरा-घिरा
घटाटोप से।
झर-झर
विकल नयन
कैसे मानूँ
बीत गया सावन
आ गया—शरद!''

“शरद ऋतु में यहाँ कमल-पुष्पों से सरोवर सुशोभित हो गये, गुलतेवड़ी के फूलों से धरती पर रंगों का मेला लग गया, “संजाबाई” का आगमन हुआ—घर-घर, वहीं अगस्त के फूल भी खिल गये। पितरों को ये ही पुष्प सर्वाधिक प्रिय हैं। यों तो सारे श्वेत पुष्प भी उपयोगी हैं और श्राद्ध-तर्पण के इस पर्व का वातावरण कुछ अवसादपूर्ण है तो कुछ उल्लासमय भी। काले तिल, जौ, भृंगराज, तुलसी, अगस्त के पुष्प, धूप से श्राद्ध-तर्पण हो रहे हैं। ब्राह्मणों को तो भोजन से अवकाश ही नहीं है। वे किसका आमन्त्रण स्वीकारें और किसको मना करें? हर दिन खीर खा-खाकर ये अघा गये हैं। उड़द के व्यंजन पितरों को प्रिय हैं, तो बनेंगे ही बनेंगे। ब्राह्मणों को ही नहीं, कौओं को भी ससम्मान न्यौता जा रहा है। ब्राह्मण तृप्त हो रहे हैं। पितृगण भी और कौए भी। सभी आशीर्वाद दे रहे हैं।

इन पन्द्रह दिनों में खीर खा-खाकर मैं तो घबरा गया। तीन-चार दिन तो ग्राम-प्रमुख का ही अतिथि रहा। काकी माँ के आग्रह से तो मेरे प्राण संकट में आ गये। कितना श्रद्धाभाव! गृहस्वामी ने स्वयं हमारे पैर धोए। कई भोजन-भट्टों के आहार की क्षमता से तो मैं चकित रह गया।

अब श्राद्ध पक्ष बीता नहीं कि ‘नवरात्र’ आरम्भ हो जाएगा।

धन्य है, यह धरा!!!

“शरद ऋतु सब पर छायी है। मेरा मन कहीं और भटक रहा है—रामगिरि से दूर। ज्यों-ज्यों अवधि पूरी होने को आ रही है, मेरी विकलता ज्यादा ही बढ़ रही है। अब ये दिन मेरे लिए कठिनतर होते जा रहे हैं।

रात में बेचैनी बनी रही। किसी तरह नींद लगी भी तो वह एक दूसरे ही अविश्वसनीय लोक में ले गयी, जो परिचित है और तब भी अविश्वसनीय! क्या दशा हो गयी होगी मेरी, आप इसकी सहज कल्पना कर सकते हैं। सच तो यह है कि उस अविश्वसनीय से फिर अपने विश्वसनीय परिवेश में आकर मैं अब तक सहज नहीं हो सका हूँ।”

“...मुझे पंख मिल गये थे। विद्याधर और अप्सराएँ तो गगनचारी होते हैं, यह मुझे ज्ञात है। देवताओं की पहुँच सर्वत्र है। वे कहीं भी प्रकट होते हैं और जब चाहें, अन्तर्धान हो जाते हैं। उनकी तो किसी से तुलना हो ही नहीं सकती। पर हम यक्ष जाति के जीव इसी धरती के प्राणी हैं—मनुष्यवत्। हममें ऐसी कोई अलौकिक शक्ति नहीं है और मैं तो उस यक्ष जाति में भी एक यक्ष सेवक। न तो मेरी अपनी कोई विशेष पहचान और न प्रतिष्ठा। पर स्वप्न में तो रंक, राजा

हो जाता है और राजा, रंक। यही तो अद्‌भुत विशेषता है स्वप्न की। अस्तु।

जब पंख मिल गये तो मेरी दिशा और लक्ष्य भी निश्चित हो गये। मेरा लक्ष्य तो एक ही है—अलकापुरी। वहाँ भी मेरा अपना घर और घर में अपनी प्रिया की एक झलक। बस, उसकी झलक भर मिल जाना मेरे लिए किसी पुण्योदय से कम नहीं। स्वप्न में ही मुझे लगा, पता नहीं, आज कौन-सा पुण्योदय हुआ है। ऐसे पुण्योदय मेरे लिए स्वप्न में ही सम्भव हो सकते हैं। वरना मेरा तो पूरा जीवन ही...''

अचानक मेघ मिल गया। उसकी दिशा भी वही थी, मुझे संकोच हुआ। अपनी प्रिया को सन्देश भिजवाने के लिए मैंने उसे अपना दूत बनाया था। और मैं स्वयं अपनी यक्षिणी के पास जाने के लिए उड़ा जा रहा हूँ। पर मेघ तो अजब मनमौजी हैं। वह ऐसी-वैसी बातों पर ध्यान नहीं देते। उन्होंने मुझे देखा और पुकारा।

''अरे मित्र यक्ष! इतनी तेज़ी से किधर? लो, तुम्हारे तो पंख निकल आये?''

मैं थोड़ा लज्जित हुआ। इधर-उधर बगलें झाँकने लगा। मेघ विनोद पर आ गया—

''बन्धु, अभी तो निर्वासन की अवधि शेष है। तुम तो दुःसाहसी हो गये। क्या हो गया है तुम्हें? तुम्हारे इस दुःसाहस का दुष्परिणाम कुछ भी हो सकता है, पता है? पर मुझे प्रसन्नता है, तुम्हें मेरी उस बात में सार नजर आया। याद है, मैंने ही रामगिरि में तुमसे कहा था—'तुम ही अलकापुरी चले जाओ।' मैंने ही तब कहा था—'सच्चा प्रेमी किसी बाधा-मर्यादा को नहीं मानता। वह प्राणों की चिन्ता नहीं करता।...प्रेम करते हो और डरते भी हो? क्या होगा, तुम्हें प्राण-दण्ड दिया जाएगा। इससे अधिक तो कुछ नहीं होगा? अपने प्रेम के लिए तुम दण्ड को उपहार मान लेना। इस तरह तुम हारोगे नहीं, जीत जाओगे। हारेगा, तुम्हारे स्वामी का विधान।' पर उस समय तो तुम भीरू बने रहे। मुझे तो बड़ी प्रसन्नता है, तुममें आखिर साहस जागा। मैं तो ऐसे लोगों को ही पसन्द करता हूँ।''

''आप किधर?''

''किधर! अरे तुमने जो काम मुझे सौंपा था, उसी के लिए जा रहा हूँ और तुम पूछ रहे हो किधर?''

''मैं ऋणी हूँ।''

"अब तो तुम ही जा रहे हो। मैं मुक्त हुआ।"

"अरे, ऐसे कैसे। आपके बिना..."

"अब आप दोनों के 'महामलिन' में मैं बेचारा क्या करूँगा?"

"ऐसा कुछ नहीं है मित्र! मैं उसकी बस एक झलक..."

"अर्थात् सरोवर के निकट पहुँचकर भी प्यासा, प्यासा ही रहेगा?"

"हाँ, यही सच है।"

सच यही था, पर मेघ को साथ ले जाने में मेरा एक स्वार्थ, बल्कि दुष्टता यह भी थी कि मेघ स्वयं मेरे सामने देखे कि मेरी प्रिया पत्नी ने मेरे वियोग में अपना क्या हाल बना रखा है। मुझे अभी भी याद है, मेघ ने कहा था—"प्रिय यक्ष! तुम्हारी प्रिया भी क्या तुम्हारी ही तरह वहाँ तुम्हारी प्रतीक्षा में विकल होगी?...यक्ष, तुम्हारा समाज मुक्त समाज है। वर्जनाहीन समाज। तब भी क्या... ?" मैं मेघ को झूठा सिद्ध करना चाहता था। वह स्वयं देखे, पर मेरे मन में कहीं धुक-धुक भी थी। क्या पता...। यदि वैसा ही दृश्य देखने को मिला, जिसकी सम्भावना मेघ ने व्यक्त की थी, तब तो बड़ी भद्द हो जाएगी। क्या मैं स्वयं भी सच का पता लगाने नहीं जा रहा था? मेघ ने जैसे सोते से जगाया।

"यक्ष!"

"हाँ।"

"कहाँ खो गये, अलका की वीथिका में या... ?"

मैंने बात को मोड़ दिया।

"बन्धु! अब पंख लग ही गये हैं तो कहीं भी भटक सकता हूँ न?"

"तो?"

"चलें। कितना अप्रत्याशित है, आप मिल गये। कितना सुखद।" कहा तो—"कितना सुखद", पर मेरी धड़कन अनियन्त्रित हो गयी थी। मेघ बोले,

"चलो, तुम्हारा साथ होने से मुझे व्यर्थ भटकना नहीं पड़ेगा और तुम्हारा साथ होने से रास्ता आसानी से कट जाएगा। नहीं?"

•

"मैं अलका में मेघ का मार्गदर्शक हो गया था। साथ ही मेघ के साथ होने से मैं उसमें पूरी तरह घिर गया था। मैंने मेघ से कहा,

"अलका के महल आपसे किसी भी तरह कम नहीं हैं। आपके पास चपल-चपला है तो उनमें अपनी छवि से चकाचौंध पैदा करनेवाली स्त्रियाँ हैं। आपके पास सतरंगा इन्द्रधनुष है तो उनके पास अद्भुत चित्र सज्जा है। आपके पास घन-

गरज है तो वहाँ मृदंग की ताल से निर्मित सांगीतिक सृष्टि है। आपमें जल भरा है तो वहाँ मणिखचित वैभव है। शरद् में कमल, हेमन्त में कुन्द, शिशिर में लोध्रपुष्पों का पीत पराग, वसन्त में कुरबक और ग्रीष्म में सिरिस के पुष्प से वहाँ की सुन्दरियों के शृंगार होते हैं। वर्षा ऋतु में कदम्ब के पुष्प उनकी शोभा बढ़ाते हैं। वहाँ हर ऋतु में फूल सजने को आतुर रहते हैं और सुन्दरियाँ सजाने को। अलका के मार्गों पर प्रात:वेला में अभिसारिकाओं के कुन्तलों से घिरे मन्दार पुष्प, कानों से छूटे स्वर्णकमल और कण्ठहार से टूटे-बिखरे मोती नैश उत्सव का बखान करते हैं।

कुबेर के भव्य भवन से उत्तर दिशा में मेरा आवास है। इन्द्रधनुष से होड़ लेता मेरा घर के द्वार पर सजा तोरण मेरे घर की अलग पहचान है। एक मन्दार का छोटा वृक्ष भी मिलेगा, फूलों के भार से एक ओर झुका। इसे मेरी पत्नी का पुत्रवत् स्नेह प्राप्त है। द्वार-स्तम्भों पर शंख और कमल पुष्प उत्कीर्ण हैं। यह सब कुछ होते हुए भी मित्र, मेरे घर पर एक गहरी उदास छाप पाओगे। सूर्य की अनुपस्थिति में कमल तो नहीं खिल सकते हैं न। पहले आप ही गवाक्ष से भीतर झाँकना। वहाँ अँधेरा ही होगा। आपको अपनी चपला से उस अँधेरे को प्रकाशित करना पड़ेगा।

मेघ! वहीं मेरी पत्नी या तो देवताओं की पूजा में यह समय व्यतीत करती मिलेगी या अपने मनोभावों के चित्रांकन में रत, या पिंजरे में बैठी सारिका से पूछती दिखेगी—''ओ रसिका! बता तो तुझे भी क्या वे इतने ही याद आते हैं? तू भी तो उनकी इतनी ही प्रिय थी, जितनी मैं?''

मित्र, तुम्हें लगेगा मैं व्यर्थ की बड़बड़ कर रहा हूँ, पर जब दो साथ-साथ यात्रा कर रहे हों तो मौनी बनकर भी रहा नहीं जाता। आप तो अकेले ही अपने से कभी मन्द्र और कभी तुमल घोष में नहीं बतियाते?...शायद मैंने भी जो कुछ कहा, आपसे नहीं अपने से ही कहा। इस तरह भावों में डूबने और उबरने का भी सुख है।....पता नहीं, सुख या दु:ख।''

''ये पंख कभी इतने बलिष्ठ हो जाते कि लगता ये मुझे अलका से भी आगे ले जाएँगे, पता नहीं कहाँ? यह अज्ञात प्रदेशों में जाकर रोमांचित होने का नहीं, अपरिचित के आतंक से आतंकित होने का भय है। ये पंख मैंने नहीं चाहे थे। मैंने तो निर्वासन भी नहीं चाहा था। ऐसा कितना कुछ हो जाता है। जो हम चाहते हैं, वह नहीं होता। जो नहीं चाहते हैं, वही होता जाता है। ये पंख मेरे

लिए मुसीबत हो गये हैं। कभी ये बलिष्ठ लगते हैं तो कभी मैं। यदि ये मेरा बोझ नहीं उठा पाए तो पता नहीं, कहाँ पटक देंगे? पता नहीं, किस गर्त में, पता नहीं, किनके बीच? अजीब मुसीबत में मैं घिर गया हूँ।

मैं बेचैनी अनुभव करता हूँ। चारों ओर अन्धेरा है। अपने आश्रम के इस अँधेरे में मैं द्वार को खोजना चाहता हूँ। हर बार द्वार कहीं छूट जाता है और सामने होता है अँधेरा और उस अँधेरे में खड़ी एक अन्तहीन दीवार। क्या द्वार वाकई गायब हो गया है? था तो, पर अब तो नजर नहीं आता। मुझे बाहर निकलना है और रास्ता मिल नहीं रहा। निर्वासन की अवधि पूर्ण होने के बाद भी क्या मुझे मार्ग नहीं मिलेगा? जिधर से भी मैं निकलने की कोशिश करूँगा, क्या उधर दीवार ही होगी? मेरी छटपटाहट बढ़ गयी है। यह छटपटाहट आधी नींद में है और आधी नींद से बाहर...

"यक्ष! यक्ष!!"

"यह किसने पुकारा?"

"मैंने, आप कहाँ खो गये थे?"

"मैं, पता नहीं कहाँ?"

"मैं हो आया तुम्हारे घर?"

"अच्छा!!! मेरा सन्देश दिया?"

"किसे देता?"

"मेरी पत्नी को। क्या कहीं और चले गये?"

"नहीं, घर तो तुम्हारे ही गया था यक्ष, पर लगा कोई मतलब नहीं है।"

"क्यों, क्यों लगा ऐसा?"

"छोड़ो।"

"नहीं, मुझे बतलाओ?"

"यक्ष! तुम मूर्ख हो।"

"यह जानना नहीं चाहा मैंने। हूँ तो हूँ, पर मुझे बतलाओ तो सही?"

"मैंने पहले ही तुमसे कहा था।"

"वह तो आपका विचार था।"

"वही आज यथार्थ है यक्ष।"

"तुम धूर्त हो।"

"अच्छा है, यही मानकर मेरा विश्वास न करो। भूल जाओ, रामगिरि पर

मैं तुमसे मिला। तुमने एक दायित्व मुझे सौंपा। मैंने वह पूरा किया। यों भी मैं चिन्ता पालनेवाला नहीं हूँ। बरसा, बरसा। न बरसा ऐसे ही निकल गया, सबको निराश करके। मुझमें स्थायित्व नहीं, इसलिए मैं विश्वसनीय भी नहीं यक्ष! इसे ही सत्य मानो।...और मैंने तुम्हें परामर्श दिया था। उसे याद करने की कोशिश करना।''

''मेघ! मेरे बन्धु!! मेरे प्रिय सखा!!! आपका यह उपहास मुझे कहीं का नहीं रहने देगा। कह दो, जो कुछ कहा, सब कुछ कल्पित गल्प के सिवा कुछ भी नहीं है।''

''मित्र! तुम यही मान लो। मैंने तुम्हारे सन्ताप को बढ़ाया। पता नहीं, मैंने या उन्होंने। तुमने मुझे क्यों ऐसे बेढ़ब काम में फँसा दिया? तो मैं अब बिदा लूँ?''

''मैं अपने टूटे पंखों के साथ गहरे गर्त में गिरा। आहत और क्षत-विक्षत। मैं न अपने उस सुखमय अतीत में और न ही सुखमय भविष्य की अनन्त सम्भावनाओं में। मैं अपने वर्तमान की चुभती नोंक पर लहूलुहान। वे सारे मुखौटे जो मेरे लिए विश्वसनीय रहे, मेरा उपहास कर रहे हैं। मैं उनकी उस विद्रूप हँसी से दूर भाग जाना चाहता हूँ, पर....। यहाँ मैं उनसे दया की भीख माँग रहा हूँ, पर किससे? यहाँ तो अब वह मेघ भी नहीं। वह भी क्या करता? वह तो उस सत्य का दृष्टा-मात्र ही तो था। यदि वही सत्य है तो।...

उसने एक मार्ग अवश्य दिखया। पता नहीं, उस मार्ग पर मुझे जाना चाहिए या नहीं। वह कितना आसान है या कण्टकाकीर्ण, पता नहीं। वह मार्ग भी मुझे कहाँ ले जाएगा, किन नयी मुसीबतों में धकेल देगा, नहीं जानता। स्थिति को सुलझाने की चेष्टा में वह ज्यादा ही उलझ गयी। मेघ ने जो कुछ सुझाया उसे न तो स्वीकारते बनता और न ही अस्वीकारते।

''आखिर अन्धेरे की अभेद्य और अन्तहीन दीवार का मायालोक टूटता है। एक रास्ता मिलता है और मैं उस रास्ते से बाहर आता हूँ, अपने परिचित संसार में। रात व्यतीत होने को थी। तारे अस्त हो रहे थे। पूर्व में पौ फटने को थी। अपने-अपने नीड़ों से बाहर आने को पक्षी व्याकुल हो रहे थे। मैंने भी शैया छोड़ दी थी। बाहर आया अपनी कुटिया से तो भोर का समीर पुलकित कर गया। कितना

भटकाते हैं स्वप्न! मेघ का भी दूर-दूर तक पता नहीं और अलका भी यहाँ से कितनी दूर। पर यह मन पंख लगाकर कहाँ-कहाँ नहीं हो आता! यह किसी के वश में नहीं। इस पर तो मेरा भी कोई जोर नहीं। कुबेर का जोर मुझ पर तो चल सकता है। मन तो हर तरह से स्वतन्त्र है। मुझे यहाँ आना पड़ा हो, पर मन तो वहीं मेरी प्रिया के पास अलका में रह गया। वह भला यहाँ क्यों आने लगा। भोर हो रही थी। कमल-क्रोड़ में बन्दी भ्रमर मुक्त होने को आकुल थे।

आसक्ति के बन्धन भँवरे हों या मनुष्य हर एक को बन्दी बना लेते हैं। मनुष्य आसक्ति का परिणाम जानता है, फिर भी वह बँध जाता है। पता नहीं, भँवरा जानता है या नहीं। पर हम पूरे अनासक्त हो जाएँ तो जीवन ही नीरस हो जाएगा। इसीलिए जो बँधता है, वही मुक्ति के लिए विकल भी होता है। मुक्ति के विस्तीर्ण एकान्त में घुटता है तो फिर से किसी से बँधने और किसी को बाँधने की ललक उसे घेरने लगती है। मेरा स्व मुझसे प्रश्न करता है।

"तुम फिर नए चक्कर में पड़ोगे?"

"पता नहीं।"

"तुम अपने बारे में नहीं जानते?"

"अपने बारे में कौन जान पाया है ठीक-ठीक?"

"यानी तुम अब मेघ की वजह से फिर... ?"

"मेघ ने एक नहीं कई उलझनों में फँसा दिया है मुझे।"

"इसीलिए फिर एक नया चक्कर?"

"मैंने कुछ भी निश्चय नहीं किया।"

"यानी अवसर मिला तो... ?"

"पता नहीं।"

"चलो, मेघ के बहाने से ही सही।"

"किसी तरह मुझे तो शेष अवधि काटनी ही है।"

"तो कठिनाई क्या है?"

"मेघ ने सन्देह में डाल दिया है मुझे।"

"या तुम्हारी दुर्बलता ने?"

"तो?"

"पता नहीं।"

"धान के खेतों से आ रही गन्ध भली लग रही थी। रामगिरि के जनपद में कृषक हर्षित था। उसे अपने परिश्रम का सुफल इस बार भरपूर मिलेगा। मैं

भी यही कामना करता रहा, इस चौमासे में। मेघ ने मुझ पर, कृपा की हो, न की हो, पर रामगिरि पर तो की ही। मुझे विश्वास है? सबका हित होगा तो मेरा भी हित अवश्य होगा। हालाँकि एक गहरी उदासी अभी भी बनी हुई है।

उस दिन मैं बस यौं ही गुनगुना रहा था।

लो बीत गया
यह भी दिन
बीत गया
जीवन
कुछ ज्यादा ही
रीता था
और रीत गया।
लो, बीत गया
यह भी दिन
बीत गया।

कल जो था,
है आज नहीं वो
जो सदा साथ था
अब नहीं, साथ वो
दुर्देव प्रबल था
जीत गया
लो, बीत गया
यह भी दिन
बीत गया।

मधु-सा मीठा
जो गुनगुन था
कानों में बजता
जो रुनझुन था
बेसुरे समय में
जीवन का
सुरमय गीत गया।

लो, बीत गया
यह भी दिन
बीत गया।

"अद्‌भुत! अनुपम!! अलौकिक!!!"

मैंने कोयल कूक जैसी सुनी। मैं चकित कि इस शरद में अचानक वसन्त का प्रवेश कैसा? मैंने देखा और मैं देखता ही रह गया!

तन्वी श्यामा शिखरिदशना पक्वबिम्बाधरोष्ठी
मध्ये क्षामा चकितहरिणीप्रेक्षणा निम्ननाभिः।

यह मेरी प्रिय पत्नी तो नहीं पर नख-शिख बिलकुल वैसा ही। यदि विधाता ने मेरी प्रिया को अपने हाथों से रचा तो इसकी रचना करने में भी उसी विधाता ने कोई कसर नहीं छोड़ी। यह इसी धरती की पुत्री है या स्वर्ग से उतरी साक्षात् कोई अप्सरा, मैं समझ नहीं पा रहा। यह तो सच है कि यह इस रामगिरि अंचल की तो नहीं ही है। फिर यह कहाँ से और अचानक क्यों प्रकट हो गयी? मैं उसे एकटक देखता रहा। वह मेरे मन में उतरती चली गयी। यह क्या हो रहा था, मैं नहीं जान रहा था। इसका परिणाम क्या होगा, यह सोचने का अवकाश भी उसने नहीं दिया। मैं अवाक् सोचता रहा, मेरे जीवन में जो कुछ त्रासद घटित हुआ और मुझे यहाँ आना पड़ा, इसके पीछे क्या यह आज का दिन ही था? मैं अब तक के सारे दुःख भूल गया था। समय रुक गया था या उसका व्यतीत होना मुझे ज्ञात नहीं हो रहा था, पता नहीं। 'पता नहीं।' यही दो शब्दों के सूत्र वाक्य मेरी नियति बन गये थे।

मौन टूटा तो उस अपरिचिता से ही मैंने फिर गुंजार सुनी।

"क्या मैं आपका परिचय पा सकती हूँ?"

"मेरा क्या परिचय? मैं तो परिचयहीन हूँ।"

"आपका परिचय तो आपके स्वर हैं।"

"हाँ, वे केवल मेरे नहीं हैं।"

"तो और किसके हैं?"

"जो मेरे भीतर है और सतत गा रहा है उसके। पता नहीं, गा रहा है या रो रहा है।"

"जो जितना अधिक करुणा से भरा होगा, वही इतना सुन्दर गा सकेगा।"

"मुझे नहीं मालूम। हाँ, जो धुँध मुझे घेरे थी, वह छँटती-सी प्रतीत हो रही है। सूर्य अपनी कोमल ऊष्मा से जमे हिम को पिघला रहा है। मैं फिर से अपने भीतर कोई कल-कल सुन रहा हूँ। क्या मैं कुछ गा रहा था?"

"वह केवल गाना नहीं था, रात के अँधेरे से मुक्त असंख्य पक्षियों का कलरव था।"

"मुझे तो कुछ भी याद नहीं।"

"यही डूबना है। पर आपका परिचय?"

"मैं एक यक्ष..."

"ओ तभी तो।"

"तभी तो क्या?"

उसके आँचल में पुष्प थे। उसने सारे पुष्प मुझ पर बिखेर दिए। वह बोली,

"मेरी आज की पूजा यही।"

"अरे! सुनो तो।"

"फिर वह दिखी नहीं। मेरे शान्त जल में एक कंकड़ी फिंकी और उसने मुझमें हलचल उत्पन्न कर दी। लगा, अभी भी मुझमें जीवन शेष है। हिम में नहीं, जल की एक बूँद में वह क्षमता होती है, जो अपने सतत प्रयत्न से, बल्कि हठ से अपना मार्ग बना लेती है। वह पत्थर में भी कोई संध खोज लेती है और आगे बढ़ जाती है। मैं भी अपने में किसी बूँद की ऐसी ही अनवरत कोशिश को अनुभव कर रहा हूँ। जानता हूँ, कोई भी कोशिश निष्फल नहीं होती है।"

"एक दिन मैंने ग्राम-प्रमुख से पूछ ही लिया।"

"आपके गाँव में कोई अतिथि आया है?"

"अतिथि? नहीं तो।"

"मैंने यहीं इसी आश्रम में एक युवती को पहली बार देखा। इससे पहले तो वह कभी दिखाई नहीं दी? अब फिर दिखाई नहीं देती। कौन होगी?"

"यदि उसने तुम्हें अपनी ओर खींचा है तो कोई बात उसमें अवश्य होगी। कैसी थी?"

"अद्‌भुत!"

"अद्भुत! तो तुम्हारे यहाँ होती है। हमारे यहाँ तो हर कोई हाड़-मांस का बना है। मनुष्य की तरह मनुष्य कोई गोरा, कोई साँवला। कोई कोमल, कोई कठोर। जो सब में है, अच्छा या बुरा, वह उसमें भी होगा। परिमाण कम या अधिक हो जाता है।"

''मुखियाजी, आप में वह नज़र नहीं है या आप बुढ़ा गये हैं, इसलिए...''

''मेरी नज़र के बारे में अपनी काकी से कभी पूछ लेना। वह बताएगी तुम्हें। अरे हाँ...ऽऽ...ऽऽ...ऽ..., वो मंजरी का गुणगान तो नहीं कर रहे?''

''कौन मंजरी? मुझे पता नहीं?''

''चलो, इतने अरसे में कुछ तो रुचा।''

''मेघ फिर घिर आये थे। पूछा,

''कैसे हो मित्र?''

''बस।''

''अब तो अलका पहुँचने के एकदम ही निकट हो। लगभग सारी अवधि निकल गयी।''

''हाँ।''

''हाँ तो बहुत ठण्डी है तुम्हारी। क्या बात है?''

''बात तो कुछ भी नहीं। फिर भी...''

''तुम मूर्ख बन गये। यही न?''

''क्या पता? शायद...''

''मैंने तो तुमसे पहले ही कहा था।''

''हाँ, कहा तो था।''

''यक्ष! तुम मुझे अच्छे लगे। जो हुआ, हुआ पर तुम निष्ठावान रहे। दुर्लभ है यह निष्ठा। पता नहीं क्यों तुम्हारी पत्नी...?''

''मेघ! मुझे सच-सच बतलाओ क्या आपने सचमुच वह देखा था, जो आपने कहा?''

''छोड़ो, अब भूलने की कोशिश करो। हो सकता है, तुम्हें वह सब देखने को न मिले। बल्कि मैं यही चाहता हूँ। मेरी कामना है। अलका में सुख, तुम्हारी प्रतीक्षा करता तुम्हें मिले।''

''पता नहीं, बन्धु! हो सकता है, मेरा दुर्भाग्य वहाँ मेरे लिए प्रतीक्षातुर हो।''

''तुम तो अभी से अपने को पराजित मान बैठे। लोग तो पराजय को भी विजय में परिणत कर लेते हैं।''

''और जो सचमुच पराजित हो गये हैं वे?''

''वे तब भी प्रयत्न करना नहीं छोड़ते।''

"आज फिर मंजरी मिली। तब भी मैंने पूछा,

"तुम मंजरी हो?"

"हाँ, लेकिन आपने कैसे जाना?"

"बस जान लिया। विकलता स्वयं अपने मार्ग खोज लेती है।"

"कैसी विकलता?"

"कहाँ थी तुम, आज दिखाई दी?"

"आप मुझे याद करते रहे?"

"हाँ, बहुत ही।"

"और मैं आपके उस गीत में गोते लगाती रही।"

"तुम अपने बारे में बतलाओ न?"

"मेरे पास ऐसा कुछ भी नहीं है बतलाने योग्य।"

"जो है, वह भी मुझे कहीं और से जानना होगा?"

"वर्षा बीत जाने के बाद हम जैसे गाँव-गाँव जाते हैं। वहाँ कुछ दिन टिकते हैं। लीला-गायन करते हैं। कुछ पा जाते हैं। आज एक जगह ठिकाना, कुछ दिनों बाद दूसरा। बचपन ऐसे ही निकला। बचपन क्या होता है, नहीं जाना। लीला-गायन में डूबी और सबको डुबाया।"

"तुम अकेली...?"

"नहीं, अकेली तो नहीं। पर मेरा अपना भी कोई नहीं।"

"तुम गाती हो?"

"गाना तो पहली बार आपसे उस दिन सुना था। उस दिन अपने गाने पर लज्जा हुई।"

"तुम सुनाओ।"

"मुझे लज्जित न करें।"

"मेरी प्रार्थना..."

"उस दिन मंजरी को सुना तो लगा, ये कण्ठ से निकले स्वर नहीं। उसकी आत्मा की पुकार है। एक अद्‌भुत आध्यात्मिक विकलता थी, उसके स्वरों में। उसका संगीत मुझे सम्बोध्य नहीं था, पर उसमें मेरा पुनर्जन्म हो रहा था। हमारे स्वरों की सीमा देह से आरम्भ होकर देह पर समाप्त होती थी। इसलिए वे स्वर क्षणभंगुर थे। क्षणभंगुर थे, इसीलिए तृषा कभी शान्त नहीं हुई। रूप, रस, गन्ध, स्पर्श और स्वाद का उत्तेजक अनुभव तृप्त नहीं करता था, तृषा को और भड़काता था। पर इन रूप, रस, गन्ध, स्पर्श और स्वाद के आगे भी कुछ है। यह मेरे लिए आज नया अनुभव था, जिसमें आत्मा का विस्तार हो रहा था। मैं एक साथ पृथ्वी, वायु, जल, अग्नि और आकाश हो रहा था। या मैं उस परम के निकट हो रहा

था, जो मुझमें पहली बार प्रकट हुआ था। लगा, मंजरी के स्वरों ने मेरी सुप्त कुण्डलिनी को जाग्रत कर दिया है।

मैंने उससे यह सब कहा तो वह भयभीत हो गयी। वह कुछ भी नहीं जानती थी। उसने केवल इतना ही कहा था—"मैं मंजरी हूँ। मैं मंजरी ही बनी रहना चाहती हूँ। इसी में मैं सुखी। इसी में मैं दुःखी भी। यक्ष! मैं निरी अपढ़ हूँ। तुमने जो कुछ कहा मैं कुछ भी समझ नहीं सकी। मुझमें इतनी बुद्धि नहीं है।"

हाँ, उसमें बुद्धि होती तो वह भी हम जैसी ही होती। वह तो अपनी आत्मा का ऐसा निष्कलुष विस्तार थी, जो स्पर्श मात्र से मेरी मलिनता को नष्ट कर रही थी। मैंने कहा,

"मंजरी! मैं बहुत ही छोटा प्राणी हूँ।"

"मुझे नहीं मालूम बड़ा कौन है? सुना है, बड़ा तो एक वही है। उसके आगे हम सभी छोटे हैं और बड़ा होकर क्या करना है?"

"मुझे अपना जैसा बना लो।"

"मुझमें क्या है? कुछ भी तो नहीं।"

"यही कुछ भी नहीं पन बस, मुझमें भी आ जाए। कुछ तो आ जाए।"

"मैं अब न तो कुबेर का सेवक था, न ही अपनी पत्नी का स्वामी। न मैं अलकावासी था। न यहाँ निर्वासन का दण्ड भोगता विरही यक्ष था। मैं और मंजरी एक भिन्न सत्ता थे। एक ऐसी सत्ता जो सारे द्वैत को झुठला रही थी।

दिन व्यतीत हो रहे थे। मन कभी-कभी हिल जाता था। ये नया बखेड़ा क्या शुरू हो गया है? मंजरी जीवन में क्या आयी, सबकुछ उलट-पुलट गया। फिर मन में हर बार, कोई लहर उठती। हाँ, सब कुछ तो उलट-पुलट गया है, यहाँ भी और वहाँ अलका में भी। मन प्रश्न करता,

"मेघ ने जो कुछ कहा, तुमने मान लिया?"

"हाँ, मेघ मुझसे धोखा क्यों करेगा?"

"तुम्हें अपनी पत्नी पर ही विश्वास नहीं?"

"मेघ को झूठी कथा गढ़ने से क्या मिलना था?"

"तुम केवल प्रतिप्रश्न कर रहे हो और प्रतिप्रश्न इसलिए किये जाते हैं कि अपनी दुर्बलता का सामना करने से बचा जाए। क्या तुम्हें पूरा विश्वास है कि तुम्हारी पत्नी... ?"

"मैं कुछ भी नहीं जानता।"

''इसीलिए तुम यहाँ मंजरी के हो गये?''

''.........।''

''कोई उत्तर है?''

''.........।''

''तुमने मेघ के कहे को अपनी सुविधा की तरह सच मान लिया और तुम...।''

''.........।''

''तुम्हारे पास कोई तर्क है ही नहीं तो तुम क्या उत्तर दोगे? वहाँ अलका में चाहे कुछ भी न हुआ हो। तुम्हारी प्रिय पत्नी आँसू बहा-बहाकर मरी जा रही हो, पर तुमने तो सुख-सागर में गोते लगा ही लिए न? क्या यह पाप नहीं है? न सही पाप, अपराध तो है?''

''...सच मानिए, मेरे पास इन तमाम प्रश्नों का समाधानपरक कोई उत्तर नहीं है। क्या पता, मेघ ने मेरी परीक्षा लेने या मेरे एकनिष्ठ प्रेम की थाह लेने के लिए यह कल्पित प्रकरण वास्तविकता की तरह गढ़ा हो? ऐसी कई बातें मुझे अपराधबोध से भर देती थीं। लगता, जो कुछ हो रहा है, गलत हो रहा है। कभी लगता, मेरी अपनी ही दुर्बलता ने मुझे पराजित कर दिया। लगता, न मैं यहाँ का रहा और न वहाँ का। मेघ ने मुझे चाहे बहकाने की कोशिश की हो, पर मैं क्यों बहका? क्यों उसके चक्कर में आ गया? दृढ़ता मुझ में ही नहीं थी। मेघ को क्या दोष देना?

ऐसे प्रश्न मन में बार-बार उठते और मैं अपनी ही दृष्टि में अपराधी सिद्ध होता जा रहा हूँ। अलका वापसी के दिन जितने निकट आते जा रहे हैं, मेरा अपराध बोध उतना ही गहराता जा रहा है। शायद अपराधी मैं ही हूँ। इसका परिणाम क्या होगा, नहीं जानता। विपत्ति भी तो मैंने ही मोल ली है न?''

''मंजरी ने कहा,

''मैं जानती थी यक्ष! हमारा प्रेम स्थायी नहीं है। मैं यह भी जानती थी कि तुम्हें अपने घर लौटना है। मुझे पता था कि हम जब भी बिछड़ेंगे, हमें दुबारा कभी नहीं मिलना है। मैं जानती थी कि तुम्हारा एक घर है, वहाँ प्रतीक्षातुर तुम्हारी पत्नी है, पर इससे मुझे कोई फर्क नहीं पड़ा। तुम्हें मेरी आवश्यकता थी या नहीं, मुझे ज्ञात नहीं, पर मुझे तुम्हारी आवश्यकता थी। मैं अपनी पूर्णता का अनुभव करना चाहती थी। यह कामना तुम्हारी चाहे न हो, मेरी तो थी। बल्कि मेरी ही थी।

यक्ष! तुम्हें ही नहीं, मुझे भी यहाँ से जाना है, यह भी मुझे ज्ञात था। हम यायावरों का कोई स्थायी ठिकाना नहीं है। आज यहाँ, कल कहीं ओर। जीवन की इस यात्रा में मैं अब तक अपनी पूर्णता ही खोजती रही हूँ। ईश्वर स्वयं पूर्ण होगा। पर वह मुझे अब तक तो पूर्ण नहीं कर सका। मैंने उससे भी कामना की। अब लग रहा है कि हमें पूर्ण करने के लिए हम जैसा और हमारे बीच का ही होना चाहिए।

पुरुष के बारे में मैंने बहुत कुछ सुना। जो सुना उससे भी मुझे कुछ भी लेना-देना नहीं है। हो सकता है, तुम भी उनमें से ही एक हो, जो केवल अपना मतलब साधते हैं, पर तुम मुझे वैसे लगे नहीं तो मैं वैसी धारणा क्यों बनाऊँ? मैं तो यही मानूँगी, तुम औरों से भिन्न हो।

यक्ष! अब मुझे लग रहा है, कोई खालीपन बाहर से नहीं भरा जाता है, वह तो अपने में से ही अपने को भरना होता है, हाँ, तुम मेरी पूर्णता के लिए मेरे साक्षी हो। मैं नहीं जानती तुम्हारे लिए इसका कोई महत्त्व है या नहीं? पर यहाँ तो सब कुछ साक्षी मानकर ही सम्पन्न होता है। इसलिए भी मेरे लिए तुम महत्त्वपूर्ण हो।

मैं नहीं जानती कि मैं तुम्हारी स्मृति में रह पाऊँगी या नहीं। यह सब सोचती तो मैं वह नहीं पा सकती थी, जो मैंने पाया। मैं कितना तुम्हारे साथ रहती हूँ, अब यह भी कोई अर्थ नहीं रखता। अर्थपूर्ण यह है कि तुम मेरे साथ सदा-सदा होगे। क्योंकि कोई भी व्यक्ति जाने से ही नहीं चला जाता है। जाने के बाद तो वह और कितना-कितनी तरह से साथ रहता है और इस तरह तुम्हारा रहना ही मुझे मेरी पूर्णता की प्रतीति करवाता रहेगा। तुम्हारी अनुपस्थिति में भी।

हम जीवन को बहुत जल्दी दुःखमय मान लेते हैं। शायद इसलिए भी कि हम छोटे-छोटे दुःखों को भी बड़ा करके देखने के आदी हो गये हैं। सुख को उसी तरह बड़ा करने और बड़ा करके देखने का हमें अभ्यास ही नहीं है। यदि एक अणु में सारी सृष्टि का वैविध्य और विस्तार निहित है तो एक अणु जैसे सुख में भी सारी सुखमयता समायी हुई है। यह जीवन है तो ही सुख है और दुःख तो इसके आनुषांगिक हैं। यह सकारात्मक सोच है। शायद हर स्त्री इसी तरह अपने घरौंदे बनाती है। ये टूट जाने हैं, यह सोच लें तो कुछ भी न हो। कुछ हो, यही स्त्रीत्व है।

यक्ष! मैं कुछ अधिक ही वाचाल हो गयी। स्त्री स्वभावतः वाचाल होती है। इस सारे कथन में बहुत कुछ तो तुम्हें साक्षी मानकर अपने से ही मैं बोलती रही हूँ।

...तो जो जितना भी समय है, तुम अपने पर, अपने मन पर बोझ मत मानो।

उस दिन तुमने जो मार्मिक गीत गाया था, यक्ष उसे कुछ यों गाकर तो देखो,

इस दिन में कुछ तो था।
कल जो पाया था,
उससे आज कुछ
बिलकुल नया मिला
इस दिन में कुछ तो था।''

''मेघ फिर छाये थे। ये शरद के मेघ थे। जाते-जाते तनिक ठहर गये। मंजरी ने कमल पुष्पों की माला मुझे अभी-अभी पहनायी थी। वह चुपचाप कुछ भी कर लेती थी।

मेघ ने अपना होना जताया। शायद उसने अपनी प्रसन्नता व्यक्त की।

''बहुत अच्छे यक्ष! देरी से ही सही, तुमने अपने दुःख भरे समय में से अपने लिए कुछ सुख तो खोजा। यही समझदारी है। मैं तुमसे यही तो कहता रहा। जो कुछ देख रहा हूँ, उससे मैं सचमुच प्रसन्न हूँ। कोई युक्ति तो खोजना ही पड़ती है, जीवन को सुखमय और सार्थक करने के लिए। मैं थोथे आदर्शवाद में विश्वास नहीं करता। तुम अपनी वेदना से उबर गये, तुम प्रसन्न हो। कल की चिन्ता से परे हो, यह मेरी प्रसन्नता है। जो कल हुआ, हो गया। जो कल होगा, वह होगा। हमारे वर्तमान पर अतीत और भविष्य का आतंक क्यों? यह प्रसन्नता तुममें सतत बनी रहे।''

वहाँ अलका में तुम्हारी पत्नी पर भी भविष्य का कोई बोझ नहीं है। वो वहाँ सुखी है। और तुम यहाँ सुखी।...मुझे भी एक बात अब समझ में आयी है और वह यह कि कोई किसी के सिखाए नहीं सीखता। चलाए नहीं चलता। वह खुद अपने ढंग से सीखता है और अपनी तरह चलता है। कितना अच्छा लग रहा है, तुम्हें इतना आह्लादित देखकर।''

सहसा कुछ-कुछ बूँदें बरसीं। धरती से उठी सुगन्ध चारों ओर फैल गयी थी।

एतस्मान्मां कुशलिनमभिज्ञानदानाद्विदित्वा
मा कौलीनाच्चकितनयने मय्यविश्वासिनी भूः।
स्नेहानाहुः किमपि विरहे-ध्वंसिनस्ते त्वभोगा-
दिष्टे वस्तुन्युपचितरसाः प्रेमराशीभवन्ति॥

सात

''इस घोर अपरिचित स्थान पर आकर कुछ अजब-सा बोझ और गहरी रिक्तता का मैं हर क्षण अनुभव करता हूँ। यहाँ इस रामगिरि पर आकर ही ऐसा कुछ हुआ, यह बात नहीं है। मैं कहीं भी जाता, मेरी यही दशा होती। मेरी सारी दुनिया तो बस अलकापुरी में ही सिमटी हुई थी। मेरी क्यों, वहाँ के हर निवासी की। मेरे स्वामी की बात जाने दें, वे तो देवताओं के कोषपाल हैं। पर हम जैसे क्षुद्रजन उनकी बराबरी तो नहीं कर सकते। ऐसा सोचना भी अपराध है। मैं निहारता हूँ तो बस, अपलक आकाश को निहारता रहता हूँ। यों आकाश में देखने को है भी क्या? मेरे ध्यान में होती है दिन-रात अलकापुरी। वह यहाँ से तो दिखाई नहीं देती। मेरे और उसके बीच में कितने-कितने पर्वत खड़े हैं अवरोध बनकर। सबसे बड़ा अवरोध है, स्वामी के द्वारा दिया गया निर्वासन। पूरा एक वर्ष का शेष समय फैला पड़ा है। अब यहाँ पहुँच गया हूँ तो दण्ड मानकर यह शेष समय तो व्यतीत करना ही है, कैसे भी।''

''जब मैं यहाँ नया-नया आया, तब मुझ नितान्त अपरिचित व्यक्ति को लेकर कई-कई तरह की बात होती थी। 'जितने मुँह उतनी बात' यह मुहावरा तब मेरे सन्दर्भ में बिलकुल सटीक बैठता था। कौन है, यह परदेशी? किस प्रयोजन से यहाँ आया है? अपने-अपने ढंग से सब अनुमान लगा रहे थे। किसी की दृष्टि में मैं योगी-महात्मा या कोई सिद्धपुरुष था तो किसी की दृष्टि में कोई गन्धर्व या दैवीयशक्ति सम्पन्न महापुरुष। यों मुझको लेकर सन्देह भी कम नहीं थे। मैं उन्हें क्या बतलाता कि मेरे पास न तो कोई सिद्धि है और न ही चमत्कार। मैं तो अलका का एक तुच्छ सेवक हूँ। हाँ, रूप मेरे पास अवश्य था, जो जन्मजात था। मेरा अर्जित तो कुछ भी नहीं। मैंने अपनी वास्तविकता बतलाने की कोशिश की तो यहाँ के वासियों को यही लगा कि मैं अपनी शक्ति और सामर्थ्य को छुपाना चाहता हूँ। सच्चे सिद्धपुरुष अपनी शक्ति को कभी सार्वजनिक नहीं करते। इस तरह मेरा प्रभाव और बढ़ गया। मेरी निरपेक्ष वृत्ति ने मेरी ख्याति (?) में

और वृद्धि की। गहरे अवसाद में मेरी अभिव्यक्ति कुण्ठित हो गयी थी और इस मौन ने मुझे 'मुनि' घोषित करवा दिया। यह होती है—अन्ध श्रद्धा! जहाँ तिल तक न हो, वहाँ लोग ताड़ उगा लेते हैं।

मुझे लेकर यहाँ की युवतियों में भी परस्पर विनोद चलता रहता था।

"अरी! यहाँ आश्रम में इतना सुन्दर और कान्तिवान कौन आया है? देखो, लगता यह कोई दुःखी व्यक्ति है, फिर भी इस अवसादग्रस्त मलिनता में से भी कैसी कान्ति फूटी पड़ रही है।"

"अरी, हाँ...ऽऽ...ऽ...। भला कोई मेघ, सूर्य को पूरी तरह से ओट दे सकता है? देता भी हो तो कितनी देर और कब तक?"

"लो, इसका तो उद्धार हो गया।"

"मेरा तो हो ही गया। तू अपनी कह न? यह बात हमसे छुपी थोड़े ही है कि इन परदेशी महाशय की एक झलक के लिए तू किस-किस तरह के बहाने नहीं खोजती। बात मेरी करती है और मन में लड्डू तेरे फूटते हैं।"

"तेरे मन में भी कम मधु नहीं घुल रहा है?"

"फिर भी यह तो ज्ञात हो कि ये महाशय आखिर हैं कौन?"

"सखी, हमने तो अब तक यही सुना है कि देवराज इन्द्र, ऋषि-मुनियों का तप भंग करने के लिए स्वर्ग से अप्सराओं को धरती पर भेजा करते हैं?"

"हाँ, इस बार इन्द्र ने तुम्हें विचलित करने के लिए इस दिव्य पुरुष को यहाँ भेजा है। अब तुम्हें ईश्वर बचाए।"

"या ईश्वर इन महापुरुष को।"

"तू मर्यादा में रह समझी?"

"अब अभिनय मत कर सखी। तेरा मन तो डोल गया है। किसी से छुपी नहीं है यह बात।"

ये यहाँ आश्रम के सरोवर पर आतीं और ऐसी ही चर्चा में लीन हो जातीं। सभी को इस चर्चा में सुख मिलता था। कभी-कभी मेरे कानों पर भी इनकी रसमय चर्चा की भनक पड़ जाती थी। ऊपर से लज्जा का आवरण ओढ़े और सयानी बनी ये समवयस्काएँ। एकान्त में किस तरह मुखर हो जाती हैं, यह अनुभव करने की बात है।

मेरे सुनने में तो बहुत बाद में यह भी आया था कि इनमें से ही किसी ने अपने आराध्य से याचना की थी कि—"प्रभु! तू अन्तर्यामी है। मेरी प्रार्थना सुन और मेरा स्वप्न साकार कर।"

"मेरे आगमन पर यहाँ के युवावर्ग का मत भिन्न था। अपने स्वभाव के अनुरूप उन युवाओं में मुझे लेकर कई सन्देह थे। उनका व्यवहार चाहे जैसा हो, पर ये मेरे बारे में कोई भली राय नहीं रखते थे। ये मानते थे कि ऐसे पाखण्डी लोग ही गाँव की अबोध युवतियों को पथभ्रष्ट करते हैं। इनका यों अचानक आदर्शवादी बन जाना इनके चरित्र के अनुरूप ही था।

"लो, अब ये एक नये ही पाखण्डी प्रकट हुए हैं।"

"देखो, क्या होता है?"

"होगा क्या, अपना जाल-बट्टा फैलाएँगे ये भी।"

"फिर एक नयी गाथा..."

"नयी क्या, प्रारूप वही होगा, चरित्र बदल जाएँगे।"

"न होगा, कुछ ऐसा-वैसा तो ये मूर्ख बनाकर अपनी झोली भरेंगे।"

"कितने-कितने उपदेशक उत्पन्न हो गये हैं। सबके अपने-अपने चोले, अपनी-अपनी भाषा, अपने-अपने आग्रह। भाषा के जाल में ये फँसाते हैं, भ्रमित करते हैं। नहीं, विद्वेष उत्पन्न करते हैं। अब देखो न हमारे इस छोटे से जनपद में मान्यताओं, विचारों, पद्धतियों के कितने रूप दिखाई देने लगे हैं। जितनी मान्यताएँ, उतने आग्रह। जितने आग्रह, उतने ही मतभेद, उतनी ही संकीर्णताएँ...जितनी संकीर्णताएँ उतने ही विवाद। जितने विवाद, उतने ही विग्रह।"

"पर, ये महाशय तो ऐसे लगते नहीं?"

"इसीलिए सन्देह अधिक होता है।"

"ग्राम-वधुएँ, भोली कन्याएँ..."

"अब तुम असली मुद्दे पर आये।"

"गम्भीरता को समझिए...।"

"हमारे ग्राम-प्रमुख कुछ नहीं सोचते?"

"वे क्या सोचेंगे, वे तो मानते हैं? हम भले तो जग भला।"

"फिर इन्हीं युवाओं के आग्रह पर पंचायत बुलाई गयी। कुछ ने तो ग्राम-प्रमुख के लत्ते बिखेरने में भी कोई कसर नहीं छोड़ी। एकाध दबा स्वर यह भी सुनाई दिया।"

"अब नहीं सम्भलता है तो अपने दायित्व से मुक्त हों।" ऐसी गोष्ठी में एकाध बार ऐसे स्वर उभरते ही थे। पर ग्राम-प्रमुख कुछ कहें, उससे पहले ही ऐसे स्वर दबा दिये जाते थे। विरोधी मानते थे कि ये स्वर मुखियाजी से खरीदे

गये स्वर हैं। विरोध के लिए विरोध चाहे हो ले, पर प्रमुख को वास्तविक चुनौती देनेवाला कोई नहीं था। यों उनके विरोधी भी यह मानते थे कि उनके विरोध में कोई दम नहीं है।

उस दिन की पंचायत में यह तय हुआ कि मुखियाजी स्वयं जाकर इस आगन्तुक से मिलें और वास्तविकता जानें।''

''महाशय! मैं इस जनपद का प्रमुख हूँ। प्रमुख क्या, एक जन-सेवक। मुझे ज्ञात हुआ कि यहाँ आश्रम में कोई महापुरुष पधारे हैं तो सोचा उनके दर्शन अवश्य करूँ। मैं आपका हार्दिक स्वागत करता हूँ।''

''श्रीमन्! मैं महापुरुष तो कहीं से भी नहीं हूँ। मेरा दुर्भाग्य मुझे यहाँ आपके बीच ले आया है। पता नहीं क्यों, इस भूमि ने मुझे बाँध लिया। यहाँ मेरी उद्विग्नता थोड़ी शान्त हुई तो मैंने निश्चय किया कि अपना निर्वासन यहीं काट लूँ।''

मैंने ग्राम-प्रमुख से कोई बात छुपायी नहीं। छुपाने जैसा कुछ था भी नहीं और न ही छुपाने का कोई अर्थ था। मैंने उनको अपनी पूरी आत्मकथा सुना दी। वे ध्यान से सुनते रहे। बड़ी देर के बाद वे बोले,

''लोग भी क्या से क्या सोच लेते हैं?''

''क्यों क्या हुआ मुखियाजी?''

''होना क्या है? अपने मन का कलुष लोग दूसरे में देखते हैं। यह जग की रीत है। तुमसे मिल लेना अच्छा ही हुआ। सबकुछ स्पष्ट हो गया। अब कोई चिन्ता नहीं।''

''चिन्ता कैसी?''

''अरे छोड़ो।''

''मुखियाजी! आप संकोच न करें। मेरा क्या, मैं कहीं और चला जाऊँगा। मेरे लिए तो सभी स्थान एक-से हैं। यह अवधि किसी अन्य स्थान पर भी पूरी कर लूँगा। आपको और यहाँ के समाज को मेरे कारण यदि तनिक असुविधा हो रही हो या मेरा यहाँ टिकना किसी को भी अप्रिय लग रहा हो तो मैं इसी क्षण यहाँ से प्रस्थान करता हूँ। आप स्पष्ट बतला दें।''

मुखियाजी ने कहा,

''अतिथि हमारे लिए देव-तुल्य होता है। आप भी हमारे लिए देवता समान हैं। अब सभी अँगुलियाँ बराबर तो नहीं होती हैं न? पर किसी एक का दूसरे के बिना काम भी नहीं चलता। ये जो आरम्भिक भ्रान्तियाँ हैं, धीरे-धीरे स्वतः

समाप्त हो जाएँगी। थोड़ा समय तो लगता ही है, समझने में-समझाने में। मुझे अत्यन्त खेद है, यहाँ के निवासियों ने आपके बारे में ऐसी धारणा बना ली। अब मेरे आग्रह पर आप यहाँ टिककर इन्हें पश्चात्ताप का अवसर दें। अभी तो मैं आपसे क्षमा-याचना करता हूँ।''

''आप मुझे लज्जित न करें। आप बड़े हैं। मेरे पूज्य।''

''यदि ऐसा है तो फिर मैं तुम्हें आदेश देता हूँ, तुम कहीं नहीं जाओगे।''

''यह थी मुखियाजी से मेरी पहली भेंट। उनसे प्रथम परिचय। पहली बार में ही उन्होंने मुझे अपना बना लिया। फिर धीरे-धीरे सब अनुकूल होता गया। फिर धीरे-धीरे यह विदेश भी स्वदेश लगने लगा। फिर धीरे-धीरे मैं उनका होता गया, उन सबका और वे सब मेरे होते गये। फिर धीरे-धीरे मुझे अलकापुरी की अपेक्षा रामगिरि अधिक सुहाने लगा। फिर धीरे-धीरे...''

''यह आरम्भिक दिनों का प्रसंग है।''

आपृच्छस्व प्रियसखममुं तुङ्गमालिङ्ग्य शैलं
वन्द्यैः पुंसां रघुपतिपदैरङ्किकतं मेखलासु।
काले काले भवति भवतो यस्य संयोगमेत्य
स्नेहव्यक्तिश्चिरविरहजं मुञ्चतो बाष्पमुष्णम्॥

आठ

''लगभग अब एक वर्ष व्यतीत होने को है। मेरे अलकापुरी लौटने का समय अब निकट ही है। तब लगता था, यह समय कभी बीतेगा ही नहीं और मैं धीरे-धीरे जीवाश्म हो जाऊँगा। पर समय बीतता ही है। हमें अनुभव न हो, तब भी...

जब मैं यहाँ आया था, तब मेरे लिए सबकुछ नया और अपरिचित था—यहाँ के लोग, यहाँ का समाज, यहाँ के रीति-रिवाज, खान-पान, विचार, परिवेश आदि सभी कुछ। मै भी इनके लिए किसी अचरज से कम नही था। मेरे संस्कार भिन्न थे। इसलिए यहाँ के लोगों के सहज और आत्मीय व्यवहार के प्रति भी शंका बनी रहती थी। उन आरम्भिक दिनों में मुझे लगता था—जब मुझे यहाँ रहना ही नहीं है तो यहाँ के लोगों से किसी भी तरह का नाता क्यों जोड़ूँ? मुझे तो बस, जैसे-तैसे अपना यह बुरा समय काटना है। इसीलिए मैं सबसे कटता रहा। कोई कैसे रहता है, क्या करता है, क्या सोचता है, मुझे क्या मतलब? यों भी हमारा समाज आत्मलीन और आत्मकेन्द्रित लोगों का समाज है। वहाँ सम्वादहीनता को शालीनता माना जाता है और अधिक मेल-जोल को हम उचित नहीं मानते। हाँ, मदनोत्सव या ऐसा ही कोई आयोजन हो तो हम एकत्र होते हैं। सोमपान करते हैं। हँसी-ठट्ठा करते हैं और धुत्त हो जाते हैं। इनमें बढ़-चढ़कर भाग लेने का अर्थ है, अपने सुख (या दुःख) की एकरसता से उबरने का एक अवसर। इसीलिए आरम्भ में यहाँ के लोगों के सहज अपनेपन से मुझे घबराहट हुई। घबराहट ही नहीं, कई तरह की शंका-कुशंका भी...।

ग्राम-प्रमुख का व्यवहार भी तब मुझे सहज नहीं लगता था कि बिना परिचय के एक अनजान व्यक्ति से इतनी आत्मीयता क्यों? हमारे तन्त्र में तो किसी से किसी का भेद जानने के लिए ही ऐसे नाते जोड़े जाते हैं। आपका भेद जानकर कोई आपको भारी संकट में डाल सकता है। इसलिए वहाँ सभी एक-दूसरे पर अविश्वास करते हैं। शुरू-शुरू में तो मुझे लगा कि ये महाशय भी कहीं मेरे स्वामी

के 'व्यक्ति' न हों। हमारा स्वभाव किसी पर भी सहज विश्वास करने का नहीं है। वो तो बहुत बाद में मुखियाजी और दूसरे सब पर भरोसा हुआ। बिना किसी प्रयोजन अथवा स्वार्थ के भी कोई किसी से नेह जोड़ सकता है, यह तो मैंने यहाँ आकर जाना। फिर तो यहाँ की हवा, मिट्टी-पानी, यहाँ के लोग, इनके प्रेम, इनके व्यवहार ने मुझे इतना बाँध लिया है कि इस बन्धन से छूट पाना मेरे लिए अब अत्यन्त कठिन हो रहा है। केवल मेरे लिए ही नही, इस जनपदवासियों के लिए भी। यहाँ रहकर मैंने जो कुछ पाया, वह भूलनेवाली बात नहीं है।

"ग्राम-प्रमुख और काकी माँ आज अचानक आश्रम आ गये। मुखियाजी तो अक्सर आते रहे हैं। काकी माँ तो मेरे यहाँ रहते पहली बार आयीं। मेरे लिए भी यह आश्चर्य ही है कि ग्राम-प्रमुख मेरे लिए 'मुखियाजी' ही रहे और उनकी पत्नी पहली ही भेंट में मेरी 'काकी माँ' हो गयी। मुखियाजी मेरे लिए पता नहीं क्यों 'काकाजी' नहीं हो सके। जबकि उनके स्नेह में भी कोई कमी नहीं रही। काकी माँ से तो यों भी मिलना कम ही हुआ है। काकी माँ तो मुखियाजी के साथ निकलने में इस उम्र में भी ऐसी शर्माती हैं, मानो नववधू हों। मैंने कहा,

"अरे, काकी माँ! आप? मेरे अहो भाग्य!!!"

"मैंने इनसे कहा—" अब वो जा रहा है तो एक बार तो मैं भी मिल आऊँ।"

"चलो, मुखियाजी के साथ आप निकली तो।"

"हाँ, भैया! तुम्हारे कारण ही सही, हम दोनों बाहर निकले।" यह मुखियाजी का कथन था। वे भी पुलकित थे। मैंने कहा,

"कारण की क्या बात है? आपको ही कहाँ फुरसत मिलती है। कभी काकी माँ पर आपने ध्यान दिया?"

"हो, ये ध्यान देंगे। सौ जगह अपने को फँसा रखा है। तब ध्यान दिया और न अब। ये तो शुरू से ऐसे रहे हैं।"

"काकी माँ! आप ने भी इन्हें बाँधकर नहीं रखा, वरना आदमी की हिम्मत कहाँ कि वह छुट्टा हो ले!"

"इनके सामने चली ही कब?"

"हाँ, मेरी बहुत चली।"

"चली तो तेरी ही है सदा।"

"छोड़ो।"

"देख लो तुम्हीं भैया कैसी जबरी है।"

इस विवाद में दोनों का प्रेम ही व्यक्त हो रहा था। यह शुद्ध प्रेम मुझे बहुत अच्छा लग रहा था। जब से मैं इनमें घुला-मिला, इन्होंने कभी यह भान नहीं

होने दिया कि इस अजनबी जगह में मैं नितान्त अकेला हूँ। बल्कि धीरे-धीरे यह जनपद मुझे भी मेरा अपना लगने लगा था। किसी भली जगह पर कोई थोड़ा भी टिक जाता है तो वह स्थान को भूल नहीं पाता। मैं भी इतने महीने रहकर यहाँ का अंश ही हो गया हूँ। मैंने यहाँ क्या कुछ नहीं पाया? काकी माँ ने बहुत संकोच के साथ कुछ निकाला और बोली—

"बेटा! तुम तो अब जा ही रहे हो। अब कब लौटोगे?"

"मुखियाजी ने मुझे बोलने का अवसर नहीं दिया।"

"तू भी अजब है, अभी तो ये गया भी नहीं, और तू लौटने की बात करने लगी, पागल!"

"हो, पागल तो पागल सही।"

"अच्छा तुमको याद नहीं आएगी?"

"क्यों नहीं आएगी, सदा याद आएँगे आप दोनों तो।"

"तो लाड़ी को लेकर आना।"

"अरे, ये काम-काजवाला आदमी है। वहाँ गया तो..."

'काम-काजवाला आदमी' हाँ, यहाँ से लौटकर मुझे फिर जी-जान से जुट जाना है अपने स्वामी की सेवा में दिन-रात। एक सेवक, सेवक ही होता है। उसे बार-बार और हर तरह से जताया जाता है कि तुम केवल सेवक हो। इससे अधिक कुछ भी नहीं। इस तरह हम अपने होने का अधिकार खो देते हैं और ये लोग मुझे पता नहीं क्या समझते हैं पर जैसा इन्होंने समझा, वहाँ अलका में कभी किसी ने नहीं।

काकी माँ ने कहा,

"हम तो छोटे लोग हैं। तुम्हारी बराबरी कर ही नहीं सकते। फिर भी मेरी तरफ से लाड़ी को यह दे देना। बहुत साधारण चीज है, पर तुम्हारी काकी माँ का उपहार है, इसलिए इसके मोल-बेमोल का कोई मतलब नहीं है। तुम्हारी काकी माँ की यह निशानी लाड़ी को भी अच्छी ही लगेगी।"

मैं आकण्ठ भर गया। काकी माँ ने गुरियों की एक माला मुझे दी।

"काकी माँ, इसके सामने तो संसार के सारे मणि-माणिक्यों की चमक फीकी है। यह तो अमोल है मेरे लिए।"

"बहू को मेरा आशीर्वाद देना।"

उनकी आँखों में आँसू बह चले। मुखियाजी ने कहा,

"जाने के पहले एक बार तो घर आओगे न?"

"हाँ-हाँ, क्यों नहीं, प्रस्थान पूर्व आपके आशीर्वाद लेने के लिए तो आना ही है।"

मुखियाजी काकी माँ से बोले,
"अब चलें?"
"हाँ।"
और वे दोनों उठ खड़े हुए।

"...लो, शरद ऋतु भी अब बीतने को है। यहाँ के लोग हेमन्त की अगवानी में किस उत्साह से जुट गये हैं। समय तो अपनी ही गति से बीतता है, पर मनुष्य का मन तो उससे भी तेज गति से भागता है। पूरा गाँव शरद में भी हेमन्त की उत्सवमयता के रोमांच का अनुभव कर रहा है। गाँव के कच्चे घर मिट्टी-गोबर के लीपन से लिप रहे हैं। इन्होंने वर्षा की झड़ी को अब तक झेला। गत बन गयी इनकी तो। इनकी सुध भी लेना ही होगी न? गाँव की स्त्रियों में अपने को सँवारने से अधिक अपने घरों को सँवारने का जोश चढ़ा है। अभी कोई इनके रूप-स्वरूप को देखे। किसी के घर को देखकर ही उस घर की स्त्री की सुरुचि और सुव्यवस्था का अनुमान हो जाता है। गाँव के घरों में अन्तर नहीं दिखाई देगा। सबके सब एक जैसे पर इस एक जैसेपन में कुछ नया और थोड़ा अलग कर दिखाने की होड़ सबमें है। मिट्टी-गोबर से लिपे घरों की गन्ध का तो कहना ही क्या। इनके सामने और इनकी सादगी के सामने अलकापुरी के स्वर्ण खचित रत्न जड़ित भव्य प्रासादों की शोभा फीकी लगेगी।

गाँव की कई छोरियों के मृगनयनों में तो इस बार अंजन ही नहीं, बिलकुल ही नये तरह के सपने सज गये हैं। अभी तक खिलौनों से खेलकर अपनी प्यारी गुड़िया को ये वधू बनाती रहीं, अब इन्हीं के दुल्हन बनने के दिन आ गये हैं। घर की माँ-बड़ी बूढ़ियों को इस बार अपने घर में आयोजित होनेवाले 'करियावर' की चिन्ता अलग तरह से है तो पुरुषों की चिन्ता बिलकुल ही अलग तरह की। सब अपने-अपने ढंग से कामों में जुटे हैं। यों यहाँ किसी एक के घर का मांगलिक कार्य पूरे गाँव का मांगलिक कार्य हो जाता है। यही यहाँ का वैशिष्ट्य है, जो अलका में दुर्लभ है। गाँव के सीमान्त पर बने देवल पर जाकर घर की सबसे बूढ़ी स्त्री ने मनौती मान ली है, प्रभु! सारा 'करियावर' (विवाहोत्सव) निर्विघ्न सम्पन्न हो जाए तो नई ध्वजा चढ़ाऊँ। घर की बेटी के हाथ पीले होंगे, यह कन्या

से गृहिणी हो जाएगी, यह प्रसन्नता कम नहीं है। पर वह परायी भी हो जाएगी, यह विचार दु:खी कर जाता है। हँसती काम में जुटी स्त्रियाँ घर के किसी एकान्त कोने में चुपचाप अपना जी हल्का भी कर लेती हैं।

कुछ घरों से बेटियाँ बिदा होंगी तो कुछ घरों में कुमकुम रचे पाँवों से नववधुओं का मंगल आगमन होगा। इन घरों में उल्लास कुछ अलग ही छलका पड़ रहा है। भावी दूल्हे अभी से इठलाए-इठलाए घूम रहे हैं। वर-वधू के सपनों में तो हेमन्त अभी से ही अपना आसन जमा चुका है।

"चलो गणेशजी! जोशी (ज्योतिषी) के पास चलो। चलो, हम विवाह का शुभ लग्न निकलवा लें। चलो गणेशजी, कुम्हार के यहाँ चलें और उसके वहाँ से पवित्र मिट्टी ले आएँ। चलिए गणेशजी, सोनी के घर चलें और सुन्दर-सुन्दर आभूषण ले आएँ। माली के यहाँ चलकर गजरे-मालाएँ ले आएँ। गणेशजी चलिए, बजाज के यहाँ अच्छे वस्त्र खरीद लाएँ। चलो, गणेशजी विवाह की सारी तैयारी में जुट जाएँ।"

"मेरे प्रस्थान के दिन भी सन्निकट हैं। मन में भारी उथल-पुथल मची है! मन में कुछ संकोच, कुछ आशंका, कुछ भय और कुछ उत्साह है। इन सबसे मिलकर एक विचित्र और अलग रसायन निर्मित हो रहा है। ऐसे में मेरी हालत क्या हो रही है, आप कल्पना नहीं कर सकते। अलका और अपनी प्रिया से इतनी दूर मैं यहाँ रामगिरि के आश्रम में हूँ, पर अपनी प्रिया से कहता हूँ—"विष्णु भी अब शीघ्र ही जागनेवाले हैं। प्रिये! तुमने इतना लम्बा विरह सहा है तो बस, अब थोड़ा समय ही अब शेष रह गया है। इस शाप मुक्ति के बाद हमारे वियोग का अन्त होना ही है। इसके बाद तो हम अलका की स्निग्ध और रजत रात्रियों में अपनी उन सारी अभिलाषाओं को पूरा करेंगे, जो हमारे इस विरह में पूरी नहीं हो सकी हैं।

सरोवर में कमल तो अब भी खिल रहे हैं, पर धीरे-धीरे इनकी शोभा विरल होती जा रही है। हरिण प्रसन्न हैं। सारस की बोली, चारों ओर सुनाई पड़ रही है। हमारा मिलन शरद-हेमन्त की सन्धि-वेला में होगा। मुझे लग रहा है, मेरे वियोग में तुम उसी तरह पीली पड़ गयी हो, जैसे हेमन्त ऋतु में प्रियंगु लता

पीली पड़ जाती है।

यहाँ रामगिरि में ऋतुएँ अलग तरह से आती हैं और अलका में तो कुछ और ही तरह से। अब वहाँ का बखान करूँगा तो मेरा सन्ताप और बढ़ जाएगा।...इससे क्या लाभ?''

''मंजरी का दल तो पहले ही यहाँ से निकल चुका था। उसके जाने के बाद मेरा खालीपन कुछ ज्यादा ही बढ़ गया। मंजरी ने कहा था।

''यक्ष! तुम्हारे योग्य मेरे पास देने को तो कुछ भी नहीं था। मैंने तो तुमसे लिया ही है। एक भावनात्मक आधार मुझे हमेशा अनुभव करवाता रहेगा कि मैं अब अकेली नहीं हूँ। कुछ है जो मुझे बल देता रहेगा। हर स्त्री कुछ पाना चाहती है। शायद पुरुष भी चाहता है, पर स्त्री जिस तरह से चाहती है, पुरुष वही उसे कुछ अलग तरह से चाहता है। हो सकता है, मेरा यह निष्कर्ष गलत ही हो। पर स्त्री फिर कुछ नहीं चाहती। पा लेने के बाद उसे भी नहीं जो उसका लक्ष्य रहा, क्योंकि पुरुष की कामना बहुत सतही होती है। क्षमा करना, यह भी मैं तुम्हारे सामने कह रही हूँ। इसलिए वह पाने के बाद अधिक पाने के लिए व्यग्र हो जाता है, बल्कि कई बार आक्रामक भी। यक्ष! यह कदापि मत मानना कि मैं तुम्हारे बारे में यह सब कह रही हूँ। स्त्री अपने को आविष्कृत करती है। कस्तूरी मृग की तरह भटकते हुए वह अन्ततः उस उत्स तक पहुँच जाती है, जो उसे ही नहीं, सब कुछ को सुवासित कर रहा था। वहाँ पहुँचने के बाद वह स्वयं एक सुवास हो जाती है। उसे ज्ञात हो जाता है कि वह उसमें है, बल्कि वह, वही है। इसलिए उसकी यात्रा सुवास को वितरित करने की हो जाती है। व्यर्थ की खोज का भटकाव समाप्त होकर एक नये तरह का बोध विकसित हो जाता है।

यक्ष! तुम इसलिए मेरे प्रिय हो, प्रिय रहोगे कि यह बोध कि वह सुवास मुझमें ही है, अन्यत्र नहीं, तुमसे ही पाया है। इसके बाद तो शेष कुछ भी नहीं रह जाता है न? यही आत्मानन्द है और अब मैं ही आत्मानन्द हूँ।''

मैं सोचने लगा—मंजरी ने तो अपनी सुवास को पहचान लिया। वह स्वयं सुवास हो गयी। वह पूर्ण! वह आत्मानन्द!! पर मैं? मैं तो कुछ भी नहीं पा सका। अगर मैं पारस हूँ और वह मेरे स्पर्श से सुवर्ण हो गयी, तब भी मैं तो पत्थर ही रहा!!! मेरी स्थिति केवल इतनी कि लोह को स्वर्ण करता रहूँ, यदि वह संयोगवश मेरा स्पर्श पा ले तो?....लोह का तो फिर भी कितनी-कितनी तरह से उपयोग होता है। वह लोहा रहकर भी सभ्यता को गति देता है, कितने-कितने

रूपों में ढलकर। पर मैं तो पत्थरों के बीच पड़ा एक पत्थर भर!

मंजरी को कहना अभी भी शेष था।

"...लोग मानते हैं कि मैं लीला-गायन में तन्मय हो जाती हूँ। प्रभु का विग्रह मेरे सामने होता अवश्य है, शब्दों में उसी की छवि होती है, पर मेरे स्वरों की चरमता में न वह विग्रह होता है, न ही शब्दों में व्यक्त वह छवि। मैं अब तक अपनी ही विकलता का गायन करती रही। श्रोता यही मानते रहे कि यह आकुलता अलौकिक है। यक्ष! अलौकिक जैसा कुछ नहीं होता। जो हमारी सीमा को जतला देता है, वह अलौकिक हो जाता है। यह तो व्यक्ति के सामर्थ्य की सीमा है।...सच तो यह है कि मैं धार्मिक हो ही नहीं सकी। धर्म की वे तमाम व्याख्याएँ मेरी समझ से परे थीं। मैंने यह जाना कि मेरा धर्म मुझे खोजना है। दूसरे का धर्म मेरा धर्म नहीं हो सकता। मैंने यह भी जान लिया कि उसे रहस्य या अलौकिकता में ढूँढ़ना व्यर्थ है। इस तरह तो व्यक्ति स्वयं काठ-पत्थर हो जाता है। मेरा धर्म तो जीवन में, जीवन के आसपास है, बल्कि वह मुझसे भिन्न नहीं है।...मैं कह सकती हूँ कि अब मैं अधिक धार्मिक हूँ। मैं उसी पथ का अब गुणगान करूँगी, जहाँ मैं अपने से मिली। मैं उसे भी कभी नहीं भूल पाऊँगी जिसने मुझसे मुझे मिलवाया और वह तुम हो।

यक्ष! यह चाहे पाप हो, पर जब-जब मैं तल्लीन होती रहूँगी। तुममें होती रहूँगी और प्रभु का विग्रह साक्षी होगा। सम्भवतः प्रभु प्रसन्न ही होंगे कि इसने अपना इष्ट पा लिया।"

मंजरी का यह आत्म-विस्तार पहली बार मेरे सामने था। वह भी तब, जब वह मुझसे बिदा ले रही थी।..."स्त्री का चरित्र और पुरुष का भाग्य..." हम मनुष्यों ने ही यह सुभाषित रचा। रचा भी तो कितनी सतही मानसिकता में!! स्त्री को प्रमाण-पत्र देनेवाले हम स्वयं अधिष्ठाता हो गये!!! यह हमारे सोच और हमारी समझ की सीमा थी। यह हमारे न्यायाधीश होने का प्रमाण था। जिसने भी इस गहराई का स्पर्श किया होगा, सच मानिए, वह मेरी ही तरह से छिन्न-भिन्न हुआ होगा।

स्त्री को जानना इतना सरल नहीं है। मंजरी को जैसे आज मैंने जाना। निश्चय ही तब भी कुछ जानना तो रह ही गया होगा। उसने मुझसे प्रेम किया तो किसी गफलत में नहीं किया। न ही यह विकल्पहीनता में किया गया उसका आराधन था। यदि वह मुझे थोड़ा श्रेय दे रही है तो मैं मान लेता हूँ कि मैं निमित्त हो सका।...मंजरी ने अपना धर्म खोज लिया। मेरी खोज तो अभी शेष है। अभी तो उस मार्ग की खोज मुझे करना है, जो मुझे मेरे धर्म तक पहुँचा सकता है। अभी तो मुझमें वैसी ललक ही कहाँ जागी, अभी तक तो...। पर शायद अब।"

''स्त्री तो स्वभावतः मुखरा होती है। एक बार उसका संकोच टूटा, फिर वह व्यक्त होती चली जाती है। पुरुष छुपाने में दक्ष होता है और स्त्री व्यक्त होने में। बस, किसी पर उसका विश्वास दृढ़ हो जाए। अपने इसी विश्वास के कारण वह कम छली नहीं गयी। मंजरी का भी मुझ पर अटूट विश्वास था।

कई बार वह बातों में मर्यादा का अतिक्रमण भी कर जाती थी। वह सचमुच निश्छल मना थी। मुझसे इतना खुल जाने का कारण यह भी रहा कि मैं बहुत ही धैर्यवान श्रोता हूँ। यों कई बार वह पूछ भी लेती थी।

''क्या तुम मेरी बात सचमुच सुन रहे हो?''

''हाँ, क्यों?''

''मुझे लगा, तुम सो गये।''

''एक बार उसने कहा,

''मनुष्य हर बार स्त्री को पराजित देखना चाहता है। इसीलिए वह प्रेम करते हुए भी अत्याचार पर उतर आता है। क्योंकि वह मानता है कि स्त्री को पराजित होना ही है। यक्ष! स्त्री, पुरुष से प्रेम करती है, पशु को पालती है और हिंस्र पशु से घृणा करती है। यदि स्त्री किसी हिंस्र पशु के हत्थे चढ़ गयी तो वह उसे चींथ सकता है, प्रेम नहीं कर सकता।''

''मंजरी! तुम यह व्याख्यान मुझे क्यों सुना रही हो? तुम्हारे वैष्णव व्यक्तित्व में यह शाक्त भाव कैसे जाग्रत हो गया? क्या...''

''नहीं यक्ष! वैसा कुछ नहीं। यह सब कहने में इसलिए आया कि तुम्हें प्रेम करते हुए लगा कि मैं हूँ, बल्कि मैं ही हूँ। भूमि से पुष्प का, उसकी सुवास का गहरा सम्बन्ध होता है, पर पुष्प और उसकी सुवास भूमि नहीं होते। पुष्प और अपनी सुवास होकर मैं, मैं हो सकी तो तुम्हारे माध्यम से ही। फिर अपने पूर्ण अस्तित्व के साथ। मैंने जो होना चाहा, हुई। अपनी सुगन्ध को मैंने पहचाना। अपनी व्याप्ति, अपनी क्षमता और अपने कौशल को भी।...मैं बहुत ही अशोभन बात कह रही हूँ न?''

''तुम बहुत सुन्दर ढंग से कह रही हो।''

''बात अशोभन है, पर ढंग अच्छा है।''

''मैं...''

''चुप! तुम कुछ मत कहना। तुम मेरे धीर ललित नायक हो।''

''मंजरी ने पूछा था,

''यक्ष! तुम्हें कोई पश्चात्ताप तो नहीं?''

''मंजरी! तुम मुझे इतना क्षुद्र समझती हो?''

''नहीं, मैंने केवल पूछा। मुझे यह पूछना भी नहीं चाहिए, यों तो...''

''तुम चली जाओगी कल?''

''हाँ। पर तुम मेरा जब स्मरण करोगे, मैं तुम्हारी स्मृति में तब-तब प्रत्यक्ष हो जाऊँगी। तुम चाहोगे?''

''तुम्हें विश्वास नहीं है?''

''नहीं, मैंने बस पूछा।''

''और तुम?''

''मेरे लिए यह प्रश्न इसलिए अर्थ नहीं रखता कि मैं तो अब तुममय हूँ। और तुम का अर्थ एक भौतिक स्थूलता भर नहीं है।''

''तो मेरे लिए है?''

''तुम्हारे सामने तो एक और लक्ष्य है न?''

''हाँ, वह तो है। झूठ नहीं बोलूँगा।''

''इसलिए तुम्हारी यात्रा पूरी नहीं हुई है, पर मुझे अन्तर नहीं पड़ेगा।''

''वही मेरा लक्ष्य होगा?''

''यह मैं क्या जानूँ, यक्ष!''

''शायद तब भी मेरी यात्रा पूरी न हो।''

''यक्ष! भटकना मत। लक्ष्य को पाने की कोशिश करना।''

''पर तब तक तो...''

''भटकाव और यात्रा का भेद तुम्हें समझाने की आवश्यकता नहीं है। मुझे तुम्हारी समझ पर विश्वास है।''

''तुमने यह कहकर मुझे बल दिया है।''

''वह तो तुममें है।...स्त्री गलत नहीं होती। मान ली जाए, तब भी नहीं।...अच्छा!''

''आज मैंने सोचा, मुखियाजी और काकी माँ के चरण छूकर उनसे बिदा ले आऊँ। मैं जब उनके द्वार पहुँचा तो वो कुछ अनमने और उदास लगे। चिन्तातुर भी। उन पर ऐसी उदासी मैंने पहले कभी देखी नहीं थी। वे तो दूसरों की चिन्ताओं को दूर करते थे। हर समस्या का हल उनके पास होता था। नहीं भी हो, तब

भी। जो भी उनसे अपनी समस्या पर परामर्श के लिए आता, उसकी कुछ समस्या तो उनकी सीख और मीठी बोली से ही कम हो जाती थी। निराशा के लिए उनके पास कोई स्थान था ही नहीं। मैंने सोचा, शायद काकी माँ अस्वस्थ हों, पर वो ऐसी चिन्ता पालनेवाले व्यक्ति नहीं थे। बात कुछ थी, अवश्य और गम्भीर भी थी। मैंने पूछा,

"क्या बात है, मुखियाजी! आज आप... ?"

"अब क्या बताएँ।"

"काकी माँ?"

"क्या होगा उसे? वह तो खाती-पीती मस्त है।"

"फिर?"

"गाँव के लच्छन ठीक नहीं हैं।"

"क्या हो गया?"

"अरे, हमारे गाँव के छोरे..."

"कहिए तो?"

"अब वे नगरों का रंग-ढंग गाँव में लाना चाहते हैं। इस तरह तो हमारा गाँवपन ही खत्म हो जाएगा। क्या यह उचित है? गाँव, गाँव नहीं रहेंगे तो क्या रह जाएगा, बतलाओ?"

"हर पीढ़ी के साथ कुछ नयापन आता है। क्या आपने... ?"

"हमने अपनी पहचान को और दृढ़ किया था। अब ये नया राग गाने लगे हैं। क्या करें, समझ में नहीं आता?"

"मुखियाजी! हर पीढ़ी अपना राग गाती है। वो आपका राग कदापि नहीं गाएँगे। यह हठ छोड़िए।"

हमारी बातें सुनकर काकी माँ भी बाहर आ गयीं। बोलीं,

"क्या बकर-बकर कर रहे हैं, बुढ़ऊ?"

"कुछ नहीं, तेरे गुण बखान रहा हूँ।"

"मेरे गुण बखानेंगे? कभी एक गुण तक नज़र आया है? मेरे गुन बखानेंगे। बेटा, अब ये पूरे सठिया गये हैं।"

"और तू?"

काकी माँ अन्दर गयीं तो मैंने मुखियाजी से पूछा।

"बतलाइए, हुआ क्या?"

वे अपने दुःख में डूबे-डूबे ही बोले—

"हमारे गाँव में द्यूत का चस्का लग गया छोरों को। बतलाओ, यह अच्छी बात है?"

"हमारी सेरी के एक किसान का बैल बिक गया। सोमपान हमारी जीवन-शैली का अंग नहीं। वह श्रेष्ठियों नगरों की जीवन-शैली का अंग होगा। जो उनके लिए अनुकूल हो, वह हमारे लिए भी होगा, ऐसा नहीं हो सकता। इन्हें समझाओ तो विवाद करते हैं। आज किसी का बैल बिका, कल खेत बिकेंगे।...ये बैल और खेत ही हमारे लिए कल्पवृक्ष और कामधेनु हैं, भाई!...लीक मत छोड़ो। यह बात समझ में नहीं आती है। द्यूत और सोम का चलन बढ़ा तो विवाद होने लगे। गाँव में एकता थी। सब एक-दूसरे के सहायक थे। अब सब अपने बारे में सोचते हैं। मुझे अब लक्षण अच्छे दिखाई नहीं दे रहे।

क्या मैं गलत हूँ? जब मैं अपनी परम्परा की बात करता हूँ, तो मेरा उपहास होता है...। कुछ उत्साही नगरों में बसने को उत्सुक हैं। यह सब उचित है? इस तरह वहाँ के दोष, क्षुद्रताएँ यहाँ आते चले जाएँगे न?

"मुखियाजी, एक मरीचिका के पीछे भटकने से कुछ नहीं मिलना है, पर आप इस बात को समझा नहीं सकते। फिर भी परम्परा किसी एक, दो या पाँच व्यक्ति के तोड़ने से टूटती नहीं है। हाँ, जो अतिरेक में पड़ गये हैं, उन्हें आप बचा भी नहीं सकेंगे। आप देखिएगा, अगर दो व्यक्ति यहाँ से नगर में बसेंगे तो एक नागरिक वहाँ की जीवन-शैली से ऊबकर गाँव की ओर लौटेगा। अगर सुख यहाँ नहीं है तो वहाँ भी नहीं है। सदा दूसरे की थाली में अधिक घी नजर आता है।"

मुझे लगा, मुखियाजी भीतर से पूरी तरह टूट गये हैं। भीतर की टूट-फूट दिखाई नहीं देती है, पर व्यक्ति को हिलाकर रख देती है। मुखियाजी चाहे ऊपर सहज लगते हों, अपने कार्यों में व्यस्त रहते हों, पर भीतर एक सतत झंझावात चलता रहता है। यह समय की गति है। इस गति में दुर्गति से शायद कोई अछूता नहीं रहा। बड़े-बड़े रथी-महारथी इस गति में कैसे निष्प्रभ और कातर हो जाते हैं, इतिहास इसका प्रमाण है। फिर बेचारे निरीह और भोले मुखियाजी काल के इस प्रवाह में भला कैसे टिकते। कठिनाई यह है कि खड्ग टूट गया है। कवच भी जर्जर। देह में शक्ति नहीं रही, पर ये रणभूमि छोड़ना नहीं चाहते। जबकि युद्ध का परिणाम आ चुका है। मन ही मन मुखियाजी भी स्वीकार कर चुके हैं कि वे पराजित हो गये हैं, पर पराजय स्वीकार नहीं कर रहे हैं। मैं उन्हें समझाता हूँ।

"मुखियाजी! आप ही ने तो कहा था।"

"क्या कहा था?"

"यही कि राजा परीक्षित ने स्वयं द्यूत में, मद्यपान में, स्वर्ण में कलयुग को स्थान दिया था।"

"हाँ, तो?"

"अब तो राजा परीक्षित भी नहीं रहे। यों दिखने को कोई भी राजा हो, उसका अपना राज्य हो, पर अब राज्य तो केवल कलयुग का ही है। आपका यह जनपद भला उसकी प्रकृति और प्रभाव से कब तक अछूता रहता? यह सब तो होगा ही। आप न चाहें, तब भी होगा। लाख प्रयत्न कर लें, जो दोष आने हैं, इस नयी सभ्यता में आएँगे ही। इसलिए आप केवल देखिए। आप अपने को बचा सकते हैं। धारा मोड़ नहीं सकते। इसलिए काल के पराक्रम और समय की गति को स्वीकार कर लीजिए। मान लीजिए, जो अच्छा नहीं है, उसे रोक पाना आपके वश में नहीं है।"

"मुखियाजी सोच में पड़ गये। वे गुमसुम से मुझे देख रहे थे। सम्भवतः उन्हें अपनी सीमा और अपनी क्षमता का बोध हो गया था। बड़ी देर के बाद उन्होंने कहा,

"तुम ठीक कह रहे हो। यह कलयुग का ही प्रसार है। स्वयं राजा परीक्षित का वश भी कहाँ चला। वो भी उसी के प्रभाव में मारे गये।"

"आप स्वयं ज्ञानी हैं, मुखियाजी फिर भी..."

"ज्ञान, वह तो ठीक है। अपने पर विपत्ति आती है तो सारा ध्यान धरा रह जाता है।...ठीक है...ऽऽ....ऽ...।"

फिर मौन पसर गया था, हमारे बीच। मुखियाजी ने सम्भवतः पराजय स्वीकार कर ली थी।

काकी माँ भीतर से आयीं तो मेरे लिए दूध लेकर आयीं। बोलीं,

"इनकी बात का तो अन्त नहीं है। जो होना होगा। इनके रोके, रुकेगा नहीं। अपना घर सम्हाले रहो, उसे टूट से बचाओ, बस इतना ही बहुत है। तुम दूध पीओ बेटा। इनसे कहती हूँ, कोई नहीं सुन रहा तो चुप हो जाओ। और क्या?"

"बस, इस तरह चुप हो गये तो हो गया। अपनी आँखों के सामने जो है, उसे उजड़ने दूँ और चुपचाप देखता रहूँ?"

"नहीं, जो जी चाहे, करो।"

"ग्राम-प्रधान ने प्रश्न किया—

"युद्ध क्यों होते हैं?"

"वर्चस्व के लिए।"

"देव और दानव लड़ते हैं और हम मनुष्य उसका मूल्य चुकाते हैं। यह

भी कोई बात हुई भला?''

''मुखियाजी, यह बात आप क्यों कर रहे हैं?''

''सुना है, फिर कोई युद्ध होनेवाला है। सारा कुबेर-कोष युद्ध में झोंका जाएगा और इन्द्र युद्ध जीतेंगे तो अपने बल पर और देव-शक्ति से नहीं। ऋषि दधीचि की अस्थियों से आयुध बनाकर जीतेंगे। क्या उनकी अपनी अस्थियों से आयुध नहीं बन सकते?''

''क्या वहाँ फिर युद्ध होनेवाला है?''

''युद्ध उनके लिए नयी बात है? एक समाप्त हुआ नहीं कि दूसरे की भूमिका बन जाती है।''

''युद्ध तो थोपा जाता है। युद्ध कोई नहीं चाहता।''

''तुम्हारे इन्द्र में तो लड़ने का दम भी नहीं है।''

''मुखियाजी! इन्द्र मेरे स्वामी के भी स्वामी हैं।''

''वो होंगे, वहाँ वश नहीं चलता तो हमें नष्ट करने का आदेश अपने महामेघों को देते हैं। यह है, उनका देवत्व!''

''मुखियाजी, यह दो भाइयों के बीच की अदावत है।''

''तो अपनी समस्या मिल-बैठकर सुलझा क्यों नहीं लेते?''

''भाई-भाई की समस्या कभी नहीं सुलझती। चाहें वे नष्ट हो जाएँ। मैं तो यहाँ, वहाँ अलका में पता नहीं, क्या हो रहा होगा। मैं जानता हूँ, युद्ध का अर्थ। युद्ध होता है तो सब कुछ उथल-पुथल हो जाता है।''

''मेरी मानो तो अभी तुम रुक ही जाओ। युद्ध पूरा हो जाए, तब जाना।''

''मेरा आना, मेरा निर्णय नहीं था और रुक जाना भी मेरे वश में नहीं है। मेरा वहाँ समय से न पहुँचना और वह भी इस युद्धकाल में अक्षम्य अपराध माना जाएगा। मैं उनका चाकर हूँ और वे जैसा चाहें, उपयोग कर सकते हैं। वे करेंगे।''

''तो?''

''चलता हूँ।''

काकी माँ की ही नहीं, मुखियाजी की आँखें भी नम थीं। ऐसा प्रेम मैंने अब तक नहीं पाया था। मेरी आँखों से भी आँसू छलक पड़े।''

''जिसे हम शान्तिकाल कहते हैं, वह तो एक युद्ध और दूसरे होनेवाले युद्ध के बीच का अन्तराल भर है। और इस अन्तराल में भी बिना किसी घोषित युद्ध के कितने ही छद्म और परोक्ष युद्ध चलते रहते हैं।

वस्तुतः हम सबमें एक सुप्त-बर्बर पशु निवास करता है। बस, जब तक वह सुप्त है, हम मानवीय हैं, हम सभ्य हैं, हम देव-तुल्य हैं। पर जैसे ही वह जागता है अपना भक्ष्य माँगता है। वह सबसे पहले हमारी सदाशयता, परस्पर विश्वास को अपना आहार बनाता है। तब हमारा असली रूप सामने आता है। हम सबमें बैठे पशु की पिपासा इस धरती को रक्तस्नात कर देती है। हमारा प्रेम, हमारा बन्धुत्व, हमारी करुणा घोर हिंसा में बदल जाती है। हमारी सदेच्छा विकलाँग हो जाती है। पशुता का प्रतिरोध भी पशुता से किया जाता है। हमारे भीतर का पशु नहीं मरता। आहत होती है हमेशा मानवीयता।

कितना आश्चर्य की युद्ध की अनिवार्यता को हम ही तर्कसंगत मान लेते हैं। युद्ध हमारा धर्म हो जाता है। पर धर्मयुद्ध से किसने क्या पाया? जो विजयी होता है, वह भी पराजित से गया-बीता हो जाता है। युद्ध न करने और न होने देने की शपथ ली जाती है, पर ऐसी सारी शपथ अब तक खोखली ही सिद्ध हुई हैं। युद्ध से आज तक किसी को कुछ नहीं मिला। तब भी युद्ध नहीं रुके। घृणा अधिक बढ़ी। हम अधिक हिंस्र और आक्रामक हो उठे। युद्ध तो हमेशा हममें बैठे पशुओं के द्वारा लड़ा जाता है, देवता और दानवों द्वारा नहीं।

''देवता और दानवों का यह संघर्ष सनातन है। दानवों को केवल अपने देह की चिन्ता रही। किसी भी तरह शरीर की रक्षा हो, इसीलिए अमरता उनका ध्येय हो गया। सारे कर्म केवल अमरता के लिए। इसके लिए इन्होंने क्या-क्या नहीं किया? जब-जब इन्हें अमरता मिली या केवल अमरता का भ्रम, ये अमर्यादित और उददण्ड हो गये।...और इनकी अमरता के भ्रम भी बार-बार टूटे।

देवताओं की बात दूसरी है। भले, ये भी नहीं हैं। ये केवल भोग में ही लिप्त हैं। कर्म की कोई भूमिका इनके जीवन में स्थान ही नहीं रखती। इन्द्र तो सोम में ही डूबे रहते हैं। इस सतत सोमाराधन से उनकी दाढ़ी ही हरी हो गयी। जब राजा की यह स्थिति है तो प्रजा भी राजा के अनुरूप ही तो होगी। इसलिए जब-जब संकट आये, ये घबरा गये और टिक ही नहीं पाये। युद्ध में तो इन्हें विवशता में उलझना पड़ा। ये युद्ध के लिए कभी तैयार ही नहीं रहे। जबकि शान्तिकाल में युद्ध की तैयारी भी युद्ध से कम नहीं होती है। देवता विलासी हैं, इसीलिए वे दानवों से पराजित होते रहे। अतीत इसका प्रमाण देता है। ये पराजित हुए और स्वर्ग छोड़कर भागे। कभी विष्णु की तो कभी शिव की शरण में गये, उनके सामने गिड़गिड़ाये और उनकी सहायता से अपने वैभव को प्राप्त किया।

कष्ट सहने का इन्हें अभ्यास रहा ही नहीं और न ही विषम परिस्थितियों में टिककर उनका सामना करने की दृढ़ता रही।

संयोग से अब मैं मनुष्यों के बीच हूँ। न ये देवता हैं और न ही दानव। इनके संघर्ष भी देवता और दानवों से अलग तरह के हैं। युद्ध इन्हें भूख के विरुद्ध लड़ना पड़ता है और यह एक असमाप्त युद्ध है। इस अभियान से पलायन किया ही नहीं जा सकता। यही इनका धर्म हो गया है।

अमरता की अवधारणा भी यहाँ मैंने भिन्न देखी। मृत्यु इन्हें कभी भयभीत नहीं कर सकी। इनके लिए तो मरण भी पर्व है। इनकी मान्यता है कि कर्म और सत्कर्म में ही अमरता का रहस्य निहित है। मनुष्य अपने कर्म के माध्यम से अपनी मृत्यु के उपरान्त भी बना रहता है। काल उसको मिटा नहीं पाता और कुछ तो यहाँ जीवित होकर मरे जैसे ही मान लिए जाते हैं। उनका होना भी न होने जैसा ही । कुछ तो भारवत्।''

''यहाँ आकर मैं कुछ ज्यादा ही तुलना करने लगा हूँ। मैं पहली बार मनुष्यों के सम्पर्क में आया। अब मुझे मनुष्य, देवता और दानव दोनों से ही श्रेष्ठ प्रतीत होने लगे हैं।...मैं न तो देवता, न दानव और न ही मनुष्य!!! हम यक्षों को तो एक तीसरी ही कोटि में रख दिया गया है। निश्चय ही मैं मनुष्य का पक्षधर होता जा रहा हूँ, क्योंकि मनुष्य हुआ जा सकता है। मैं देवता नहीं, दानव तो कभी नहीं, यदि सम्भव हो सका तो मनुष्य होना ही चाहूँगा। वह दुर्बल अवश्य है, पर वही अपनी सारी दुर्बलताओं पर विजय प्राप्त कर सकता है। वह अपने हाथों से अपना संसार रचता है और उसे सँवारने में सतत जुटा रहता है। (हाँ, वह अपने ही हाथों से दुर्बुद्धि में पड़कर उसे उजाड़ता भी है।) वह विनयी अवश्य है, पर यही विनय उसकी शक्ति है। अमरता की चाह उसमें कभी नहीं रही। यही मनुष्य देवताओं की सहायता के लिए दौड़ पड़ता है। वह दानवों से टकराता है, पर देवताओं की मनमानी भी सहन नहीं करता।''

''सामान्य जन तो सदा युद्ध विरोधी रहा है, क्योंकि वही युद्ध में सर्वाधिक पिटता है। युद्ध का विचार उसके मन में कभी आया नहीं। पर अब-जब काली छायाओं ने उसे घेरा वह उन्हीं की तरह व्यवहार करने लगा सारी मनुष्यता को

भूलकर। इनमें भी महत्त्वाकांक्षा पनपीं। अहंकार बढ़े। नायक और महानायकों का उद्‌भव ऐसी ही महत्त्वाकांक्षा और अहंकार के बीच होता है। इनके क्रूर और कुटिल अट्टहास सामान्य जन की मुस्कान छीन लेते हैं। जो मनुष्य अपने पेट की लड़ाई में दिन-रात जुटा हो, उसे युद्धों-महायुद्धों से क्या मतलब? बल्कि ये महायुद्ध तो इनके मुँह का ग्रास छीन लेते हैं। इन युद्धों के घाव इन निरीह प्राणियों पर सतत बने रहते हैं। इनकी प्रगति अवरुद्ध हो जाती है। देवता और दानवों को चाहे फर्क न पड़ता हो, मनुष्य और मनुष्यता सदा इन युद्धों में आहत होती रही है।

अलका की चमक इस युद्ध में भी फीकी पड़ेगी। पर वह फिर से अपनी चमक पाने में जुट जाएगी। कैसे?...जाने दीजिए, वह व्यवस्था जानती है, उसे क्या करना है। कुबेर का कोष भरा रहना चाहिए, वरना इन्द्र असुरों से लड़ेगा कैसे? कुछ पत्थर जब दबाये जाते हैं, तभी भव्य और गगनचुम्बी स्वर्ण शिखरों वाले भव्य भवन निर्मित होते हैं।''

''....इस समय तो मेरी चिन्ता अपनी प्रिय पत्नी को लेकर काफी बढ़ गयी है। वह इस समय वहाँ नितान्त अकेली है। पता नहीं, वहाँ क्या हो रहा होगा? किस अशुभ घड़ी में मैं अलका से चला था? एक क्षण को भी मुझे शान्ति नहीं मिली। अब लौटकर वहाँ पहुँचूँगा तो पता नहीं किस हाल में अलका को देखूँगा। ईश्वर ऐसा न करे, पर यदि इस बार भी असुरों का आधिपत्य अलका पर हो गया तो मेरी प्रिया अपनी रक्षा कैसे करेगी? कहाँ खोजूँगा उसे? इस युद्ध की सूचना भर से ही मेरे भीतर एक युद्ध आरम्भ हो गया है। अभी मेरी शाप मुक्ति में कुछ समय शेष है और मैं अलका पहुँचने के लिए व्याकुल हो उठा हूँ। क्या करूँ, समझ नहीं आ रहा?''

''मंजरी एक झोंके की तरह मेरे जीवन में आयी और निकल गयी। 'निकल गयी,' यह कहना भी पूरी तरह उचित नहीं है। क्योंकि पूरी तरह तो कोई जाता नहीं है। उसे जाना मान लिया जाए, तब भी नहीं। मेघ ने कुछ अलग ही उलझन खड़ी कर दी है। मेरे तनाव इस समय चरम पर हैं। देखता हूँ, आगे क्या होगा। इस समय तो मेरे भीतर ही घोर संग्राम चल रहा है।

रामगिरि ने मुझे आश्रय दिया, यहाँ के अन्न-जल ने जीवन को आधार। सबने मुझे सम्बल दिया। स्नेह दिया। अपने स्नेह में मुझे बाँधा। मेरे दुःखों में साझा किया। न यह क्षेत्र कभी विस्मृत हो सकता है और न मैं इससे कभी उऋण हो सकता हूँ।"

"इस विदा-वेला में सबको मेरा प्रणाम।"

अङ्गेनाङ्गं प्रतनु तनुना गाढतप्तेन तप्तं
सास्रेणाश्रु द्रुतमविरतोत्कण्ठमुत्कण्ठितेन।
उष्णोच्छ्वासं समधिकतरोच्छ्वासिना दूरवर्ती
संकल्पैस्तैर्विशति विधिना वैरिणा रुद्धमार्गः॥

नौ

इन दिनों मैं कुछ अजब-सा बोझ और उतना ही अजब-सा खालीपन अपने में अनुभव करता हूँ। मेरी सारी चेतना कुन्द हो गयी है। देखता हूँ, तो आकाश को देखता रहता हूँ—अपलक! सम्भवतः मैं आकाश को नहीं देख रहा होता हूँ, बस दृष्टि टिकी रहती है। आँखें थक जाती हैं या मन उचट जाता है तो सोचने लगता हूँ, वहाँ शून्य में मैं क्या देख रहा था? किसे खोज रहा था? क्या मैं सचमुच कुछ देख रहा था?

इन दिनों कुछ ऐसी ही अतार्किक उलझनों में मैं उलझा रहता हूँ।

मंजरी को गये भी काफी समय हो गया। बस, एक सुगन्ध भर रह गयी है, मेरे आसपास। जो बार-बार और रह-रहकर आभास करवाती रहती है कि वह यहीं कहीं है। मुझमें से उठती हुई सुगन्ध थी। पर यह कस्तूरी गन्ध जैसा भी प्रसंग नहीं था कि वह मुझमें ही थी और एक लम्बी खोज के बाद मैंने उसे अन्ततः पा लिया था। यह तो मंजरी का अनुभव था। वह तो सुगन्ध होकर मुझे मेरा होना अनुभव करवा रही थी। यह एक अलग तरह की सम्पन्नता थी, ठीक वैसी ही जैसे कोई लोह अचानक पारस स्पर्श से अपने को स्वर्ण में परिवर्तित पाकर करता है। केवल उसके स्पर्श मात्र से कायाकल्प हो जाना चमत्कार ही है, जो कभी-कभी ही घटित होते हैं और किसी भाग्यवान के जीवन में...। मैं ऐसा ही भाग्यवान हूँ।

"मेरे जीवन में उसका स्मरण ही संकीर्तन है।"

"मैं कहाँ-किधर जा रहा हूँ, ज्ञात नहीं। क्यों? यह भी नहीं जानता, पर चला जा रहा हूँ। सघन वन के बीच एक पगवाट है और उस पर मैं नितान्त अकेला। न इस पगवाट का अन्त है और न ही इस यात्रा का। इस सघन वन में यह एकाकीपन

मुझमें गहराता जा रहा है। यह सघन विस्तीर्णता मुझे निरन्तर छोटे से छोटा बना रही है। भय बड़े से बड़ा होता जा रहा है। मैं कहाँ से चला था, यह भी अब याद नहीं है। न यह कि कहाँ पहुँचना है। अजब स्थिति है। मैं रुक भी नहीं सकता। न वापस लौट सकता हूँ न ही यात्रा का, गतिशीलता का, कोई स्पष्ट लक्ष्य है। जो कुछ चल रहा है, निरर्थक है। सम्भवतः जीवन में भी सार्थक कम ही होता है, कभी-कभी तो कुल मिलाकर परिणाम शून्य ही आता है। अद्‌भुत यह कि हमारा किया-धरा सबकुछ धीरे-धीरे हमारे लिए ही महत्त्वहीन होने लगता है। रह जाता है, मात्र व्यर्थता-बोध।

दिन चढ़ा और सूर्य सिर पर आ गया तो थकान बढ़ी। विश्राम करने का मन हुआ तो प्यास जाग गयी। प्यास एक सरोवर तक ले गयी। यह मायावी सरोवर था। सामने निर्मल जल को देखकर प्यास और भड़क गयी। पहले तो यह मेरे लिए सरोवर ही था। यह तो बाद में ज्ञात हुआ कि वह मायावी है। मैं ज्यों ही उसके पास गया, वह जलहीन गर्त हो गया, कंकड़-पत्थरों से भरा! यह क्या, क्या यह सरोवर का भ्रम था, जो प्यास के कारण हुआ? सम्भवतः मैं निराश लौटा। तभी मुड़कर एक बार लौटते हुए मैंने उस भ्रम पर फिर नजर डाली। मैंने देखा, फिर वही जलाशय। जल ने मुझे फिर लौटाया, पर वहाँ पहुँचने पर वही यथार्थ! प्यास और थकान से विकल मैं वहीं बैठ गया एक वृक्ष की छाया में। तभी मैंने सुना,

"बहुत प्यासे हो?"

"हाँ, प्राण निकले जा रहे हैं, पर मैं किसे सुन रहा हूँ? यहाँ कोई भी तो नहीं?"

"मैं यक्ष हूँ।"

"कौन यक्ष? यहाँ कैसे?"

"कैसे? यह एक अलग कथा है। जैसे तुम यहाँ हो मैं भी..."

"तुम मुझे जानते हो?"

"हाँ, भली-भाँति।" एक यक्ष भला दूसरे को नहीं जानेगा?

"यक्ष! मेरे प्राण निकले जा रहे हैं, प्यास से। यह क्या माया है? मुझे जल दो।"

"यह मेरी ही माया है, यक्ष।"

"इसका अर्थ है, मुझे प्यासा मर जाना है आज?"

"नहीं, मेरे प्रश्नों के उत्तर दो और प्यास बुझाओ।"

"यह कैसी विवशता है?"

"यह तुम्हारी ही नहीं, मेरी भी विवशता है।"

"तुम्हारी विवशता?"

"हाँ, मेरी।"

इस प्यास की विकलता में भी मुझे हँसी आ गयी। वह अदृश्य यक्ष बोला, "तुम हँस रहे हो?"

"हँसने की बात है। एक विवश यक्ष दूसरे विवश यक्ष की परीक्षा लेने को आतुर है। अच्छा, यदि मैं तुम्हारे प्रश्नों का समुचित उत्तर न दे पाया तो?"

"तो दो अभिशप्त यक्ष किसी तीसरे की प्रतीक्षा करेंगे, अपनी मुक्ति के लिए।"

"दो अभिशप्त यक्ष! अच्छा यक्ष, क्या हम अपने भाग्य में अभिशप्त होना लिखवाकर ही लाये हैं? क्या है हमारा भाग्य?...जो हो। तुम प्रश्न करो, मैं प्रयत्न करूँगा।"

"यक्ष! बतलाओ, सबकुछ नष्ट हो जाने के बाद भी क्या नष्ट नहीं होता?"

"आशा। सम्पूर्ण नष्ट होने के पश्चात् भी आशा नष्ट नहीं होती। यह पृथ्वी कितनी बार उजड़ी। महाप्रलय आये। सबकुछ जलमग्न हो गया। जीवन का कोई चिह्न शेष नहीं रहा, तब भी आशा शेष रही। इसीलिए हर बार नयी सृष्टि का जन्म हुआ। जिस दिन आशा समाप्त हो जाएगी, सबकुछ समाप्त हो जाएगा। यक्ष! तुम भी तो पता नहीं कब से इसी आशा के बल पर यहाँ हो कि कोई मुक्तिदाता इधर आएगा। चाहे वह भी अपनी मुक्ति का स्वप्न सँजोये हुए क्यों न हो, तुम्हारी ही तरह।"

"अच्छा मुक्ति क्या है?"

"मुक्ति सभी कामनाओं का समाधान है। जब मुक्ति की कामना भी शेष न रहे तब ही सच्ची मुक्ति है। वरना...। हम ही नहीं, हर कोई अपनी-अपनी कामनाओं में बन्दी है, अभिशप्त है हमारी तरह।"

"अच्छा, यक्ष मेरे इस प्रश्न का उत्तर दो। वह क्या है, जिसे हारकर भी पाया जा सकता है और उसे पा लेने पर फिर कुछ भी पाने की इच्छा शेष नहीं रह जाती है?"

"प्रेम। अपने को मिटाकर ही प्रेम पाया जा सकता है और प्रेम पा लेने के बाद फिर कोई कामना शेष नहीं रहती। यक्ष! यह रहस्य मैंने मंजरी से जाना है। मैंने केवल जाना है। क्योंकि मैं स्वयं को मिटा नहीं पाया हूँ। इसी कारण यह भटकाव है। जानने और पा लेने में बड़ा अन्तर है, पर जानना भी पाने तक पहुँचने की एक महत्त्वपूर्ण सीढ़ी है।"

"और अभिशाप?"

"यही भटकाव। यह जन्म-जन्मान्तर तक चल सकता है। जैसे तुम..."

"क्या तुम अलकापुरी लौटकर शापमुक्त हो जाओगे?"

"कह नहीं सकता। वहाँ से फिर नये भटकाव आरम्भ हो जाएँ।"

"सबसे बड़ा सुख क्या है?"

"सहज जीवन सबसे बड़ा सुख है। असहजता के तनाव सहज नहीं होने देते। असहजता की ओर आकर्षित भी हम ही होते हैं और दुःखी भी हम ही होते हैं।"

"सबसे बड़ा सत्य क्या है और सबसे बड़ा छल?"

"सबसे बड़ा सत्य है, अपने को पहचानना, यही सबसे कठिन है और सबसे बड़ा छल है आत्मछल। हम किसी और से नहीं स्वयं से छले जाते हैं। हम सदा इसी भ्रम में रहते हैं कि हमसे अधिक न तो कोई शक्तिशाली है, न ही चतुर। यह हम ही हैं, जो अपने सर्वज्ञ होने का भ्रम पाले रहते हैं। हम सब कुछ जानने की घोषणा कर सकते हैं, पर सारे प्रयत्नों के बाद भी अपने को जानने में बहुत कुछ रह ही जाता है। जब हम अपने को जान लेंगे तो आत्मछल के शिकार भी नहीं होंगे और तब हम सत्य के सामने होंगे। जो जैसा भी हो, हम उसे स्वीकार कर सकेंगे।"

"और सबसे बड़ा धर्म?"

"केवल प्रेम। यक्ष! धर्म न तो बड़ा होता है और न ही छोटा। इसी तरह प्रेम भी। प्रेम वहाँ से आरम्भ होता है, जहाँ हमारी सीमाएँ समाप्त होती हैं। अब प्रेम की व्याख्या हो..."

"साधु! साधु!! हे विवेकवान यक्ष! तुम्हारे उत्तरों से मैं सन्तुष्ट हुआ। तुम इस सरोवर के जल का पान कर सकते हो।"

मैंने देखा कि एक दिव्य व्यक्ति प्रकट हुआ। वह मेरा ही आत्मजाग्रत स्वरूप था। बोला,

"यक्ष! तुम्हारे सारे मनोरथ पूर्ण हों। जो दूसरे को मुक्त करता है, वह स्वयं तो मुक्त हो जाता है। तुम अपने इस स्वरूप से कभी विस्मृत मत होना। यह आलोक तुममें सदा बना रहे।"

मैं सरोवर की ओर बढ़ा तो अब वह माया नहीं थी। उसका जलपान करके लगा, पता नहीं कितने जन्म-जन्मान्तर की प्यास आज बुझी। वह वन उससे उत्पन्न सारी भयानकता, सारे संशय समाप्त हो गये। लगा मैं अब सही पथ पर हूँ और यही पथ मुझे अपने लक्ष्य पर पहुँचाएगा।

मैं रामगिरि के प्रति कृतज्ञ हूँ, जहाँ मुझे यह विवेक प्राप्त हुआ।

मैं अपने आश्रम में होकर यह किस यात्रा को पूरी कर गया? मैं चकित कि 'माया' के इस खेल में ही सही, उन सारे प्रश्नों के उत्तर दे सका जो यों

तो सम्भव ही नहीं थे। यह ज्ञान भी मुझे इसी रामगिरि में प्राप्त हुआ। निश्चय ही यहाँ से अपनी अलकापुरी लौटूँगा तो अधिक सामर्थ्यवान होकर लौटूँगा और यह सामर्थ्य मेरे विवेक की उपज होगा। मानता हूँ, यह शापित अवधि पूर्ण हो जाने पर सबकुछ सामान्य हो जाएगा, सम्भव नहीं है। वहाँ नयी परिस्थितियाँ होंगी। वहाँ मुझे नयी परीक्षा देनी होंगी। भिन्न चुनौतियों का सामना करना पड़ेगा। तब यहाँ रहकर मुझे जो विवेक मिला, वह मुझे सही निर्णय लेने में सहायक होगा। मैं विनयी होकर भी अपने स्वाभिमान की रक्षा कर सकूँगा। मैं अपने को सही सिद्ध कर सकूँगा, यह विश्वास दृढ़ हुआ है।''

''कल्पना में ही सही, उस अदृश्य यक्ष का उद्धार क्या मेरा उद्धार तो नहीं था? वे सारे प्रश्न जो मेरे और मेरी प्यास के बीच थे, वे ही तो मेरे मन में उठते, उमड़ते-घुमड़ते रहे हैं। मन इसीलिए तो विकल नहीं रहता था कि समाधान नहीं मिल रहे थे? वह सघन कान्तार कहीं मेरा भय और संशयग्रस्त मनोजगत तो नहीं है? यह अपनी ही खोज में अपने भीतर सतत भटकाव तो नहीं है? क्या वह सरोवर सारी प्रश्नाकूलता की समाप्ति के बाद की वह तृप्ति तो नहीं, जिसके बाद सारी प्यास समाप्त हो जाती है। यहाँ मिले समाधान मन को सदा के लिए भय और संशय से मुक्त कर देते हैं और केवल निष्काम भाव रह जाता है?''

क्या मन सचमुच निष्काम हो जाता है? यदि ऐसा हो जाता है तो फिर शेष क्या रह जाएगा? क्या जीवन, जीवन की तरह होगा? हो सकता है, कोई योगी इस स्थिति को प्राप्त कर ले। पर मुझ जैसे एक सामान्य व्यक्ति के जीवन से सरोकार कभी समाप्त हो ही नहीं सकते। हम चाहें विषमताओं से घबराकर भाग जाएँ, पर फिर लौटते हैं—जीवन के सारे खट्टे-मीठेपन में ही। हाँ, मरीचिका की छाया से बच रहे और जो भी जितना है, उसी में भरा-पूरापन अनुभव हो, इतनी कामना तो रह ही जाती है मुझ जैसे के मन में।''

''अलकापुरी के प्रस्थान के दिन निकट आ गये हैं। मन में निरन्तर ऐसी ही उथल-पुथल चलती रहती है। ऐसा इसलिए हो रहा है कि मैं ही नहीं, मुझमें धँसा गहरा अपराध-बोध भी मेरे साथ अलकापुरी पहुँचेगा। सारी बेचैनी यही है। मंजरी को तो उसका इष्ट मिल गया। मुझे क्या मिला? मैंने उस मायावी सरोवर

के यक्ष को उत्तर भी दे दिए। वह सब 'माया' का खेल हो तो भी मैं उस 'खेल' में सफल रहा। पर वास्तव में जो प्रश्न मुझे दिन-रात उद्वेलित करते हैं, उनके समाधान कब मिलेंगे? किस तरह? किस मूल्य पर?'

''हम जो सोचते हैं, जैसा चाहते हैं, वैसा मन चाहा कभी नहीं होता और अनसोचा निरन्तर घटता चला जाता है। यह भी सही है कि सबकुछ मनचाहा और मन का सोचा ही घटता रहे जीवन में तो इसका सारा रोमांच भी समाप्त हो जाएगा। सच, सुख भी रोमांच में ही है। यहाँ रामगिरि के लिए अलकापुरी से चला था, तब कुछ कल्पना थी, यहाँ के सारे घटना-क्रम की? क्या यह ज्ञात था कि यहाँ आकर मैं इतने सम्बन्धों में बँध जाऊँगा? जो अपरिचित हैं, वे प्रगाढ़ रूप से निकट हो जाएँगे और कुछ बन्धन ऐसे होंगे, जो छूटने पर भी छूटेंगे नहीं?

कभी अलकापुरी को छोड़ना असह्य था। अब रामगिरि के आश्रम और इस जनपद को छोड़ना कठिन हो रहा है। यहाँ की मिट्टी की पकड़ ही कुछ ऐसी है कि एक बार लग गयी तो छूटे नहीं छूटती।

अब मुझे यहाँ से प्रस्थान करना ही है। जिस तरह यहाँ रहते हुए भी मैं अलका में बना रहा, ठीक इसी तरह अलका पहुँचकर मैं यहाँ से, यहाँ की स्मृतियों से, आत्मीयजन से भी कभी पृथक् नहीं हो पाऊँगा।''

कश्चित्कान्ताविरहगुरुणा स्वाधिकारात्प्रमत्तः
शापेनास्तङ्गमितमहिमा वर्षभोग्येण भर्तुः।
यक्षश्चक्रे जनकतनयास्नानपुण्योदकेषु
स्निग्धच्छायातरुषु वसतिं रामगिर्याश्रमेषु॥

दस

"यात्रा पूर्ण होने से पहले ही यात्री मानसिक रूप से अपने गन्तव्य पर पहुँच जाता है। हर यात्रा हमेशा दो स्तरों पर चलती है।

एक—जिसमें यात्री एक निश्चित यात्रा पथ पर चलते हुए सारे पड़ावों को क्रमशः पार करते हुए अन्ततः अपने गन्तव्य पर पहुंचता है। यात्रा के पूर्ण होने पर जितना समय लगता है, उसे कम नहीं किया जा सकता है। हाँ, कारण-अकारण यह अवधि बढ़ सकती है।

दूसरे—यात्री, यात्रा के बीच से ही वहाँ पहुँच जाता है, भौतिक रूप से यात्रा करते हुए भी, जहाँ उसे पहुँचना है। ऐसे में उसे यह भान भी नहीं रहता कि वह कहाँ है। यह मन की गति है, जो उसे पहुँचने से पहले ही पहुँचा देती है।

जैसे ही मैं अपनी यात्रा की वापसी में क्रौंच पर्वत में हँसों के आवागमन के लिए परशुराम के द्वारा निर्मित रन्ध्र-द्वार पर पहुँचा तो अचानक मेरे एक वर्ष के लम्बे और कठिन निर्वासन से वहाँ पहुँचते ही मेरा मोक्ष हो गया। जबकि अभी तो कैलाश पर्वत भी दूर था। यह मन की गति थी और मुझे यहीं से अपनी अलकापुरी के सीमान्त धुँधले-धुँधले दिखाई पड़ने लगे हैं। मन अपने गन्तव्य तक पहुँच गया था। यात्रा की समाप्ति औपचारिक भर रह गयी थी।

मैं अलका की ओर जा तो रहा था, पर मन में जरा भी उत्साह नहीं था। मेरा मन मुझसे बार-बार पूछ रहा था, बल्कि धिक्कार रहा था कि "तू मंजरी के फेर में क्यों पड़ गया? तेरी मति क्यों भ्रष्ट हो गयी? यह और कुछ नहीं, तेरे मन की दुर्बलता ही थी।...तू कान का कितना कच्चा निकला रे? किसी ने कुछ भी कहा और तूने मान लिया?"

मेघ कहता, "यक्ष, कुएँ में गिर जाओ।" और मैं बिना कुछ सोच-विचार के कूद जाता? बिलकुल नहीं?

मंजरी ने कहा, "यक्ष! मुझे प्रेम का वरदान देकर कृतार्थ करो। मैं अपूर्ण

हूँ। अपूर्ण व्यक्ति की मुक्ति नहीं होती। तुम मुझे पूर्ण करो।'' उसने कहा और मैं तत्पर हो गया?

धन्य हो यक्ष! कितनी भोली और दार्शनिक मुद्रा में तुमने कहा था, ''जीवन अपना मार्ग स्वयं निर्धारित करता है। जीवन के मार्ग में अवरोध मत बनो। कोई भी अवरोध जीवन के सहज प्रवाह में कई-कई समस्याएँ उत्पन्न कर देता है। जो सहज है, नैसर्गिक है, वही प्रसन्नता का स्रोत है। इस स्रोत में सहज बहो।'' कितना सुन्दर है यह बोध। अब आगे जो भी हो, उसे भी सहज मानकर उसमें सुख का अनुभव करो न? अब ये दुविधाएँ क्यों? क्या तब कुछ गड़बड़ थी? और वही तुम्हें अब परेशान कर रही है?

यक्ष! तुम जैसा उपकारी न तो अब तक कोई हुआ और न ही कोई होगा। सबका जीवन सँवारते हुए तुम स्वयं खण्ड-खण्ड हो गये!

उसी मंजरी ने कहा था, ''यक्ष! मंजरी आजीवन तुम्हारी आभारी रहेगी। अब मुझे इस रामगिरि से जाना होगा।''

और तुमने ही तो कहा था—''एवमस्तु। मंजरी, तुम्हारा जाना आवश्यक है तो यही सही।''

अद्‌भुत!!! जब मेघ ने कहा, ''यक्ष! अपने इस अन्तराल को कैसे भरना चाहोगे, हँसकर या रोकर?'' तो तुमने आदर्श का पक्ष लिया। बाद में तुम व्यावहारिक होकर आदर्श से किनारा कर गये। ''जीवन अपना मार्ग स्वयं निर्धारित करता है। उसके मार्ग में अवरोध मत बनो। प्रवाह में बहो।'' और तुम बहे। बहते रहे, पर अब? अब असफल हो गया क्या तुम्हारा यह जीवन दर्शन? यक्ष! अति चातुर्य भी कई बार बड़ी कठिनाई उत्पन्न कर देता है। नहीं?

''यहाँ से मार्ग बदलते थे। एक सीधा मेरे घर जाता था और दूसरा स्वामी के प्रासाद की ओर। मुझे पहले स्वामी के पास पहुँचकर अपने आगमन की सूचना विधिवत देनी चाहिए। यही उचित भी है। मार्ग में परिचित मिलते गये। यों भी मुझे अपनी अलका अपने परिचित रूप में उत्फुल्ल नहीं दिखाई दी। पुरवासियों पर तनाव था। लोगों से बात हुई।

''अरे, आ गये मित्र?''

''हाँ, आ गया। कुछ हुआ अलका में?''

''हाँ, नहीं तो। सब कुछ वैसा ही है। कैसे हो? कहाँ रहे?''

''जैसा हूँ, आपके सामने हूँ। रहना क्या, यह अवधि काटना थी, कट

गयी।''

''और?''

''और आप सुनाइए।''

''अब आ ही गये तो सब कुछ जान ही लोगे।''

''फिर भी?''

''बहुत उथल-पुथल हो रही है। जो दिखाई देता है, वैसा नहीं है और क्या कुछ हो रहा है, किसी को नहीं पता। स्वामी का लक्ष्य यही है, किसी भी तरह उनका कोष इतना भर जाए, जितना पहले कभी नहीं भरा। इसलिए अब ऐसा कुछ हो रहा है, जैसा पहले कभी नहीं हुआ।''

वह व्यक्ति यह सब कह तो गया, पर उसके मुख का भाव यही था कि उसे यह कहना नहीं था।

''कोई बड़ा अनिष्ट?''

''अन्ततः अनिष्ट तो सामान्य जन का ही होता है। उनका क्या होना है?''

''मुझे लगा यहाँ का वातावरण अत्यन्त तनावग्रस्त है। लोगों के मन में गहरा भय समाया था। स्वामी के प्रासाद के अनुचरों के व्यवहार में भी भय और तनाव दिखाई दिया। कोई अपने को सुरक्षित अनुभव नहीं कर रहा था। यों तो मैं सीधे महाराज कुबेर की सेवा में था, पर नयी परिस्थिति में उनसे सीधे मिलना सम्भव नहीं हो पाया। सब मुझे जानते थे, पर मेरे प्रति उनके मन में सन्देह था। मुझे कह दिया गया कि तुम्हारे लौटने की सूचना महाराज को दे दी जाएगी और उनके आदेश को तुम तक पहुँचा दिया जाएगा। तब तक मैं अपना अभिज्ञान-पत्र बनवा लूँ। पहले यह प्रथा नहीं थी। अभिज्ञान-पत्र क्या बला है, मुझे ज्ञात नहीं था। इस प्रक्रिया में मुझे पसीना आ गया। पहली बार यहाँ पहुँचकर मुझे रामगिरि जनपद, वहाँ के लोगों की, उनके व्यवहार की बहुत याद आयी। लगा, वस्तु का मूल्य तो उसके खो जाने पर ही ज्ञात होता है। मुझे भी हुआ।

''क्या मैं इसी अलकापुरी के लिए वहाँ तड़प रहा था?''

''अपने घर पहुँचने से पहले ही मुझे इतना ज्ञात हो गया था कि देवता और दानवों में युद्ध सन्निकट है। शान्तिकाल में यहाँ नागरिकों को जो अधिकार

सहज प्राप्त थे, वे समाप्त कर दिये गये। सारी सम्पत्ति राष्ट्र की सम्पत्ति घोषित कर दी गयी। यह घोर संकट का समय है, बताया जा रहा था। चारण-बन्दीजन राष्ट्र का और देवराज इन्द्र का गुणगान करते रहते थे। यही बतलाया जा रहा था कि नागरिकों का दायित्व क्या है? स्वामी को बार-बार इन्द्र की तरफ भागना पड़ रहा था। उनकी चिन्ता कुछ और भिन्न और अधिक ही गम्भीर थी।

कुल मिलाकर यहाँ आने का मेरा सारा उत्साह ठण्डा पड़ गया था।''

''यों तो ऊपर-ऊपर से अलकापुरी अब भी वैसी ही है, जैसी इसे छोड़कर मैं वर्षभर के लिए यहाँ से गया था। आकाश में वैसी ही फहरती ध्वजाएँ, हवा में वही मादकता, प्रशस्त मार्गों पर वैसी ही भीड़-भाड़, अश्वारोही, रथ, शिविकाओं में आती-जाती गणिकाएँ, अंगराग और सुगन्धियों के विक्रेता, गणिकाओं के कटाक्ष, सोमपान के बाद भंगिमा-चेष्टाओं में मदिर अटपटापन, बन्दीजनों के वैसे ही गान, विदूषकों के विनोदी उपहास-अट्टहास।

सरोवरों में तैरते-क्रीड़ा करते राजहंस, आवासों के बाहर स्वर्ण-पिंजरों में शुक-सारिकाएँ, वैसे ही इनके चलते सतत संवाद, वैसे ही वीणा के तारों पर सजा गीतों का आलाप, प्रेमीजन के मन में उथल-पुथल मचाती रुन-झुन, कहीं अहर्निश चलता प्रणय व्यापार, तो कहीं सज्जा करके अपने प्रियतम के आगमन की आतुर प्रतीक्षा करतीं अटारी पर खड़ी युवतियाँ। वाटिकाओं, उद्यानों में ऋतुओं के अनुरूप खिले पुष्प, स्वस्तिवाचन करते विप्रगण, घरों के आँगन ने वैसी ही अल्पना-रंगोली सज्जा, द्वारों पर शोभित तोरण-वन्दनवार। सबकुछ, सब कुछ वैसा ही फिर भी पता नहीं क्यों लग रहा था कि पूरी अलकापुरी किसी अदृश्य काली छाया से घिरी है और यहाँ के निवासियों की आत्मा भी। सबकुछ हो रहा है, घट-अघट। पर हो रहा है यान्त्रिक ढंग से। मुझे इस बार की सारी आसक्ति-अनुरक्ति किसी अप्रिय वास्तविकता से पलायन की रीति लगी। हँसी-ठठ्ठा सब चल रहे हैं, पर सबकुछ—सारा व्यापार चलने को चल रहा है। भय और आशंकाओं के बीच सहज लगने के चक्कर में असहज ही अधिक लग रहा है सबकुछ। यह आरोपित सहजता भी एक तरह से रक्षाकवच जैसी है। रक्षाकवच बाहरी भय और ऊपरी भय-सन्देहों से रक्षा के निमित्त और स्वयं को स्वयं से, आशंकाओं से बचाने-भरमाने के लिए भी। हवा में ऐसा कुछ है, जो किसी को भी सहज होने नहीं दे रहा। क्या हो गया सबको? मैं यह प्रश्न करूँ भी तो किससे?

मेरा सारा उत्साह ठण्डा पड़ता जा रहा है। क्या मैं इसी अलका में लौटने

को वहाँ रामगिरि आश्रम में दिन-रात व्याकुल होता रहा? युद्ध दो महाशक्तियों के बीच होगा, पर इनकी महत्त्वाकांक्षा में युद्ध पूर्व ही पिसा जा रहा है, सामान्यजन। जिसका युद्ध से कोई लेना-देना नहीं, पर इसकी मार अभी से झेल रहा है वही। उसे दिन-रात सिखाया जा रहा है—राष्ट्र-प्रेम। बतलाया जा रहा है—"राष्ट्र है तो ही उसका अस्तित्व है। राष्ट्र नहीं बचेगा तो वह भी नहीं बचेगा। आज उनका धर्म है—राष्ट्र को बचाने के लिए अपना सबकुछ और स्वयं को उत्सर्ग कर दे। हर कोई भविष्य के लिए एक बलिदानी उज्ज्वल गाथा बन जाए। भविष्य जगमगाता हो, इसलिए वर्तमान को मिटा देना है, यदि यही समय की माँग है तो।" मैं समझ नहीं पा रहा कि युद्ध से कोई राष्ट्र समृद्ध और शक्तिशाली कैसे बनेगा?

"घर में शान्ति थी। शुक-सारिका इसी समय निश्चिन्त होकर बातों ही बातों में इतने डूब जाते कि उन्हें आसपास की कुछ भी खबर नहीं होती थी। आज भी ये ऐसी ही चर्चा में डूबे थे।"

"सुना है, स्वामी लौटनेवाले हैं शीघ्र ही?"

"हाँ, लौटने ही वाले हैं।"

"तुम तो ऐसे बोले, जैसे उनके आने से तुम दुःखी हो रहे हो। कितना अच्छा होगा, हमारे घर में फिर से आनन्द का वातावरण होगा। तुम भी शुक.... ?"

"क्या इस घर में अभी आनन्द का वातावरण नहीं है?"

"देखो! शुक अब तक जो कुछ तुमने देखा, वह कुछ नहीं देखा। सुना, कुछ भी नहीं सुना। अपनी बेभानी में स्वामी से..."

"जानता हूँ, नरक हो जाएगा, यह घर। मैं ऐसी भूल बिलकुल नहीं करूँगा। मेरा विश्वास करो।"

"शुक! मन तो मेरा भी ठीक नहीं है, फिर भी..."

"मुझे शिक्षा देती है और तू स्वयं...? सारिका! यह संसार ऐसा ही है। स्वामी जब लौटकर आएँगे, तब अपनी स्वामिनी का व्यवहार देखना। देखना, क्या हो जाती है? मनुष्य तो...?"

"मनुष्य तो क्या? कोई भी कम नहीं है। जानती हूँ तुम्हारी जात के लक्षण। मेरा मुँह मत खुलवाओ।"

"तू तो बात-बात में लड़ने को कमर कस लेती है। छोड़ो, अपने को क्या करना। उनकी वो जानें। हमें क्या?"

"हाँ, हमें क्या?"

"तू तो उदास हो गयी। तुझे एक आख्यान सुनाता हूँ। तेरे मन का बोझ कुछ हलका होगा।"

"हाँ, कुछ सुनाओ शुक!"

"किसी समय सुकीर्ति नाम का एक धनिक था। उसके पास अपनी सम्पत्ति थी। फिर भी उसका ध्यान सदा इसी में लगा रहता था कि दो के चार कैसे हों? यों प्रेम करने के लिए एक पत्नी थी सुदर्शना। 'सुदर्शना' यथा नाम तथा गुण थी। वह रूपवती तो थी ही, गुणवती भी उतनी ही थी। उसे यह जरा भी अच्छा नहीं लगता था कि उसका पति धनोपार्जन के लिए उसे अकेली छोड़कर विदेश जाए। यह युवावस्था केवल चार दिनों की चाँदनी है। इसकी उपेक्षा की तो जीवन अकारथ! अन्धकारमय!"

पति महाशय का मानना था—जब तक हाथ-पैर चलते हैं, कुछ करने और कमाने की क्षमता है, कर-कमा लो। बाद में तो...। लोग आश्चर्य करते थे, विधाता ने कैसा यह बेमेल-मेल कराया। जब-जब भी सुकीर्ति को प्रवास पर जाना होता, सुदर्शना उदास हो जाती। अपने पति से अनुनय करती।

"कैसे कठोर हो तुम? मुझे छोड़कर जा रहे हो। तुम्हारे मन में जरा भी प्रेम नहीं उपजता? हर बार कहते हो—"यह अन्तिम। बस आगे फिर कभी नहीं।" पर तुम तो...। प्रिय छोड़ो यह सब। ये हमारे प्रेम करने के दिन हैं और तुम लक्ष्मी के फेर में ही पड़े रहते हो।...नहीं, इस बार मैं तुम्हें नहीं जाने दूँगी।"

सुकीर्ति समझाता,

"प्रिये! यह सब कुछ लक्ष्मीजी की कृपा से ही आज है। उनका अनादर मत करो। धन है तो ही प्रेम है। इसके अभाव में जीवन कलह हो जाता है। बस, थोड़े दिनों की ही बात है। फिर तुम हो और मैं, प्रेम भागा नहीं जा रहा है। सारा जीवन पड़ा है, प्रेम करने को। थोड़ा वियोग सहन कर लो। जब भरा-पूरा लौटूँगा तब देखना तुम्हारा प्रेम भी दो गुना, चौगुना बल्कि सौ गुना बढ़ जाएगा। इस बार तो..."

सुदर्शना सोचती, इस संवेदनशून्य व्यक्ति को समझाना व्यर्थ है। आखिर वह खीजकर कहती, "कितने ओछे हो तुम! समझते हो मैं तुमसे इसलिए प्रेम करती हूँ, कि तुम धनिक हो। इतना ही समझ पाये, तुम मुझे। रोकूँगी नहीं, करते रहो, लक्ष्मीपूजा।"

"अरे!...अरे...!! तुम तो..."

"अब जाओ।"

"सारिका?"

"सोयी नहीं हूँ, सुन रही हूँ।"

"तो वणिक सुकीर्ति इस बार भी चला गया। सुदर्शना अकेली रह गयी। आँसू और वह। वह और उसके आँसू! सोचती रहती—यहाँ रहता है, तब भी सुकीर्ति कौन उसका होकर रहता है।"

सुकीर्ति का एक ही मित्र था—सुबन्धु। बस, उसी पर सुकीर्ति का विश्वास था। जब भी वह प्रवास पर जाता, सुबन्धु से कहता,

"सुबन्धु! तुम मेरे मित्र ही नहीं, मेरे बन्धु ही हो। मेरे पीछे तुम मेरे घर का अपनी भाभी का ध्यान रखना। उसे जरा भी कष्ट न हो, मित्र!"

"तुम निश्चिन्त रहो।"

और इसके बाद...

"नहीं सुनना, तुम्हारी आख्यायिका। जानती हूँ, तुम कहोगे...। छिः! पुरुष इसी में रस लेता है, यही भला लगता है कि उसे सुदर्शना और सुबन्धु...। यह पुरुष के सोच की सीमा है। इसी में उसे रस मिलता है। सारा दोष वह..."

"लो, मैंने तो अपनी ओर से कुछ भी नहीं कहा। तुम तो व्यर्थ ही..."

"जानती हूँ, तुम्हें भली-भाँति जानती हूँ। तुम भी औरों से भिन्न नहीं हो। अब तुम कहो तो मैं सुनाऊँ तुम्हें एक आख्यायिका? उसमें..."

"हम तो बातचीत कर रहे थे, अब हम ही उलझने लगे। छोड़ो, सारिका, जो जिसकी निपटेगा हम क्यों?"

"जैसे ही मेरी झलक दूर से दिखी, सारिका की प्रसन्नता आकाश छूने को आतुर हो उठी। "उई"...ऽऽ...ऽ...!!!"

स्वर्ण पिन्जर् में फड़फड़ाते उसके पंख आहत हो गये। ध्यान आया, वह तो बन्दिनी है। तब भी स्वामी को देखकर अपनी सारी पीड़ा भूल गयी। वहीं से चीखी,

"स्वामिनी! स्वामिनी...ऽऽऽ...ऽऽ...ऽ...!!"

उत्साह के अतिरेक में उसका कोमल स्वर फट गया। यह स्वर मुझ तक भी पहुँचा। मेरा भी ध्यान टूटा और लगा, लो अन्ततः मैं पहुँच ही गया।

सम्भवतः यक्षिणी ने समझा होगा, सारिका किसी विपत्ति में है। इसीलिए उन्होंने सेवक को भेजा।

"क्या है? क्या हुआ सारिके! कुछ..."

"हुआ, मूर्ख! देख नहीं रहा, अपने स्वामी...ऽऽऽ...ऽऽ...ऽ..."

"अरे हाँ...ऽऽऽ...ऽऽ...ऽ..."

उसने भी वहीं से पुकारा,

"स्वामिनी!...स्वामिनीजी...ऽऽऽ...ऽऽ...ऽ...!!"

आखिर मेरी पत्नी स्वयं बाहर आयी। बोली,

"क्या है? तुम सब..."

वह तनिक रोष में थी। पूरे वर्षभर के बाद मैंने अपनी पत्नी को देखा। मेरे पैर ठिठक गये। हृदय की गति इतनी बढ़ गयी थी कि लगा, बस यह अभी फट ही जाएगा। मैं उसे देखता ही रह गया। मेरी पत्नी मेरे सामने थी। हालाँकि उसका ध्यान अभी भी मुझ पर गया नहीं था। उसने पूछा,

"बताओ तो, आखिर हुआ क्या? कौन-सी विपत्ति आ गयी?"

"विपत्ति? ज़रा सामने सो देखिए, हमारे स्वामी..."

और तब उसकी दृष्टि मुझ पर पड़ी। लगा, उसकी स्थिति भी ठीक मेरे जैसी ही हो गयी है। मैं इस बीच रामगिरि की पूरी अवधि उस क्षणांश में जी गया और वह वही अवधि यहाँ अलका में जिए हुए को जी गयी।

उसने देखा और वह भीतर भागी।"

"मैं द्वार पर पहुँचा तो शुक ने स्वागत किया।"

"स्वामी! प्रणाम।"

"कैसे हो प्रिय शुक?"

"कैसे हैं? बस किसी तरह जी रहे हैं, आपके आगमन की प्रतीक्षा में। आप कैसे हैं?"

"बस, तुम्हारी ही तरह मैं भी किसी तरह अपने प्राणों की रक्षा कर सका। और तुम्हारी स्वामिनी? वो कैसी है?"

"...।"

"शुक?"

"हाँ।"

सारिका ने अपनी ओर मेरा ध्यान खींचा।

"स्वामी! सबसे पहले मैंने ही आपके दर्शन किये। ये महाशय तो...'

"ऐसा? सारिका! तुम तो मुझे शुक से भी प्रिय रही हो। कैसी हो? अरे तुम्हारे पंख तो..."

"यह आपके आगमन का पुरस्कार है स्वामी।"

"यह तो बड़ा कठोर पुरस्कार है?"

"पुरस्कार, पुरस्कार ही होता है स्वामी! वह कैसा भी हो।"

"अरे तू तो इतनी वाचाल हो गयी?"

"वाचाल ही नहीं, चतुर भी...।"

"इसी बीच मेरी प्रिय पत्नी आरती का थाल लेकर बाहर आ गयी थी। वह मेरे एकदम सामने थी और मैं सोच रहा था, यह कोई स्वप्न तो नहीं। प्रेम के अतिरेक में मेरी आँखों में हल्की-सी धुँध छा गयी थी। प्रिया के नेत्रों से अविकल अश्रुपात हो रहा था। यह यथार्थ था। यों केवल मात्र एक वर्ष का वियोग था, पर लगा हम कितने ही जन्म-जन्मान्तरों के बाद आज एक-दूसरे के सम्मुख थे। मेरी आरती उतारकर प्रिया ने मोती बिखेर दिये तो स्वर्ण हंसों की पातें, उन्हें चुगने आ जुटीं। वे मग्न हो गये, बिखरे मोती चुगने में। लगा, इस अवधि में उन्हें उनका भोज्य मिला ही नहीं। भोजन में जुटे प्रसन्न राजहंस कभी मुझे देख रहे थे, कभी मेरी प्रिय पत्नी को। इसके बाद उसने इतना ही कहा,

"आओ!"

यही सुनने को मैं और मेरे कान तरस गये थे। लगा, कानों में अमृत की दो बूँदें गिरीं।"

"...एकान्त था और हम दोनों थे। मौन मैंने ही तोड़ा।"

"कैसी हो?"

"आपके सामने हूँ।"

"प्रसन्न हो?"

"हाँ।"

यह कैसा विचित्र और असंगत प्रश्न था—"प्रसन्न हो?" क्या हो गया है, मुझे क्या सोचा होगा प्रिया ने इस मूर्खतापूर्ण प्रश्न को सुनकर? क्या वह दुःखी नहीं हुई होगी? उसे लगा हो, ऐसा भेदिया प्रश्न मैंने क्यों किया? सच, मैंने क्यों किया यह प्रश्न? क्या मेरे मन में कुछ था?

प्रिया स्वयं चकित थी। मेरे प्रिय यक्ष ने कितना बेढब प्रश्न किया और मैंने भी उत्तर दिया—"हाँ।" क्या हो गया मुझे? जो सच है, क्या वही सामने आ गया है, मिलन के इन मूल्यवान क्षणों में? क्या सोचा होगा यह "हाँ" सुनकर? सच कितनी जल्दी सामने आ जाता है और वह भी अनायास।

दोनों चुप थे। अपने-अपने में खोये और उलझे। एक-दूसरे के इतने निकट पर अपने-अपने मनोलोक में एक-दूसरे से इतनी ही दूर...।''

''मन कुछ और कहना चाहता है, पर हम कह कुछ और देते हैं। करना कुछ और चाहते हैं, पर अप्रत्याशित रूप से हो कुछ और ही जाता है। मन दुविधाग्रस्त है। कुछ ''ऐसा-वैसा'' न हो जाए, इस भय और चिन्ता में अति सजगता कभी-कभी भारी गलतियाँ करवा देती हैं। यह दोहरापन ओढ़ा नहीं जा रहा है। यह तो आरम्भ है। कैसे, आखिर कब तक यह दोहरापन, यह उलझाव? एक तनी हुई रस्सी पर सम्भल-सम्भल कर चलना, आखिर कब तक? पर चलना इसी पर पर है।

कुछ हो न जाए, यह चेतन मन का भय है। पर अवचेतन कहता है, उतार फेंक इस जुँए को। जो होना है, हो जाए। साहस कर। हो सकता है, सच तुम्हारा वैसा अहित न करे, जैसा सच को छुपाने से हो रहा है। अगर कोई फोड़ा हो गया है तो उसे छुपाओ मत। उसकी उपेक्षा मत करो। उसका उपचार करो। आवश्यक हो तो चीरा लगाकर दूषित द्रव्य को बाहर निकाल दो। स्वस्थ होने की यही प्रक्रिया है। यदि रोग का उपचार नहीं किया तो दूषित द्रव्य विष होकर पूरे शरीर में फैल जाएगा। शरीर है तो व्याधियाँ भी आएँगी। व्याधियों को अपनी देह में घर मत दो।

मैं अपने को ही सम्बोधित कर रहा हूँ। मैं सहज नहीं हूँ, पर मेरी पत्नी भी तो सहज नहीं है। उसके मन में भी कहीं कोई ग्रन्थि है, अवश्य। क्या वह सब कुछ जो मेघ ने कहा था, सत्य है?

दोनों को एक-दूसरे के प्रति जितना गहरा मोह है, भय भी उतना ही गहरा है। भय यह कि हमारा अपना-अपना सच हमें फिर दूर न कर दे। इस तरह दूर होना तो सदा-सदा के लिए दूर हो जाना होगा। हम तर्क-कुतर्कों से बचने का प्रयत्न कर रहे हैं। हम यह भी जान रहे हैं मन ही मन कि हमारे तर्क कितने बोदे हैं। मन पर बोझ बढ़ता जा रहा है। हम न बोल रहे हों, पर हमारी आँखें परस्पर बोल रही हैं कि हम एक-दूसरे के अपराधी हैं। चाहो तो क्षमा कर दो या जो चाहो, दण्ड दो। अब इतना दबाव आत्मा सहन नहीं कर पा रही है।

साहस, बस वही तो मैं अब तक जुटा नहीं पा रहा हूँ। प्रिया की अवस्था तो देखी नहीं जा रही है। भीतर ही भीतर उसे घुन खाये जा रहा है।''

"कोई भी अवधि चाहे कितनी लम्बी क्यों न हो, एक दिन समाप्त होती ही है। नहीं?"

"हाँ, तब लगता था, हम व्यतीत हो जाएँगे, पर यह समय व्यतीत नहीं होगा कभी।"

"तुम्हारा नाम रट-रटकर यह अवधि मैंने पूरी की वहाँ।"

"मेरा भी आधार यही तो था। सुख के सारे साधन शूलवत् चुभते थे। बस मुझे जीवित रहना पड़ा तो इसलिए भी कि मैं अपने को तुम्हें सौंप दूँ, एक बार फिर..."

"इतने लम्बे अन्तराल के बाद मैंने अपनी प्रिय पत्नी का कोमल हाथ अपने हाथ में लिया तो लगा, वह हाथ नहीं, कोई निर्जीव-सी वस्तु मेरे हाथ में है। क्या वह हाथ निर्जीव था या मेरे हाथों का ही सम्वेदन समाप्त हो गया था? उसने पूछा था—

"बहुत थके हुए हो?"

"हाँ।...नहीं तो..."

"तुम विश्राम करो। अब तुम आ ही गये हो।"

"हाँ...ऽऽ...ऽ...आ तो गया हूँ।"

उसने मुझे अकेला छोड़ दिया था। वह स्वयं भी मुझसे बचना चाह रही थी, कह नहीं सकता। कतरा तो मैं भी रहा था। हाँ, मैं सचमुच एकान्त चाहता था।

मेरा पाप मुझे सहज नहीं होने दे रहा था। मेरी पत्नी के बारे में मेघ ने सन्देह उत्पन्न करने की चेष्टा की थी, पर मैं अपनी स्थिति को तो जान ही रहा था न? अपनी पत्नी का सामना करने के साथ ही मंजरीवाला पूरा प्रसंग मेरी आँखों के सामने घूम गया।

मैंने अपनी पत्नी के विश्वास को तोड़ा है। यों अब हम दोनों ही थे यहाँ। तीसरा कोई नहीं था। तब भी मैं मंजरी की अदृश्य उपस्थिति को निरन्तर अनुभव कर रहा था। यह हमारे एकान्त में निरन्तर अनचाहा हस्तक्षेप था और लाख चाहने के बावजूद मुझे सहज नहीं होने दे रहा था।"

"...और वह सोच रही थी—इस लम्बे अन्तराल के बाद जब मैं प्रिय के प्रगाढ़ आलिंगन में बद्ध थी तब भी मेरी धड़कन क्यों मन्द हो रही थीं? साँसें क्यों बैठी जा रही थीं। वो लम्बी प्रतीक्षा इस घड़ी की और आज यह प्रतीक्षित घड़ी आयी तो घुटन हो रही है—क्यों ? हम दोनों के बीच वह अवांछित अब

भी उपस्थित है और मुझे चिढ़ा रहा है। क्या कोई व्यक्ति इस तरह और इतनी जल्दी अवांछित हो जाता है?

हमारे बीच जो कुछ था, सब कुछ समझदारी से सुनिश्चित था। वह जानता था, जो कुछ है, अस्थाई है। एक स्थानापन्न व्यवस्था है। और जो स्थायी है, वह अटल है। अपरिवर्तनीय है। जो हो चुका है, वह कल का सत्य था। जो है, वह आज का सत्य है। पर आज के सत्य में कल का सत्य हस्तक्षेप क्यों कर रहा है? इस तीसरी उपस्थिति में जो कुछ है, वह क्यों आहत हो रहा है?

जो विगत है, वह मेरे चाहने भर से तो विगत नहीं हो जाएगा। विगत के चिह्न इतनी आसानी से नहीं मिटते। सच तो यह है कि वे कभी नहीं मिटते।''

''आशंका और सन्देह अलका का मूल चरित्र हो गया है। एक दिन मुझे कूट परीक्षण के लिए उपस्थित होने का आदेश मिला। यह क्या बला है, मुझे ज्ञात नहीं था। आज तक तो अलका की प्रकृति भिन्न थी। सुख और भोग में आकण्ठ डूबे समाज में ऐसी सतर्कता पहले कभी दिखाई ही नहीं दी। एक ढीली-ढाली व्यवस्था थी। जो चल रहा है, चला आ रहा है, वह चलता रहे। विधान था भी तो ऐसा था, जिसमें प्रत्येक को अपनी स्वतन्त्रता का पूर्ण अनुभव होता था। अवज्ञा कह लीजिए या असावधानी, मुझे जीवन में पहली बार निर्वासन का दण्ड मिला। अब इस कूट परीक्षण में क्या होगा? मुझसे क्या अपेक्षा होगी, मेरे आचरण से? मैं किसी भी संकट से घिर सकता हूँ। क्या करूँ, कुछ भी समझ में नहीं आ रहा। इस आदेश की अवज्ञा नहीं हो सकती थी। ऐसा करने पर तो मैं अकारण सन्देह के घेरे में आ जाऊँगा। अब बार-बार लग रहा है। रामगिरि तो यहाँ की तुलना में कई गुना अच्छा था। यहाँ आते ही मैं एक साथ कितने-कितने झंझटों में उलझ गया।'

''तुम अलका से बाहर क्यों रहे?''

''स्वामी का आदेश था।''

''आदेश या दण्ड?''

''मुझे उनके आदेश का पालन करना था। यही मेरा धर्म है।''

''स्वामी यदि कहें तो... ?''

"मैं उनके लिए अपने प्राण तक उत्सर्ग कर सकता हूँ।"

"अलका से तुम कहाँ गये?"

"रामगिरि।"

"रामगिरि ही क्यों?"

"यह मैं नहीं जानता। शायद नियति मुझे वहीं ले गयी।"

"व्यवस्था और विधान में नियति के लिए कोई स्थान नहीं है। हमें स्पष्ट उत्तर चाहिए।"

"मेरे पास इसका कोई सन्तोषजनक उत्तर नहीं है। बस, वहाँ पहुँचकर लगा कि यह स्थान टिकने के लिए अनुकूल है और मैंने वहाँ रहने का निश्चय कर लिया।"

मेरे कथन को शब्दशः लिपिबद्ध किया जा रहा था। मैं घबरा गया था। धड़कन बेकाबू हो रही थी। मैं अक्षरशः पसीने में भीगा था। मेरी भाषा और मेरे कथन के आशय से ही नहीं, मेरी आंगिक भाषा से भी वे अर्थ निकालकर उसकी व्याख्या कर रहे थे। मैंने बात को मोड़ देने की कोशिश की।

"मैं स्वामी का निजी अनुचर रहा।...."

"इससे क्या? तुम क्या थे, हमें कोई प्रयोजन नहीं।"

"मेरा आशय केवल इतना भर है कि इतने दिनों से अपने स्वामी के मैं दर्शन नहीं कर सका। यदि कृपापूर्वक आप उनके दर्शन करवा दें तो अहोभाग्य।"

"इस समय तो हम ही तुम्हारे स्वामी हैं और तुम हमारे सम्मुख हो।"

मुझे यह सुनना अच्छा नहीं लगा। यह कौन है, जो ऐसी धृष्टता कर रहा है? यहाँ अलकापुरी के स्वामी, इसके अधिपति तो एक ही हैं। और यह वाचाल कह रहा है—"इस समय तो हम ही तुम्हारे स्वामी हैं।" यह कथन मुझे अपने स्वामी के लिए ही नहीं, अपने लिए भी अपमानजनक लगा। पर मैं चुप रहा। वे मुझसे एक नागरिक या अलकापुरी की व्यवस्था के एक कार्मिक की तरह नहीं, एक अभियुक्त की तरह व्यवहार कर रहे थे।

"अच्छा तो वहाँ रामगिरि पर तुमने क्या किया?"

"कुछ विशेष नहीं।"

"तो सामान्य रूप से क्या किया?"

"बस, समय व्यतीत किया।"

"किस तरह?"

"एक-एक दिन, एक-एक पल गिन-गिनकर।"

"बस, यही किया?"

"हाँ, यही किया।"

"वहाँ कोई परिचय सम्पर्क?"

"किसी से नहीं।"

"पूरे वर्षभर में भी नहीं?"

"हाँ, इसलिए कि मेरा मन तो यहाँ ही लगा रहा। मुझे तो यही जल्दी पड़ी थी कि कब यह अवधि समाप्त हो और मैं यहाँ लौटूँ। मुझे किसी से सम्बन्ध जोड़ना नहीं था तो मैं क्यों वहाँ घुलता-मिलता। कन्द-मूल का भक्षण किया। सरोवर के जल का पान किया। वहाँ की वायु में साँस ली। बस, इतना भर नाता रहा उस जनपद से मेरा।"

मैंने ग्राम-प्रमुख, काकी माँ, मंजरी और अन्य किसी से जान-बूझकर अपने सम्बन्धों का उल्लेख नहीं किया। यदि ऐसा करता तो उनके प्रश्न अधिक लम्बे और जटिल हो जाते। यहाँ अब तक किसी को भी मेरी वहाँ की दिनचर्या और सम्पर्कों की कोई जानकारी नहीं है तो मैं क्यों नाहक इस प्रक्रिया को और जटिल बनाकर अपनी कठिनाई को बढ़ाता।

मेरे कूट परीक्षण की प्रक्रिया लम्बी चली। प्रश्न वही थे। शायद उनकी धारणा रही हो कि बार-बार ये ही प्रश्न पूछे जाने पर मेरे उत्तरों में कोई विसंगति वे पकड़ लें, पर ऐसा कुछ हुआ नहीं। इस पूरी प्रक्रिया के बाद भी उसके सन्देह दूर नहीं हुए। सन्देह करना, अब अलका की व्यवस्था का मूल चरित्र हो गया था। शासन ही किसी पर सन्देह नहीं कर रहा था, सामान्यजन भी अपने सामान्य व्यवहार में परस्पर सन्देह करने लगे थे। यह परिवर्तन शुभ नहीं था। माना, यह युद्ध की आशंका का समय था। आशंका नहीं, युद्ध आसन्न ही था। और यह सजगता आवश्यक थी, पर युद्धोपरान्त यह सन्देह-वृत्ति समाप्त हो जाएगी और अलका में फिर से वैसा ही विश्वास स्थापित हो जाएगा, इसमें मुझे सन्देह है। कोई भी बुराई यदि एक बार व्यक्ति, समाज और व्यवस्था में अपनी जगह बना लेती है तो वह कभी नहीं हटती।"

"एक दिन शुक ने मुझे अपने पास अटका लिया।

"महोदय! प्रणाम।"

"अरे शुक! कैसे हो?"

"आप तो मुझ पर ध्यान ही नहीं देते। क्या मैं आपके योग्य नहीं रहा?"

"नहीं, शुक, तुम मेरे अब भी उतने ही प्रिय हो। क्या करूँ इन दिनों मैं..."

"मैं जानता हूँ स्वामी, यहाँ कुछ ठीक नहीं है।"

''तुम मुझे बतलाओ। मेरी अनुपस्थिति में यहां कुछ... ?''

''स्वामी! यदि सन्देह है तो न कुछ भी हुआ हो, तब भी एक ऐसी गाँठ पड़ जाती है, जो खोले नहीं खुलती, और यदि मन में विश्वास दृढ़ हो तो कुछ हो जाने या किसी के लाख कहने पर भी सन्देह नहीं पनप पाते। आपने कुछ जाना?''

''नहीं तो?''

''तब आप इतने अशान्त क्यों हैं?''

''शुक, तुम तो पण्डित हो गये।''

''मैं तो रटन्त पण्डित हूँ। यह मेरा सौभाग्य कि मुझे यहाँ रहकर अच्छी वाणी सुनने को मिलती रही। जो जिस परिवेश में रहता है, उसका व्यक्तित्व उसी के अनुरूप हो जाता है। मैं यदि किसी असभ्य के घर रहा होता तो मेरी वाणी भी असभ्य हो जाती। यहाँ से पहले मैं एक विद्वान के घर भी रहा। कुछ शास्त्र सम्मत, कुछ लोक व्यवहार की बातें भी कानों में पड़ती थीं। कुछ ग्रहण कर लीं।''

''और यहाँ आकर क्या सीखा?''

''यहाँ आकर प्रेम की भाषा सीखी।''

''सारिका से तुम उसी भाषा में बात करते हो?''

''नहीं स्वामी! प्रेम की भाषा मन में उपजती है। फिर भी यहाँ कम नहीं सीखा।''

शुक से बात करके बहुत अच्छा लगा। लगा, अभी इस पर सभ्यता का वह प्रभाव नहीं जमा, जिसकी वजह से व्यवहार में कई परतें पैदा हो जाती हैं। ये परतें व्यवहार में चातुर्य उत्पन्न कर देती हैं। फिर सारा व्यवहार तौल-तौलकर होने लगता है, जैसे मैं यहाँ अनुभव कर रहा हूँ। औरों की बात क्यों करूँ, हम पति-पत्नी के बीच भी तो सारा व्यवहार अब तौल-तौलकर ही हो रहा है। चतुरंग के खेल में खिलाड़ी अपनी सुरक्षा के लिए मूल्यवान गोट के आगे एक सामान्य गोट को आगे रखकर व्यूह रचना करता है। हम पति-पत्नी के बीच एक ऐसी ही व्यूह रचना हो गयी है। खेल चल रहा है, पर निर्णय तक नहीं पहुँचाया जा रहा है। निर्णायक स्थिति में एक की हार सुनिश्चित है, पर यह ऐसा खेल है, जिसमें एक की हार का अर्थ होगा—दोनों की ही पराजय। इसलिए कोई न तो हारना चाहता है और न ही किसी को हराना। बस, एक खेल है, जो चल रहा है, बेहद नीरस स्थिति में। कभी गोट एक घर आगे की तो प्रतिपक्ष ने अपनी गोट को एक घर पीछे खिसका लिया। बस, यही चल रहा है, हम दोनों के बीच।''

"...अपने स्वामी के दर्शन करने में मैं आज तक सफल नहीं हो सका। न ही सारे कूट परीक्षण के बाद भी व्यवस्था का विश्वास अर्जित कर सका। एक समय था, जब पुरवासियों को अपने महाराज के दर्शन राजपथ पर ही हो जाते थे। सेव्य-सेवक भाव अवश्य था, पर महाराज में वत्सल भाव भी कूट-कूटकर भरा था। वे प्रेम करते थे, इसलिए वे दण्ड भी दे सकते थे। वर्गीकरण स्पष्ट था। कई स्तर थे, पर निचले स्तर पर स्थित व्यक्ति भी अभावग्रस्त नहीं था।

सबसे कष्टकारी घटना मेरे साथ यह हुई कि अलका से निर्वासन के पूर्व मैं जिस कार्य हेतु नियुक्त था, मुझे उस स्थान पर पुनर्नियुक्त नहीं किया गया। जो सेवक है, उसे यह अधिकार नहीं है कि वह क्या करे और क्या न करे। यह स्वामी का अधिकार है कि वह किसे किस योग्य मानता है और कब तक। यों हर एक को उसकी योग्यता के अनुरूप ही कार्य मिल जाए, आवश्यक नहीं। स्वामी सुनिश्चित करता है कि वह किससे क्या काम ले। मानता हूँ, मुझमें कोई विशेष योग्यता नहीं है। जब तक मैं सेवा में रहा, मेरा कोई विशेष पद नहीं था, ऐसा कुछ भी नहीं जिससे मेरी प्रतिष्ठा बढ़ती है। अगर सन्तोष था तो केवल इतना ही है कि मैं अपने स्वामी की निजी सेवा में था। न कुछ में भी कुछ होने का और निरर्थक ही सही, गर्व करने का एक कारण तो था कि मैं अपने स्वामी के निकट था। कारण जो भी हो, अब जो नया कार्य मुझे करना था, वह अपने स्वामी के उद्यानपाल की सहायता का कार्य था, अर्थात् अब राजप्रासाद में मेरा प्रवेश वर्जित था। मेरा कार्य भी सुनिश्चित नहीं था। उद्यानपाल ने जब जहाँ चाहा, उस काम में मुझे लगा दिया।

अब मैं कुबेर का अनुचर नहीं, उद्यानपाल के अधीनस्थ एक नगण्य-सा कर्मचारी भर था। मेरे स्वामी की भाषा में अभिजात और व्यवहार में संस्कार छलकते थे। वे कभी क्रोधित होते तब भी अमर्यादित नहीं होते। प्रसन्न होते तो भी मर्यादा के अन्दर। कई बार प्रसन्न होने पर उन्होंने मुझे उपहार भी दिये जो मेरे लिए आज भी अमूल्य धरोहर हैं। उद्यानपाल से वैसे शालीन व्यवहार की अपेक्षा करना व्यर्थ था। उसकी मान्यता है कि अपने अधीनस्थ से काम लेने की भाषा अशिष्ट और अक्खड़ ही हो सकती है। अधीनस्थ इसी भाषा को समझते हैं। मेरे लिए यह सब कल्पना से परे है। एक सम्वेदनशील व्यक्ति के लिए ऐसा व्यवहार कितना दारुण होगा, आप कल्पना कर सकते हैं। मैं यहाँ हूँ तो काम तो करना ही है और काम वही करना है, जो स्वामी चाहें।

यह भी दण्ड है, जिसे मुझे भोगना पड़ रहा है। पहले जो निर्वासन मुझे दण्ड स्वरूप मिला, उसका कारण तो फिर भी ज्ञात है। पर यह दण्ड किस अपराध

के कारण दिया गया, मैं नहीं जानता। क्या यह दण्ड, उस दण्ड का ही विस्तार है अथवा केवल दण्ड का दण्ड?''

''मैं चारों ओर से बुरी तरह घिर गया हूँ। घर आता हूँ तो यहाँ से भाग जाने की इच्छा होती है। बाहर कहाँ जाऊँ समझ में नहीं आता। तनाव पूँजीभूत हो रहा है। लगता है, एक विस्फोट होगा और सबकुछ नष्ट हो जाएगा।

मुझे रामगिरि का अपना आश्रम बुरी याद आ रहा है। लगता है, सब कुछ छोड़-छाड़कर यहाँ से सदा-सदा के लिए भाग जाऊँ।

अब यहाँ से मेरा मोहभंग पूरी तरह हो गया है।''

पत्नी ने पूछा,

''क्या बात है, तुम बहुत व्याकुल हो?''

''हाँ, हूँ तो।''

''क्या मेरी वजह से?''

''तुम भी हो सकती हो? होने को कोई भी हो सकता है और कोई भी नहीं।'' ''प्रिये! यह मन बड़ा विचित्र है। घोर रहस्यमय।''

''बात स्पष्ट करो। इस तरह अस्पष्ट बातों से तुम्हारे कष्ट कभी कम नहीं होंगे और तुम मन ही मन घुटते रहोगे। यह घुटन ठीक नहीं है।''

''बात स्पष्ट हो जाती है तो सब कुछ आसान हो जाता। पर सब कुछ इतना उलझा हुआ है कि सिरा ही पकड़ में नहीं आ रहा। ऐसे में कुछ भी सम्भव नहीं है।''

''तुम कहीं मेरे बारे में...?''

''जितना तुम्हारे बारे में उतना ही अपने बारे में भी और इसके अलावा भी बहुत कुछ...''

''लगता है, यहाँ आकर तुम प्रसन्न नहीं हो?''

''हाँ, यह सच है।''

''मुझे बतलाओ। तुम्हें शपथ है।''

''अलका में मेरे साथ क्या कुछ नहीं हो रहा है। पग-पग पर मुझे निष्ठा का प्रमाण देना होता है और तब भी मैं विश्वसनीय नहीं रह गया। पहले मैं महाराज

कुबेर की सेवा में था। अब मैं उद्यानपाल के अधीनस्थ हूँ। कोई मेरा अपराध क्या है, नहीं बतलाता। मैं अपने स्वामी से मिलने से वंचित कर दिया गया, क्यों? क्यों यह घर अब मेरा घर नहीं लगता? अलका अब मेरी अलका नहीं लगती? क्यों...''

''यह घर क्यों अपना नहीं लगता?''

''पता नहीं, पर सच यही है कि अब...''

''क्या तुममें परिवर्तन नहीं आया?''

''मुझमें? हाँ मैं भी अब वो नहीं रहा।''

''कोई सदा वैसा नहीं रहता, जैसा वो कभी था? मैं भी अब...। काल किसी को नहीं छोड़ता। न तुम्हें, न मुझे, न ही किसी और को; इसलिए हमें काल के अनुरूप हो जाना चाहिए, जितना हो सके उतना। इसी में सबका हित है।''

''हित...'' वह एक लम्बी साँस लेकर रह गयी। वह साँस मुझमें उतर गयी थी।

''तुममें शायद वह लोच है।''

''है या नहीं, पता नहीं। पर प्रयत्न करना चाहिए। मैं कुछ कर सकती हूँ?''

''मैं पूरी तरह भ्रमित हूँ। मेरा क्या भविष्य है, पता नहीं।''

''इस तरह तो सब कुछ समाप्त हो जाएगा।''

''शायद...। मुझे भी कुछ ऐसा ही लगता है।''

वो बड़ी देर तक किसी तरह अपने को सम्भाले रही। अचानक वह बुरी तरह रोने लगी। मैं क्या करूँ, समझ नहीं पा रहा था। यह भी समझ में नहीं आया कि वह क्यों इस तरह अचानक, फूट पड़ी। मैं हतप्रभ था। मैंने सान्त्वना देने के लिए उसे अपने और निकट कर लिया तो उसके आँसुओं का वेग और प्रबल हो गया। पता नहीं, वह मेरी इस दशा पर रो रही थी या जो उसके मन में था और व्यक्त नहीं हो पा रहा था और वह इस तरह व्यक्त हो रहा था। इसी बीच वह किसी तरह इतना भर कह पायी,

''मैं अब जीवित रहना नहीं चाहती।''

''मैं देख रहा हूँ, धूल भरी आँधी चल रही है और अलका पर धूल ही धूल छा गयी है। सूर्य को इस धूल भरी आँधी ने पूरी तरह ढँक लिया है। ऐसी आँधी पहले भी कभी चली होगी, मैंने पूर्वजों से भी नहीं सुना। जिस अलकापुरी में सब ऋतुएँ अनुकूल रहती हैं, वहाँ ऐसी प्रलयंकारी आँधी किस अमंगल का

संकेत है, पता नहीं। लो, धनपति के प्रासाद्र पर फहराता ध्वज इस आँधी में गिर गया। राज्यलक्ष्मी नगर छोड़कर चली जा रही है। इसी आँधी के चलते कुछ काली छायाएँ अलकापुरी में उतरीं।

आकाश से घोषणा हो रही थी—"सुनो! सुनो!! सुनो!!! अलकापुरीवासियों ध्यानपूर्वक सुनो! देवलोक की सत्ता का पराभव हो गया है। सारी दैवीय शक्तियाँ भयभीत होकर कन्दराओं में छुप गयी हैं। अब काली शक्तियों का सर्वत्र वर्चस्व है। इसलिए जो था, उसे भूल जाओ। जो है, उसकी सत्ता को स्वीकार कर लो। अतीत से चिपके रहने से किसी का कुछ भी हित नहीं होगा। वह एक व्यतीत हो चुका इतिहास है। इतिहास के गान से कुछ नहीं मिलेगा। देखो, तुम्हारी सभ्यता भग्नावशेष में परिणत होने लगी है।"

...और मैंने देखा, स्वर्ण-शिखरोंवाली भव्यता धराशायी हो रही है। धूल और रेत में अलका दबती जा रही है। एक विराट स्तूप निर्मित हो रहा है। आकाश में काले चीथड़े लटक रहे हैं, जैसे एक सभ्यता के अवसान पर शोक व्यक्त किया जा रहा हो—प्रतीकात्मक पद्धति से।

जब सब कुछ उस रेतीले स्तूप में डूब गया तो मैं कैसे बच गया? उसी सभ्यता का एक प्रतिनिधि! मैं क्या किसी गहरे षडयन्त्र के चलते बचा लिया गया हूँ? यदि ऐसा है तो यह षडयन्त्र किसके विरुद्ध? क्या वे मेरा उपयोग करना चाहते हैं? यदि ऐसा है तो वे मेरा उपयोग किस तरह करेंगे? वे काली छायाएँ आखिर क्या सिद्ध करना चाहती होंगी मुझे बचाकर?

एक विचार यह भी आया कि क्या यह सम्भव नहीं कि मेरी तरह ही कोई और भी इस विनाश के बाद भी बच रहा हो? यदि ऐसा है तो कौन? यक्षिणी बची रह गयी हो क्या यह सम्भव नहीं?...मेरी एक नयी खोज आरम्भ हो गयी अपनी पत्नी के लिए। मान लो, यदि ऐसा ही हो तो हम मिलकर भी क्या करेंगे? हमारे बीच खाई बहुत गहरी हो गयी है। सम्भव है, इस भयावहता में हम वह सब भुला दें, जो एक ख्याल बनकर हमें घृणा से भर रहा है। बस, एक ख्याल ही तो...। सम्भवत: यह संयोग हमें फिर से मिला दे। फिलहाल तो मैं इस ढूह पर बिल्कुल अकेला हूँ।

अचानक मैंने देखा दूर मेरी प्रिय पत्नी उन्हीं काली छायाओं से घिरी है। मैंने पुकारा,

"सुनो! मैं यहाँ हूँ। तुम्हारा प्रिय यक्ष। यक्षिणी...ऽऽ...ऽ...!"

मेरी पुकार उस तक नहीं पहुँची। मैंने फिर प्रयत्न किया। इस बार मैं सफल हुआ। उसने मुझे देखा। बस, देखा भर। वह बहुत ही दीन-हीन क्लान्त अवस्था

में थी। विकल और क्लान्त। उसने भी मुझसे कुछ कहना चाहा। क्या? मुझे सुनाई नहीं दिया। मैंने फिर पूरी शक्ति से पुकारा,

"यक्षिणी...ऽऽ...ऽ...ऽ...!"

उन काली छायाओं ने उसे मुझसे दूर धकलेना शुरू कर दिया। लगा, उसमें तनिक भी शक्ति नहीं थी, प्रतिरोध की। वह बाध्य थी। दूरी बढ़ती जा रही थी। धीरे-धीरे वह एक काला धब्बा भर दिखाई दी। फिर वह धब्बा भी नहीं दिखा। क्या यह हमारी कथा का पटाक्षेप था?"

"...अचानक आकाश से कुछ प्रकट हुआ, ठीक मेरे सामने। मैंने देखा, हमारे घर की शोभा, सतत संवादरत मेरे प्रिय शुक-सारिका थे। शुक ने कहा—

"स्वामी! हम तुम्हारे दास नहीं हैं। न ही तुम हमारी वाणी में अपने आशय भर सकोगे। हम इस अँधड़ में भी यही कहेंगे कि तुम नीच हो। हम उस स्वर्ण पिंजर में भी मुक्त थे और आज तुम्हारे खड्ग की धार के सामने भी। कोई भय हमें बाध्य नहीं कर सकता। हम अपनी स्वतन्त्रता की घोषणा करते हैं। हमारा रक्त एक पूरी सभ्यता के विरुद्ध प्रतिरोध लिखेगा। लिखेगा, मुक्ति का अमिट लेख! स्वामी! स्वतन्त्रता को दबा चाहे दिया जाए, उसे समाप्त नहीं किया जा सकता।"

"मेरी नींद टूटती है। उन काली छायाओं का आतंक अब भी आँखों में पसरा है। यक्षिणी शैया पर ही मेरे पार्श्व में सो रही है। वह नींद में ही कुछ टटोलने का प्रयत्न करती है। मेरा स्पर्श उसे आश्वस्ति देता है। उसकी आँख खुलती है।

"नींद नहीं आ रही है?"

"हाँ।"

"रात्रि अभी शेष है। सोने का प्रयत्न करो।"

"अब और नहीं।"

"क्या नहीं?"

"तुम सोओ।"

"मुझे नींद कैसे आएगी, जब तुम...."

वह भी उठ बैठी।

"क्या हुआ?"

"होना क्या है?"

"मैं अपराधिनी हूँ। मुझे दण्ड दो। तुम स्वयं को दण्ड क्यों दे रहे हो?"

"तुम सो जाओ। इस समय तुम उद्विग्न हो। भोर होने दो।"

"भोर हो, इससे पहले ही हम कोई निर्णय ले लें।"

"कैसा निर्णय? मैं तुम्हें किसी भी मूल्य पर खोना नहीं चाहता, प्रिये!"

"क्या जिस तरह हम अभी हैं, प्रसन्न हैं?"

"तुम नहीं हो?"

"तुम हो?"

हमारे बीच मौन था, जो रात्रि के अँधेरे से भी घना था।"

"मुझे अब सब सच-सच कह देना है, क्योंकि सच को छुपाने से वह अधिक मुखर और प्रखर हो जाता है। अब मुझमें और क्षमता नहीं बची है,सच को छुपाकर उसकी धार से यों कटते रहने की।—

"यक्ष! तुम्हें लग रहा है कि मैं तुम्हारी वह पत्नी नहीं रही जो मैं थी? हाँ, यह सच है, मैं वह नहीं रही। मैंने चाहा कि मैं फिर वैसी ही हो जाऊँ। चाहा ही नहीं, प्रयत्न भी किया। पर मेरी हिमता...मैं क्या करूँ? मैंने अपने को तुम्हें सौंपा भी, पर मुझे ही नहीं लगा कि यह मैं ही हूँ। यह सब बताना सुखद नहीं, पर सच यही है। यक्ष! हम यन्त्र मानव नहीं हैं, पर व्यवहार उसी तरह कर रहे हैं। मैं वह उष्मा अपने भीतर कैसे पैदा करूँ, नहीं जानती। पर चाहा अवश्य कि एक बार पुनः मैं तुम्हारी वही...। और यदि वैसी नहीं हो सकती तो सब व्यर्थ है। अपने को मारकर जीवित रखने का कोई अर्थ नहीं है। कोई अर्थ नहीं रह जाता कि तुम एक सड़ते हुए शव से बँधे रहो। तुम्हें मोह है या संकोच। मैं नहीं जानती, पर आज मैं...

यक्ष! मैं क्या करती? मैंने कदापि नहीं चाहा, जो कुछ हुआ। जो कुछ हुआ, वह बेमन से हुआ, पर सच यह भी है कि बेभानी में नहीं हुआ। जो हुआ, वह प्रेम कतई नहीं था, क्योंकि प्रेम में पछतावा नहीं होता। अगर वह प्रेम होता तो वह पूर्णता देता, पर उसने पूर्णता भी नहीं दी। बस, हुआ और हो गया। वह जो भी था। मन कहता था—"यह उचित नहीं है।" उचित था भी नहीं। यह

भी जानती थी कि तुम्हें जो दण्ड मिला है, मेरे कारण मिला।

मैंने आरम्भ में प्रतिरोध न किया हो, यह भी नहीं। पर जो हुआ, तुम्हारी अनुपस्थिति में होता रहा। उसे झुठलाया भी नहीं जा सकता। अब तुम मुझे जो भी दण्ड देना चाहो दो। पर एक बोझ लेकर जीना मुझसे नहीं होगा। मैं तुम्हें अन्धकार में अधिक नहीं रखना चाहती।

...अधिक विस्तार में जाने का कोई अर्थ नहीं है, यक्ष! मुझे तुम्हारी ही तरह वह समय काटते हुए नैष्ठिक रहना था। वह मैं नहीं रह सकी या रहने नहीं दिया गया। जो सच है, है। और तुम्हारे सामने है। तुम्हें पूरा अधिकार है, अपना और मेरा भविष्य निर्धारित करने का। मैं अपराधी हूँ, मुझसे अपराध हुआ है।''

''मैं अपलक यक्षिणी को देखता रहा। स्त्री जितना साहस या दुःसाहस कर सकती है, पुरुष नहीं कर सकता। मैं क्यों नहीं कर सका? मेरी प्रिया स्वीकारोक्ति कर इतना बड़ा दाव खेल गयी!!! कौन-सा भय था, जो मुझे रोक रहा था। मेरे तनाव भी तो ठीक वैसे ही हैं। जैसे इसके? वह असहज थी तो क्या मैं नहीं था?...और मेरा मंजरी प्रसंग? क्या मैं स्वयं एक अवरोध और जड़ता अनुभव नहीं कर रहा था?

यह रात्रि का अन्तिम प्रहर था। पत्नी किसी भी निर्णय को सुनने और स्वीकारने को पूरी तरह से तैयार थी। अब उस पर किसी भी तरह का तनाव नहीं था। उसका मौन मानो कह रहा था। ''यह भी तुम्हारे प्रति प्रेम की ही शक्ति है यक्ष! किसी भी दण्ड को भोगते हुए मैं अधिक सहज होकर तुम्हें प्रेम कर सकूँगी। केवल निकटता ही प्रेम का पर्याय नहीं। सुख की भी कितनी ही छवियाँ हैं, जो हमारी साहसिकता में ही प्राप्त हो सकती हैं।''

''प्रिये! कहना मुझे भी है। बल्कि पहल मुझे ही करनी थी, पर मैं तुम्हारी तरह दुःसाहसी नहीं हूँ। भय कहो या मेरी लोलुपता ने मुझे रोक रखा। हालाँकि इससे मिला कुछ भी नहीं। मेरी ग्रन्थियों ने यहाँ मुझे एक क्षण को भी सहज नहीं होने दिया। झूठ नहीं बोलूँगा कि मेरे मन में सन्देह का कोई कीड़ा कभी नहीं कुलबुलाया। मेरे मन में भी कुछ पाप तो था, यदि वह पाप था तो। बल्कि

अपनी ही ग्रन्थियों की वजह से सारी सहजता, मेरा उत्साह, मन में उठनेवाली तरंगें लुप्त हो गये थे। आज तुमने मुझे बल दिया है कि मैं भी अपनी गाँठें खोल लूँ। तुमने इसे आसान बना दिया है।

....फिर मैं क्रमशः खुलता गया। जो फोड़ा पककर लगातार टीस रहा था। फूटा और सारा जमा विष था, वह बह निकला। हम दोनों आमने-सामने थे। चुप और निर्विकार। मौन को प्रिया ने ही तोड़ा।

"तो अब?"

पहले अँधेरा छँटा। आकाश से धुन्ध छँटी और सूर्य हिम शिखरों की ओट से झाँका। हवा का एक झौंका आया और दोनों में हल्की-सी सिहरन पैदा कर गया।"

"नदी का एक प्रवाह होता है, जो अपने उद्‌गम से शुरू होता है। नदी अपना मार्ग बनाती आगे बढ़ती जाती है। कभी-कभी ऐसा भी होता है कि वही नदी दो धाराओं में विभाजित हो जाती है। दो प्रवाह कालान्तर में अलग-अलग संज्ञा प्राप्त कर लेते हैं और तब वे दो धाराएँ दो स्वतन्त्र नदियाँ मान ली जाती हैं। कई बार ये आपस में कभी नहीं मिलतीं। वे अपने-अपने मार्ग पर सतत बढ़ती रहती हैं। पर कभी ऐसा संयोग भी हो जाता है कि चली-चली ये दो धाराएँ किसी एक स्थल पर आकर एक-दूसरे से पुनः फिर मिल जाती हैं। इस संगम के बाद एक नयी यात्रा आरम्भ होती है, उस नदी की। यहाँ से उन भिन्न धाराओं की संज्ञाओं का कोई अस्तित्व नहीं रहता। यहीं से एक नयी नदी का उद्‌गम...।

"मैं जो कुछ कह रहा हूँ, तुम समझ रही हो न?"

"हाँ, सब कुछ समझ रही हूँ।"

उस एक धारा का दो अलग-अलग नदी हो जाना पारिस्थितिक यथार्थ था। अपने-अपने मार्ग पर ये प्रवाहित होती रहीं। यह कोई अचरज की बात नहीं थी। अब इस उद्‌गम से प्रवाहित नदी के अपने कूल-किनारे हैं। यह भी वैसी ही वास्तविकता है, जैसे किसी एक धारा का दो नदियाँ हो जाना। यदि हम इस संगम को ही उत्स मानकर फिर से एक नदी की तरह प्रवाहित होने लगें तो? प्रिये! यात्राएँ इसी तरह सम्पन्न होती हैं। कई मोड़ और घुमाव से होते हुए। कोई यात्रा सरल नहीं होती। अगर प्रवाह बराबर बना रहे तो नदी अपनी यात्रा सम्पन्न कर लेती है।

"तुम्हें विश्वास है?"

''मुझे तुम्हारा विश्वास है।''

''और मुझे तुम्हारा। जब हमने इतना बीहड़ पार कर लिया अपने-अपने बल पर तो अब क्या कठिनाई है?''

''एक विप्लव था, वह शान्त है। अब फिर एक प्रसन्न प्रवाह गतिमान है।''

''कितना कुछ?''

''अब उसका स्मरण मत करो। यदि हमें आगे बढ़ना है, जोकि प्रवाह का धर्म है तो हमारी दृष्टि भविष्य पर होनी चाहिए न कि अतीत पर। अतीत रोकता है और हमें निरन्तर आगे बढ़ना है। नहीं?''

''मेरे प्रिय यक्ष!''

''कितने दिनों के बाद यह सुप्रभात आया है न?''

''हाँ, सचमुच!!!''

''अन्धेरा हमेशा नहीं रहता, बस, हम प्रभात का स्वागत करना भूल जाते हैं। हमारे उजास पर उस बीत गये अन्धेरे का आतंक बना ही रहता है। हम धूप के बीच हैं तो उसे जिएँ निर्भय-नि:शंक होकर।''

हमारे मुख पर जो मुस्कान आयी उसके लिए हम कितने तरस गये थे। यह मुस्कान बहुत बड़ा मूल्य चुकाने पर मिली है, इसलिए अनमोल है।

''मेरी प्रिया ने पता नहीं कब से वीणा का स्पर्श नहीं किया था। तार ढीले पड़ गये थे।

धूल जमा हो गयी थी, उस पर। जब धूल झाड़कर वह तारों को कसकर सुर में मिलने लगी तो लगा, उसने जीवन पर पड़ी धूल को झाड़ा। जीवन के तारों को फिर से सुरों में साधा। उसने वीणा को नहीं, अपने जीवन के तारों को फिर से छेड़ा।

''...शिशिर व्यतीत हो गया था। प्रकृति में जीवन जागा तो हम भला जड़ कैसे बने रहते। प्रकृति सभी को वह सब देती है, जिस पर जिसका अधिकार है। पतझड़ इसी कारण आता है कि वृक्षों के पुराने पत्ते झड़ें। नयी कोंपलें फूटती हैं, वृक्ष का नव शृंगार करने के लिए। मन में भी नये अँखुए आ जाते हैं। कोई छुपी कोयल कूकने लगती है। ऊँचे शिखरों पर जमा हिम जब कल-कल करने को आतुर होता है तो वह पिघलता है। हिम शोभा तो हो सकता है, पर जीवन होने के लिए उसे पिघलना होता है। इसके बाद तो वह नानावर्णी और नानारूपी

होकर कितनी ही महान सभ्यताओं का साक्षी बन जाता है।''

''चुनौतियाँ होती ही इसीलिए हैं कि वे स्वीकारी जाएँ। उन्हीं में जीवन सँवरता है। इन दिनों जैसा मैं सोच रहा था मेरी प्रिया भी वैसा ही सोच रही थी। हमारे साज एक बार फिर मिल गये थे। अवरोध हट गये थे और जीवन ने फिर से गति पकड़ ली थी।''

आद्ये बद्धा विरहदिवसे या शिखा दामं हित्वा
शापस्यान्ते विगलितशुचा तां मयोद्वेष्टनीयाम्।
स्पर्शक्लिष्टामयमितनखेनासकृत्सारयन्तीं
गण्डाभोगात्कठिनविषमामेकवेणीं करेण॥

ग्यारह

''यह मेरे लिए भी कम आश्चर्य की बात नहीं है कि अब हम दोनों के पास चर्चा के लिए समय है और हम दोनों को ही चर्चा में पहले जैसा ही रस आने लगा है। जैसे शरद में नदी प्रशान्त भाव से अपने में डूबी बहती है, हम भी अब वैसे ही हैं। यह भी कम सुखद नहीं कि मेरी पत्नी को यह विश्वास हो चला है कि मुझको रिझाने-लुभाने के लिए अतिरिक्त कुछ भी करना अब आवश्यक नहीं है। वरना पहले तो वह इसी चिन्ता में घिरी रहती थी। अब उसमें आत्म-विश्वास आ गया है। क्या यह परिवर्तन कम सुखद नहीं है? वह कहती है—''बनाव-सिंगार नहीं, परस्पर विश्वास हमारे प्रेम का दृढ़ आधार है।

पहले मैं भी तो उसे कहाँ देखता था। स्त्री का अर्थ मेरे लिए कभी उसके कुच, कटि, कटाक्ष और नितम्ब ही थे। बस, इन्हीं सबमें हमने स्त्री को सीमित कर दिया। हमने उसे सदा चरम पर ही रखा। या तो उसे देवी माना या कुलटा। उसे सामान्य तो रहने ही नहीं दिया। कभी देखिए किसी स्त्री को, वह हर समय तनाव में ही दिखेगी। उसके सुखों पर भी कोई तनाव ही होगा। यह कैसी विडम्बना है कि वह पुरुष के लिए केवल और केवल भोग्या ही रही। इसीलिए वह पुरुष की सम्पत्ति से अधिक कुछ भी नहीं मानी गयी। उस पर पुरुष का एकाधिकार! स्त्री की भी अपनी स्वतन्त्र सत्ता होती है, पुरुष ने स्वीकार ही नहीं किया। यदि हम यह स्वीकार करते तो हमारा अहंकार आहत होता...तो हम ऐसा क्यों सोचते या स्त्री को सोचने का अवसर देते?

हम स्त्री को उसकी प्रशंसा करते हुए भी उसे मूर्ख मानते रहे। उसका बुद्धि से क्या लेना-देना। वह पाक-कला में निष्णात हो। वह, वे सारी विधाएँ सीखे जिनसे पुरुष उसके वशीभूत रहे। वह अभिनय कुशल हो।...पर वह मूर्ख कभी नहीं रही। हम उसे मूर्ख मानते रहे और वह अपने अभिनय से हमें मूर्ख बनाकर हमारे अहम् को सन्तुष्ट करती रही। आज भी करती है। मन ही मन हम यह सब स्वीकार कर लें, पर घोषित रूप से कभी स्वीकार नहीं करेंगे। हाँ, स्त्री ने

अपने बुद्धि-कौशल के और पुरुष ने अपनी मूर्खताओं के प्रमाण भी कम नहीं दिए। यदि हम अपनी कुण्ठाओं से मुक्त होकर स्वीकार करें तो। स्त्री ने जब-जब अपने वैदूष्य और अपनी क्षमता के प्रमाण दिये, धरती पर भूचाल आये हैं। ऐसे खतरों से बचने के लिए ही हमने उसकी पूजा की, उस पर फूल चढ़ाये, स्तुति-स्तोत्र रचे, स्तवन किया और उसे पाषाण-प्रतिमा में परिणत कर स्थापित कर दिया।

....अब मैं सोचता हूँ कि यदि मैं मंजरी से प्रेम कर सकता हूँ तो मेरी पत्नी भी ऐसा कर सकती है। यदि मुझे किसी से प्रेम करना अनुचित नहीं लगता तो उसका भी किसी से प्रेम करना मुझे क्यों अनुचित लगता है या लगना चाहिए? पर वह इसलिए नहीं कर सकती और हम इसलिए ऐसा नहीं सोच सकते कि वह हमारी सम्पत्ति है। उस पर किसी अन्य का अधिकार कैसे हो? स्त्री के लिए क्या कम मार-काट मचती रही है? हम तो पूरी स्वतन्त्रता चाहते हैं, पर उसे देना नहीं चाहते।

पुरुष ने स्त्री के लिए करणीय-अकरणीय के विधान रचे। बचपन से उसे सिखाया गया, तुम बालिका हो, ऐसे रहो—ऐसे मत रहो। यह करो—वह मत करो। बतलाया गया, बल्कि उसके मन-मस्तिष्क में यह बात जमा दी गयी कि वह कन्या है और उसकी मर्यादाएँ हैं। हमने उसे उसकी तरह सोचने का अवसर नहीं दिया। बाधाएँ उत्पन्न कीं। इस तरह स्त्री, पुरुष-हिंसा की शिकार होती रही। धर्म-शास्त्र का निर्देश पुरुष के लिए भिन्न, स्त्री के लिए भिन्न। ये बतलाते हैं, स्त्री का धर्म क्या है और पुरुष का क्या!!! स्त्री जिस तरह पतित मान ली जाती है, पुरुष को उन्हीं निकष पर पतित घोषित क्यों नहीं किया जाता? वह तो नरपुंगव है। स्त्री से अपेक्षा की जाती है कि वह भीतर-भीतर घुटती रहे पर पुरुष की प्रसन्नता के लिए सुखी होने का, सौभाग्यशालिनी होने का अभिनय दक्षता से आजीवन करती रहे। यह भी स्वीकार कर लिया है कि हर परिस्थिति में पुरुष कितने ही अत्याचारी क्यों न हों, स्त्री उनके साथ सुखी ही रहती है। सारा स्त्री-दर्शन हम पुरुषों ने अपनी सुविधा के अनुरूप ही अभी तक गढ़ा है।''

''मेरे भीतर कुछ परिवर्तन हो रहे हैं। अलका में अब मेरा मन बिलकुल नहीं लगता। मैं हमेशा अनमना-अनमना रहता हूँ। पत्नी भी मेरे विचारों से चकित रहती है। चकित ही नहीं, चिन्तित भी...।''

"उस दिन प्रस्ताव प्रिया का ही था।

"प्रिय! आज शतरंज की बाजी हो ही जाए।"

"क्यों, पराजित होना चाहती हो या पराजित करना?"

"पराजित हुई तो भी विजय मेरी ही होगी और विजयी हो गयी, तब तो..."

"यानी पराजित मुझे ही होना है?"

"स्त्री-कभी नहीं हारती। हारकर भी नहीं।"

"क्या इसीलिए आज इतना आग्रह है?"

शतरंज तो शतरंजनी है। मैंने सोचा, खेल की संलग्नता शायद मुझे थोड़ी देर के लिए ही सही, अवसाद से उबार ले। खेल में जब तक डूबा रहूँ, तब तक मन इधर-उधर व्यर्थ में नहीं भटके और वह सोच रही थी—चलो, अपनी गोटों पर ध्यान रखने के बहाने ही सही, अपने पति से आँख बचाने का अवसर मिल जाएगा। क्या समय आ गया है, अब अपनों से आँख मिलाने में भी संकोच होता है। कहीं आँखें सचाई को व्यक्त न कर दें। गहरा अपराध बोध तब हमें सहज होने ही नहीं देता था।

कभी-कभी लगता, स्वाभाविक लगने के मेरे सारे प्रयत्न या कि अस्वाभाविक प्रयत्न मुझे कठघरे में खड़ा कर रहे हैं। समझ में नहीं आता था, आखिर करूँ तो क्या करूँ? अस्तु—

खेल शुरू हुआ। अपनी-अपनी जगह गोटें जम गयीं। आक्रमण-प्रत्याक्रमण को सन्नद्ध। शायद खेलना हम दोनों को ही नहीं था, पर खेलने को खेल रहे थे। मेरा ध्यान अचानक गया। मैंने कहा,

"ध्यान कहाँ है, तुम्हारा?"

"क्यों क्या हुआ?"

"तुम्हारा हाथी मारा जा रहा है और तुम बिलकुल बेभान हो।"

"अरे, हाँ...ऽऽ...ऽ...!!! चलो, जो हुआ, हुआ।"

"चाल बदलना है?"

"चाल! अब क्या बदलना और क्यों?...बाजी तो गयी हाथ से..."

"बस, इतनी जल्दी?"

"पीट लो।"

"सोच लो?"

फिर प्रिया का ध्यान गया।

"मुझे सचेत कर रहे हो, तनिक अपनी गोटों की स्थिति पर भी तो ध्यान दो।"

"क्या हुआ?"

"राजा को एकदम ऐसा खुला छोड़ दिया। जैसे वह खुले वातावरण में वायु-सेवन करने निकला हो। तुम्हारे भरोसे तो उसका वध होना ही है। बेचारा।"

"छोड़ो, हाथी बचाओ पहले।"

"ले लो हाथी, पर अगली दो चालों में जीत मेरी।"

"कैसे?"

"क्या हो गया है तुम्हें? ध्यान कहाँ है, तुम्हारा?"

"तुममें।"

"बनो मत।"

"अब इसमें बनना क्या? तुमने मुझे हराने के लिए ही तो खेलना चाहा था। मैंने बस आसान कर दिया।"

"और तुम हार गये। इस तरह जीतने में भला जीतने का कोई सुख है? नहीं, खेलना है तो ठीक से खेलो।"

"ताकि तुम ठीक से जीतो।"

"हाँ।"

"तुम भी बस..."

"छोड़ो, तुम्हें खेलना ही नहीं है। ऐसे खेलने और जीतने से तो उचित है..."

"चलो, ठीक से खेलते हैं—हार-जीत का खेल।"

"तब भी हम हारने को ही खेल रहे थे। अब शायद दोनों ही।...या अपनी-अपनी हारी हुई बाजी किसी तरह खेल रहे थे। खेल इसलिए रहे थे कि खेल चलता रहे। अब इस तरह खेल में न तो उत्साह शेष था और न ही हार-जीत का कोई अर्थ। गोटें ही नहीं, हम पिट रहे थे और सारा खेल एकदम क्रूर हो गया था। अचानक। मज़ा यह था कि हम एक-दूसरे से नहीं, खुद से खुद को ही पीट रहे थे। अपनी-अपनी सतर्क व्यूह-रचना में हम दोनों ही प्रतिद्वन्द्वी को व्यूह में प्रवेश देने का और उसे ध्वस्त करने का पूरा-पूरा अवसर दे रहे थे। हम दोनों सतर्क भी थे, साथ ही अपने-अपने ध्वस्त होते प्राचीरों से आतंकित भी। अजब था यह खेल, जिसमें बचाव की हर कोशिश निष्फल होती प्रतीत हो रही थी। जब हम दोनों ही पराजित हो रहे थे या हो चुके थे तो विजयी कौन हो रहा था या हुआ था?

यों जो खेल हो रहा था या जिसमें हम रत होते से लग रहे थे, उसके

होने या होते रहने का कोई अर्थ नहीं था। दोनों की गोटें पिट रही थीं। दोनों से चूक हो रही थी तो जीत किसी की भी हो, जीत के सुख और जीतने की उपलब्धि शून्य थी।

यह उन दिनों की घटना है, जब हम दोनों पर भारी तनाव थे। अब आज इस प्रसंग को स्मरण करते हुए लगता है कि यह किसी और के तनाव भरे प्रसंग की स्मृति है, पर जिन स्थितियों में से होकर आज जिस तनावमुक्त स्थिति में हैं, उनका स्मरण करने मात्र से थरथरा जाते हैं।''

''उसने मुझे आज फिर रोका —

''तुम फिर कुछ सोचने लगे यक्ष?''

''हाँ।''

''क्या अब भी उस अतीत की छाया तुम्हारा पीछा नहीं छोड़ रही?''

''अतीत तो काफी पीछे छूट गया। मैं अपने वर्तमान से निराश हूँ। अब इससे अपना पीछा कैसे छुड़ाऊँ? इससे मुक्ति...?''

''क्यों, मुझसे मुक्त होना चाहते हो?''

वह परिहास पर उतर आयी। मुझे तनाव से उबारने के लिए उसका यह एक प्रयत्न था। सम्भवतः हर स्त्री का यह प्रिय और अनुभूत वाक्य है, भेद भरा— ''क्यों, मुझसे मुक्त होना चाहते हो?'' मैं इस परिहास से फिर भी अछूता ही रहा।

''तुम अर्थ का अनर्थ करो, तुम पर है, जो सच है, वह तुम भली-भाँति जानती हो और यह सच है, इस अलका में अब मेरा मन तनिक भी नहीं लगता। मैं यहाँ से, यहाँ की जीवन-शैली से, यहाँ के विधान से, व्यवहार से और सबकी सन्देह भरी दृष्टि से ऊब गया हूँ। मेरा सारा उत्साह, यहाँ से लगाव अब समाप्त हो गया है। मैं क्या करूँ?''

सोम चषक मेरी ओर बढ़ाते हुए उसने कहा,

''लो, इसमें डूब जाओ।''

''यह निदान नहीं है।''

''मैं भी नहीं?''

''तुम हमेशा बीच में क्यों ले आती हो, स्वयं को?''

''तो क्या करूँ?''

''तुम ही बतलाओ, यह अलका, आज वही अलका है? ऊपर से तो है,

पर वह, जो अलका को अलका बनाता था, वही आज नहीं है।''

''क्या नहीं है, मेरे यक्ष? तुम क्यों व्यथित रहते हो?''

''मुझे नहीं मालूम।''

''मुझे मालूम है। तुमने अनावश्यक तनाव ओढ़ लिए हैं। कुछ भी तो नहीं बदला सिवा तुम्हारे। तुमने पता नहीं कितने कल्पित आतंक गढ़ लिए हैं और भावुकतावश कुछ निष्कर्ष निकाल लिए हैं। तुम एक बार अपनी भावुक दुर्बलताओं से, जिन्हें मैं कुण्ठा नहीं कहूँगी, बाहर आ जाओ तो तुम्हें फिर से सब उतना ही रम्य और आकर्षक लगने लगेगा। तुम अपने मन से हार गये हो बस।''

''हाँ, मैं तुम्हारी तरह इतना पारदर्शी नहीं हो सकता हूँ। यह मेरी समस्या है।''

''जितनी तुम्हारी है, उतनी ही मेरी भी। तुम क्या जानो...''

''............''

''एक बार तो मैं अपने स्वामी से मिल लूँ, इसके लिए मैंने भरसक प्रयत्न किया। मिल भी लेता तो क्या हो जाता। सम्भव है, मिलने से कुछ विशेष नहीं होता, पर लगता यही था मन में कि एक बार मैं उनसे मिला नहीं कि सब कुछ ठीक हो जाएगा। यों भी राजा का अपनी प्रजा से सीधा सम्पर्क होना चाहिए। जो पहले तो मेरे स्वामी का था। अब पता नहीं क्यों? यह सम्पर्क टूट जाना न राजा के हित में है और न ही प्रजा के हित में। कुबेर भी अपनी प्रजा से दूर हो गये हैं। पता नहीं, कबसे? मैंने अन्तिम बार प्रयत्न किया। बाधाएँ वे ही थीं।

''तुम अपनी मर्यादा में रहो, इसी में तुम्हारा हित है। तुम्हारा यह अतिरेक तुम्हारे लिए गम्भीर संकट उत्पन्न न कर दे।''

यह स्पष्ट चेतावनी थी। पत्नी को बतलाया तो वह भी कुछ ऐसा ही बोली।

''ठीक ही तो कहा उन्होंने। तुम क्यों... ?''

''क्या बात है, पूरा राष्ट्र आज एक ही भाषा में बोल रहा है?''

''दो भाषा में बोलना चाहिए क्या?''

''भाषा का मर्म ही चला गया अब भाषा से। जीवन का मर्म भी जीवन से चला गया!''

यह बात मैं किसी और से नहीं, अपने से अपने को ही कह रहा हूँ। किसी

और को तो इससे कोई लेना-देना नहीं है। मेरी पत्नी भी मेरी व्यथा को समझ नहीं पा रही है। वह कहती—

"तुम्हें विश्राम की आवश्यकता है।"

"शायद चिर विश्राम की।"

"तुम पागल हो गये हो।"

"हाँ, तुम ठीक ही कह रही हो।"

"मैं आत्म-सम्मान की बात करता हूँ तो मुझे पागल घोषित किया जाता है। कहा जाता है "यह व्यक्ति सन्देहास्पद है घातक भी।" आत्म-सम्मान तो छोटे व्यक्ति का भी होता है। धरती के वे छोटे-छोटे लोग तो अपने आत्म-सम्मान के लिए कभी इन्द्र से टकरा गये थे। न केवल वे टकराये, बल्कि उन्होंने देवराज को झुकने के लिए विवश कर दिया था और यहाँ का हर बड़ा व्यक्ति अपने अधीनस्थ के स्वाभिमान को आहत करके ही अपनी आत्म-तुष्टि मानता है। और वह जो आहत हुआ, वह अपने अधीनस्थ के स्वाभिमान को आहत करके अपनी कुण्ठा का शमन करता है। शायद इस तन्त्र का यही चलन हो गया है। मैं जब कहता हूँ,

"हम सब साथ-साथ चलें।"

तो वे कहते हैं,

"नहीं, सबको पंक्तिबद्ध होकर चलना है। जो आगे है, उसका अनुसरण पिछला करे और उसका अनुसरण..."

वे कहते हैं,

"तर्क करना विद्रोह है। हम देंगे तुम्हें एक प्रभावी भाषा। नारों की, जय-घोष की।"

"और मेरी भाषा? मेरी अभिव्यक्ति?"

"तुम्हारी भाषा, पंक्ति की भाषा से भिन्न नहीं हो सकती।"

मैं किसी से कुछ कहता तो नहीं पर सोचता रहता हूँ, ज़ो राजा केवल पंक्ति की भाषा सुनने का आदी हो जाता है, वह बन्दी हो जाता है। मिथ्या स्तुतियाँ, अतिशयोक्तियाँ ही उससे छल करती हैं एक दिन। दुर्भाग्य कि हमारा राजा भी ऐसी भाषा की अतिशयोक्तियों में आत्म-मुग्ध है। अलकापुरी अब चापलूसों-चुगलखोरों का केन्द्र बनती जा रही है। राजा अपनी आँखों से कुछ भी नहीं देखता। वह दूसरों की आँखों से देखता और उस पर विश्वास करता है। वह

कानों का कच्चा हो गया है। मैं सबसे कहना चाहता हूँ, ''सुनो! मुझे जो लक्षण नजर आ रहे हैं यहाँ के, वे अच्छे नहीं हैं।''

''जीवन कभी सीधी रेखा में नहीं बढ़ता। उसकी गति वक्रिल है। मैं अपनी गाथा जिस तरह व्यक्त कर रहा हूँ, वह भी कुछ ऐसी ही टेढ़ी-मेढ़ी शैली में है—जैसा मेरा जीवन। फिर भी जिसकी कल्पना न हो, उस प्रकरण का अचानक आ जाना भी कम रोमांचकारी नहीं है। यह बात भी उन्हीं दिनों की है, जब मैं निर्वासन भोगने के उपरान्त अलकापुरी लौटा था। कुछ सन्देह, कुछ भय, कुछ अपराध-बोध के साथ।....वे भयावह दिन व्यतीत हो गये, अब केवल उनकी स्मृतियाँ रह गयी हैं।''

''...दिन बीत गया था। हेमन्त अपना असर दिखा रहा था। गवाक्षों से आती हवा जो कभी पुलकित करती थी। अब ठण्डे शूल-सी चुभती है। हमने इस हिम-शीत हवा को बाहर ही रोक दिया। हमारे घर के बाहर वह ठिठुरे या कहीं और शरण खोजे। ऊनी वस्त्र अब भले लगते थे। उससे भी भला लगता था, प्रिया का सामीप्य। हाँ, बाहर कितनी भी ठण्डक हो, हमारे हृदय ऊष्म थे। यह नैसर्गिक विपर्यय था।

आज वह बहुत मनोयोग से अपने को शृंगारित करने में जुटी थी। उसने अपने केश को सुगन्धित धूप से सुवासित किया। घुँघराली अलकों में आश्रय पाकर धूप और सुवास प्रसन्न थे। इस ऋतु में सरोवर में तो कमल नहीं खिलते पर हमारे मन ऐसे सरोवर थे, जिसमें कामनाओं के कमल हर ऋतु में खिलते थे। एक गुंजार सतत होती रहती थी और हम बौराए-बौराए रहते थे।

...वह तन्वी श्यामा, प्रणय के प्रगाढ़ आवेशमय क्षणों में चुभकर भी असीम सुख देनेवाली उसकी दन्तपंक्ति, बिम्बाफल के समान आरक्त ओठ, क्षीण कटि, चकित हरिणी के से चंचल चितवन, गहरी उत्तेजक नाभि, श्रोणि भार से और कुछ उन्नत उरोजों के भार से नत, मन्थर गति से राग जगानेवाली मेरी प्रिया तो विधाता की पहली और अनुपम रचना है। वही अनुपम कृति इतने अन्तराल के पश्चात् एक बार फिर मेरे निकट आ रही है, धीरे-धीरे। नहीं, अभी उसकी केवल आहट सुन रहा हूँ। यह मिलन पूरे एक वर्ष की तपस्या की फलश्रुति है। 'तपस्या',

मेरे भीतर कुछ अस्त-व्यस्त होने लगा, पर मैं अपने को प्रयत्नपूर्वक सहेजता हूँ। मन अधीर हो रहा है।

नख से शिख तक सज-सँवर कर वह अब मेरे सम्मुख है। मैं अवाक् उसे देखकर! लगा, यह तो कोई और है जिसे मैं जानता ही नहीं या मैं अब तक जान ही नहीं पाया। उसके भीतर हो रहा आन्दोलन, देह की भाषा हो रहा था। उतप्त साँसें, उत्साह, अधीरता, कुछ सहमापन, कुछ लज्जा, कुछ बेभानपन, कुछ-कुछ रंग, चढ़ने से पहले ही चढ़ते-रचते हुए कुछ चढ़े-रचे रंग अचानक उतरते हुए। एक उद्दामता चहुँ ओर से घेरे हेमन्त की हिमता को झुठलाती।

...आमन्त्रण एक अथाहता में अवगाहन का। इस अवगाहन में अस्तित्व के तिरोहित होने के चरम क्षण। क्षण पूर्णता के...। चुनौती सारी ऊँचाइयों को पराजित कर विजयी पताका फहराने की। शिखर हम दोनों ही एक-दूसरे के लिए। उन्माद अपने को मिटाकर भी उस शिखर पर पहुँचने का। सच यही है, जो मिटाएगा अपनी निजता को, वही उस शिखर पर होगा।

राग की यह ऐसी अद्‌भुत सहभागिता है, जो हमें राग भी बना ही है और वाद्य भी। यह राग हम दोनों में बज रहा है और हम पर छा भी रहा है।

एक घना कोहरा हमारे चारों ओर था। शेष सृष्टि इसकी घनी ओट में...। बस इसी सघनता में हम दो जलते दीप्त नक्षत्र!!! एक-दूसरे की गुरुत्वाकर्षण कक्षा का भेदन करते...निकट से निकटतर होते...!!! हम दोनों साक्षी उस उत्तेजना के जो हममें एक-सी, पर अपने-अपने में अपनी-अपनी तरह!!!

देखते-देखते वह घना कोहरा मेघ होने लगा। ऐसा होता नहीं है, पर हुआ। मेघ सघन होते गये। लगा, आज तो ये जमकर बरसेंगे। धरती और आकाश के बीच केवल जल होगा। हमें भीतर-बाहर से भिगोता। यही जल हमारी तृषा का समाधान होगा। फिर एक तृप्ति। नया अंकुरण, नया वैभव, स्वाद-सुगन्ध। यही जल हमें नया जीवन देगा। बह जाएगा सारा कल्मष। हम मेघ वर्षा से उस पहली बूँद की आतुर प्रतीक्षा कर रहे थे। उमस बढ़ गयी थी। हम चातक हो रहे थे और सीपी भी...। हमारी आँखें प्रार्थना हो रही थीं। अब और प्रतीक्षा मत करवाओ। हे मेघ! हम पर कृपा करो...।

प्रतीक्षा, प्रतीक्षा! एक व्याकुल प्रतीक्षा!!

अरे, यह क्या मेघ तो छँटने लगे। आये तो ये उमड़-घुमड़कर पर उन्हें कहीं और बहा ले गयी हवा! कहा गया है—"मेघ सबसे प्रबल पर मेघ से

भी प्रबल है वायु, जो उन्हें उड़ाकर ले जाती है।" हमारी तृषा को तृप्ति नहीं मिली। मेघ के साथ सपने भी बिखर गये। हर गयी वही धुँध।

मेघ आया तो था, पर हमें धोखा देकर चला गया। लगता है, कहीं यह वही तो मेघ नहीं था, जो आया और हमसे उपहास करके चला गया? मेघ मेरे साथ ऐसा क्रूर और अश्लील उपहास क्यों करता है? क्यों? मन खिन्न हो गया। सोचा था, इस प्रेम-वर्षण से जीवन को नया बल मिलेगा। किन्तु...

लो, देखते ही देखते में एक विशाल फणधर आकाश से उतरा और मेरे वक्ष पर कुण्डली मारकर बैठ गया। क्या यह वह मेघ ही है, जो इतना विशाल फणधर हो गया है? मेघ तो यों भी बहुरूपी ही है। मेरी साँस रुक रही है। किसी भी क्षण वह महासर्प अपने विषदन्त गड़ा देगा। इतने निकट से मैंने अपनी मृत्यु को कभी नहीं देखा। पहली बार जाना नाग की आँखों का सम्मोहन क्या होता है? यह मेरे अन्त का सम्मोहन था, जो उसकी आँखों में मैं स्पष्ट रूप से देख रहा था।

फिर देखते ही देखते एक फणवाला नाग दो फणोंवाला हो गया। दो से पाँच फणोंवाला, पाँच से पचास फणवाला और पचास से सहस्त्र फणोंवाला!!! यह स्वप्न नहीं है। इस सहस्त्र फणी को अब मैं दिन-रात अपनी छाती पर कुण्डली मारे बैठा अनुभव करता हूँ।

एक दंश स्वामी से मिले दण्ड का, एक निर्वासन का, एक प्रिया से वियोग का, एक मेघ के शब्द जाल में फँस जाने का, एक रामगिरि के छूट जाने का, अब भी मंजरी की स्मृति का, स्वामी की उपेक्षा का, व्यवस्था के दुश्चक्र का, बदले परिवेश में उपेक्षा का, अपने में पनपी कुण्ठाओं के अनेक दंश, संशयों के चुभते विषदन्त, दंश गहरे होते जा रहे अलगाव का, अपनी धुरी से हट जाने का दंश, निरन्तर छीजते रहने का फैलता विष! अपने अप्रामाणिक हो जाने का दारुण सन्ताप, उद्यानपाल के असभ्य व्यवहार का दंश! सहस्त्र फणों के सहस्त्र दंश एक साथ, उफ्!!!

हाँ, आत्मघात करने का विचार भी मन में कई बार आया। उस सहस्त्रफणी के सहस्त्र दंशों की विष-पीड़ा झेलने से तो यही उचित लगा कि जीवन का अन्त सब दु:खों का एक स्थायी समाधान है पर लगा, जब तक मन संशयग्रस्त है, मरकर मुक्ति सम्भव ही नहीं। संशय ही नरक है और प्रेतयोनि में पड़कर एक और नरक की यातना झेलना अपने कष्टों को बढ़ाना ही है। इसलिए मैंने मरना स्थगित किया। हालाँकि जीवन भी स्थगित ही सा तो था।

"मुक्ति, किसी भी तरह मुक्ति।

तभी मैं सुनता हूँ—

"यह सम्भव है।"

"कैसे?"

मैं उस आवाज़ को सुन रहा हूँ। जो अब भी काली छाया और विष-दंश के आतंक से मुक्त है, किसी तरह। हालाँकि बहुत ही क्षीण-सी आवाज है। यह न तो भयभीत है, न ही संशयग्रस्त। यही आवाज़ मुझे अब तक जीवित रखे हुए है। वह मुझे उकसाती है।

"बस, एक संकल्प!" यह या वह, ऐसा या वैसा, जैसा कुछ भी नहीं। बस, एक दृढ़ और अडिग संकल्प! यह शक्ति तुममें है, पर तुम फिर भी दुर्बल हो, क्यों? यही, बस यही मुहूर्त है, अपने संकल्प को मूर्त संकल्प करने का। यदि चूक गये यह मुहुर्त तो फिर कोई गति नहीं। इसके बाद तो दुर्गति ही दुर्गति। भोगते रहना आजीवन ये दंश।

क्या सोच रहे हो? क्या यह मुहूर्त यों ही निकल जाने दोगे? निर्णय के क्षण बार-बार नहीं आते। जागो!"

"अब क्या हुआ?"

"कुछ नहीं।"

'कुछ नहीं' कह देने भर से कुछ सिद्ध नहीं होता। ऐसा तो हम यों ही कह जाते हैं। बस, बोलने भर के लिए। ऐसा कभी होता ही नहीं कि मन में कुछ भी न हो। ज्ञात न हो या बोध न हो, तब भी मन में संकल्प-विकल्प चलते ही रहते हैं निरन्तर।

मेरी पत्नी को लगता है कि उसके प्रेम में कुछ कमी है या उसके सारे ढँकने-छुपाने के बावजूद कुछ करते हुए उसकी चोरी पकड़ ली गयी है। मेरे मन में कोई गहरी फाँस जो रह-रहकर टीसती रहती है।...हाँ, फाँस गहरे फँस ही गयी है, पर वह निकले तो कैसे निकले? मैं अचानक पूछ बैठता हूँ।

"तुम अलका छोड़ सकती हो?"

"हाँ, पर क्यों? हम जाएँगे कहाँ, यहाँ से? यहाँ एक ठौर तो है। हाँ, भटकने से तुम्हें शान्ति मिलती हो तो यही सही।"

मुझे यहाँ का भविष्य अब बहुत ही अनिश्चित और अन्धकारमय लग रहा है।''

''यहाँ और भी तो हैं, हमारे अतिरिक्त?''

''उनकी वो जाने।''

''मैं उस अधूरी छूटी शृंखला को पूरा करने का प्रयत्न करता हूँ।

कल्पना में गोते लगाती मेरी प्रिया अचानक चौंकी। मैंने पूछा,

''क्यों क्या हुआ?''

''कुछ है।''

''क्या? कुछ भी तो नहीं।''

''नहीं, है। हटाओ उसे।''

''क्या है?''

''मेरी छाती पर कुण्डली मारे बैठा...''

''भ्रम है, तुम्हारा। कुछ भी तो नहीं है।''

''बचाओ, मुझे।''

कहीं कुछ भी नहीं था, पर था अवश्य। जिसे मैं अनुभव कर रहा था और शायद मेरी प्राण-प्रिया भी। एक-सा दबाव, एक-सा भय, एक-सी आशंका, एक-से तनाव। शायद दोनों की छाती पर एक साथ एक-से भयावह विष सर्प।

उसमें गहरी विकलता थी। कहा,

''तुम ठीक कहते हो।''

''क्या, क्या ठीक कहा मैंने? मैंनं कुछ भी तो नहीं कहा।''

फिर वह गहरी चिन्ताओं में डूब गयी थी।

''...रात्रि व्यतीत हो रही थी और हम एक-दूसरे से दूर अपने-अपने ध्रुवों पर थे। नितान्त अकेले। इतने निकट, फिर भी ऐसी दूरी जो बढ़ती ही जा रही थी। हम में हस्तक्षेप करने का साहस भी नहीं था।''

अब लगता है, हमने कितना कुछ झेला-सहा।

यह तो ध्यान में रहा कि मैं शापित था, पर इस शाप का विस्तार कितना

और कैसा बीहड़ था, इस पर आज तक किसी का दृष्टि नहीं पड़ी, यह भी सही है कि आत्मशोधन के लिए शायद ऐसे ही तपना पड़ता है। मैं अब वह और वैसा तो नहीं जैसा मैं था या मुझे जाना गया। मैं अब क्या और कैसा हूँ, पता नहीं, पर जैसा था—वैसा तो अब बिलकुल ही नहीं।''

''यक्षिणी, मेरी पत्नी अब अधिक ही चिन्तित रहने लगी है। मेरी बातों में उसे विद्रोह के स्वर ही सुनाई देते हैं। वह भी अब मानने लगी है कि मेरा पक्ष ही सही है, पर वह डरती है। सत्य मूल्य माँगता है। सत्य कटु होता है और आलोचना सुनना किसी को रुचिकर नहीं है। सत्यवादी पूजा तो जाता है, पर इसके पहले उसे मरना पड़ता है। वह ऐसी पूजा नहीं चाहती। वह मुझे जितना समझाती है, मेरा विश्वास उतना ही दृढ़ होता जा रहा है। सत्य के पक्ष लेने का भी एक दु:साहसिक नशा होता है। सबके वश में भी नहीं यह नशा करना, पर यदि इसका स्वाद चख लिया तो फिर दूसरा स्वाद चढ़ता ही नहीं। वह कहती है,

''देखो, तुम फिर किसी अभियोग में न फँस जाओ। यह समय बहुत ही सावधान रहने का है। अपनी संवेदना को नियन्त्रण में रखने का। अपना भेद किसी को भी न देने का। सुनने और चुप रहने का। अगर कुछ फिर हो गया तो...। मुझे बहुत भय लगता है। तुम शान्त रहा करो।''

''वे मुझे दण्ड दे सकते हैं। उन्हें बहाना चाहिए और वे जब चाहेंगे, कोई बहाना खोज लेंगे। मैं क्या, यहाँ कोई सुरक्षित नहीं है। हम अपने तन्त्र में भी पिस रहे हैं। और अलका पर असुरों का आधिपत्य हो गया तो वे भी हमें पीसेंगे। यही हमारी नियति है। पर...''

''तुम्हें भय नहीं लगता?''

''हाँ, पहली बार मुझे निर्वासन मिला तो मैं कितना भयभीत था, बतला नहीं सकता। भय इसलिए था कि मैं कूप-मण्डूक था। मैं नहीं जानता था कि इस कूप के बाहर भी एक विस्तार है, धरती का, आकाश का। नहीं जानता था, हमारे जाने हुए लोगों से अच्छे लोग भी बसते हैं, इस धरती पर। वे प्रेम करना जानते हैं और प्रेम अकारण भी हो सकता है, यह मैंने यहाँ से बाहर निकलकर जाना। स्वार्थ और प्रेम में क्या अन्तर है, यह भी यहाँ से बाहर कदम निकालकर ही जाना। जाना, यह भी कि यहाँ के लोगों में और बाहर के लोगों में कितना अन्तर है। यहाँ तो हर कोई अपने-अपने में जी रहा है। लगने को हम अभिन्न

लगते हैं, पर लगना और होना, ये दो अलग-अलग बात हैं। वहाँ अभिन्न होते हैं। यहाँ हम शहद की मक्खी हैं, जो अपने मधु में लिपटी-लिथड़ी हैं। पंख हैं, पर व्यर्थ। इसे इसी लिथड़े-लिपटेपन में एक दिन हमें मर जाना है। तुम्हें यह सब सुनना अच्छा नहीं लग रहा है न?''

''नहीं, तुम कहो।''

''प्रिये! हमें यदि जीवित रहना है तो इस मधु के मोह और इसके स्वाद के लोभ से बाहर आना होगा। बहुत व्यापक परिवर्तन हो रहे हैं और तेजी से हो रहे हैं। अगर हमने स्वयं को इनके अनुरूप नहीं बदला तो हम बच नहीं पाएँगे। पर मुझे लगता है, अलका इन परिवर्तनों को स्वीकार करने के लिए तैयार नहीं है। प्रिये! जो अपने को परिवर्तित कर सकता है, वही परिवर्तन ला सकता है।''

''वह अवाक् हो, मेरी बात सुन रही थी। मेरी बढ़ती हुई और अमर्यादित छटपटाहट को भी वह देख रही थी। वह अपनी जगह सही थी कि पहलेवाला वह यक्ष अब मैं नहीं था। यही उसे अचरज में डालता और भयभीत भी करता था। कई बार उसमें भी नयी दुनिया के बारे में जिज्ञासा जागी। मैंने उनसे पूछा,

''यहाँ इस ऊँचाई पर जो कुछ होता है, हिमवत् ही होता है। जल बनने के लिए हिम को भी नीचे जाना पड़ता है। नीचे जाकर ही यह जड़ हिम, जलधारा बन जाता है। प्रिये! क्या तुम जलधारा होना चाहोगी?''

''हाँ, पर कैसे?''

''कुछ मोह छोड़ने होंगे। कुछ साहसिक होना होगा।''

''साहसिक या दुःसाहसिक?''

''वाद-विवाद इसलिए भी होते हैं कि निर्णय लेने से बचा जा सके। शायद तुम्हारे मन में भी ऐसी ही आशंकाएँ घिरी हैं। वहाँ कोई सर्प आ घुसा है। और हम आतंकित हैं। क्या करें। भयभीत होते रहें या प्रयत्न करें? हो सकता है, सर्प वहाँ न हो। केवल रज्जु हो और हम सर्प समझ बैठे हों। सर्प हो तो साहसपूर्वक उसे बाहर करने का प्रयत्न करेंगे या भय से काँपते रहेंगे? जो भी हो, साहस तो करना ही पड़ेगा।''

''तो क्या...''

''यथास्थिति जड़ता है। इससे बाहर निकलकर ही हम कुछ नया कर सकते हैं। नया हो सकते हैं। एक सम्भावना को आविष्कृत करना बहुत बड़ी बात है। इसलिए रात बीत गयी है तो उठो। शैया छोड़ो, हवा-धूप में आओ और खुली हवा में साँस लो।''

हमारा यह वैभव, स्वर्ण की चकाचौंध, हमें अहंकारी बना रहे हैं। अहंकार, घृणा का प्रसार कर रहा है। घृणा में कुत्सित भाव जड़ जमाते हैं। अलका में इन

दिनों यही सब है।''

''तो बतलाओ करना क्या है?''

''निर्वासन की अवधि में मैंने रामगिरि को देखा। वहाँ के लोगों को बहुत निकट से जाना। वहीं मैंने जाना कि अहेतुक प्रेम भी किया जा सकता है। यह इसी का असर है कि मैं इतना कह सका हूँ। यहाँ हमारा प्रेम तो बहुत ही सीमित है। वहाँ प्रेम में गहराई है, व्याप्ति है।...मैंने वहाँ जाना कि वास्तविक दुःख क्या हैं। वे लोग सुख का ही नहीं, दुःखों का भी साझा करते हैं। इसलिए उनके बड़े दुःख भी छोटे हो जाते हैं। प्रिये! उनके पास दुःखों को गाने के स्वर हैं और वे उसे इस तरह गाते हैं कि सुख लज्जित हो जाता है। वहाँ, यहाँ जैसा वैभव नहीं है, स्वर्ण-सौध नहीं है, पर वे हमसे अधिक सुखी हैं। यों उनके दुःख भी कम नहीं हैं। वहाँ रहकर ही मैंने जाना कि वे लोग कल्पवृक्ष और कामधेनु से याचना नहीं करते। वे काम करते हैं और विपरीत परिस्थिति को भी अपने अनुकूल बना लेते हैं। वे छोटे-छोटे सुख अर्जित करते हैं और उन्हें आपस में बाँट लेते हैं। वे मुझ जैसे अपरिचित को भी अपने सुख में सम्मिलित कर लेते हैं। कोई सोच सकता है, यहाँ इस तरह? देव और दानव भाई-भाई ही तो हैं, पर सत्ता के लिए पता नहीं, कब से लड़ रहे हैं सत्ता की भूख और वर्चस्व की आकांक्षा इन्हें पशु बना रही है अमर होने की चाह में ये मरे जा रहे हैं। उधर धरती पर लोग भाई के लिए सत्ता त्यागकर वन को चले जाते हैं और वह सत्ता पाकर भी कार्यवाहक की तरह अपने दायित्व का निर्वाह करता है। पाने की इच्छा है ही नहीं। हमारी संस्कृति में यदि एक भी ऐसा प्रसंग हो तो मुझे याद दिलाओ।

''यक्ष! तुम तो एकदम बदल गये?''

''ये वहाँ के पानी का असर है, जो मुझमें दिख रहा है। वही मुझमें रह-रहकर बोलता है।''

''वह कुछ उपहास की मानसिकता में थी।

''तुम तो उनके रंग में पूरी तरह रंग गये?''

''मैं चाहता हूँ, एक बार तुम भी उनके रंग में रंगो। वह रंग तुम पर से भी छूटेगा नहीं। एक बार यदि चढ़ गया तो।''

वह मुझे छेड़ती है।

''यक्ष! तुम्हारे तर्कों-आग्रहों के पीछे कहीं यह तो नहीं है कि यहाँ भी तुम्हें मंजरी की याद बहुत सता रही है और तुम किसी भी तरह उसके पास लौटना

चाहते हो? इस बार अलका से सारे सम्बन्ध तोड़कर वहाँ रामगिरि पर बसने का कारण कहीं यह तो नहीं है?''

मैं उसे और उकसाता हूँ।

''हाँ, वह तो थी ही ऐसी।''

''तभी तो।''

''तुम्हें ईर्ष्या हो रही है?''

''हम सब भाँप लेती हैं।''

''मैंने और हवा दी।''

''चलो, तुम्हें वहाँ कोई अपनी-सी सखी मिल जाएगी।''

''मैं मुँह न देखूँ उसका।''

''वह बहुत ही सेवाभावी है।''

''तुम ही करवाना उससे सेवा।''

''और तुम क्लेश करोगी? तुम स्त्रियों में यही छोटापन...''

''तुममें तो है न बड़प्पन?''

''हाँ...ऽऽ...ऽ...क्यों नहीं?''

''महाशय! जब दो स्त्रियाँ मिल जाएँ तो पुरुष की क्या दुर्गति होती है, ज़रा सोच लेना। कहीं के नहीं रहोगे।''

''अब जो भी भाग्य में लिखा है, प्रिय! वह तो होकर ही रहेगा। लिखे को कोई आज तक टाल सका है?''

''सारे तनाव ढीले हो गये थे। जिन बातों से कलह होता है, हम सहज विनोद में वे बातें करते थे। करते ही नहीं थे, उनका रस भी लेते थे। वह भी प्रसन्न थी और मैं भी प्रसन्न था। वह कुछ गुनगुनाने लगी तो मैंने कहा,

''गुनगुनाओ नहीं, प्रिय सुनाओ।''

''अब मंजरी से ही सुनना मेरे स्वर तो अब पुराने हो चले हैं।''

''इसीलिए तो इतने मदिर हैं।''

''रात गहरा रही थी। अपने स्वर्ण-पिंजर में शुक-सारिका चिन्तातुर थे।

''हमारा क्या होगा?''

“क्या होना है, हम निरीह पक्षी जो ठहरे। पक्षी भी वो जो पराधीन हैं—बन्दी।”

“क्या हमारे स्वामी अलका छोड़ देंगे?”

“शायद उनका निश्चय दृढ़ है।”

“काश, हमें भी निर्णय का अधिकार होता।”

“होता तो क्या निर्णय लेते शुक?”

“हम भी किसी वृक्ष पर अपना नीड़ बनाते। उस वृक्ष पर अपना समाज होता। खुले आकाश में लम्बी उड़ान भरते, पर हमें अधिकार कहाँ है, कोई भी निर्णय लेने का।”

“ये चले गये तो?”

“कोई और हमें अपने घर की शोभा बना लेगा। हम उनका मनोरंजन करेंगे। अकेले होंगे तो आपस में अपना-अपना दुखड़ा रो लिया करेंगे। और क्या, यहाँ इनके स्वर्ण-पिंजर में वहाँ किसी और के...”

सारिका चहकी,

“हम वहाँ का जीवन देखेंगे। कुछ नया! कुछ अनोखा!!”

“अनोखा क्या होगा, पिंजर बदल जाएगा अपना। जैसे यहाँ बन्दी, वैसे ही कहीं और।”

“मैंने शुक से पूछा,

“तुम क्या चाहोगे?”

“क्या स्वामी?”

“तुम्हें ज्ञान नहीं कि अब हम इस अलकापुरी को सदा-सदा के लिए छोड़ रहे हैं?”

“आप समर्थ हैं। कुछ भी कर सकते हैं।”

“तुम नहीं चाहते अपनी मुक्ति?”

“कौन नहीं चाहेगा। यह तो हर प्राणी का स्वप्न होता है। सबके स्वप्न साकार हों ऐसा भी तो नहीं होता। यह स्वर्ण-पिंजर हमने तो नहीं चाहा। तब भी बन्दी तो हो ही गये इस पिन्जर में। चाहने से क्या होता है?”

“तो तुमने शाप ही दिए होंगे हमें जब-तब, इस बन्धन में रहते हुए?”

“नहीं, हमने अपने जैसे सबके लिए यही कामना की है कि यदि बन्दी होना ही पड़े तो सबको आप जैसा ही उदार और हितैषी स्वामी मिले।”

"और स्वामिनी?"

"स्वामिनी, स्वामी से अलग होती है कहीं? यह तो परस्परता है।"

"तुम बहुत चतुर हो गये हो शुक।"

"आपके सान्निध्य में ही, तो यह परिष्कार हुआ। वरना हम तो पक्षी भर ही थे। लुभावने पर निरीह प्राणी।"

"मुक्ति चाहोगे?"

"वह हमारे भाग्य में कहाँ?"

"वह तुम्हारे निर्णय की आतुर प्रतीक्षा कर रही है।"

"यह तो मेरी कल्पना से भी परे है, पर यदि यह सम्भव है तो इस मुक्ति में मेरा पुनर्जन्म होगा। क्या यह सम्भव है?"

"सारिका, तुम भी मुक्त होना चाहेगी?"

"स्वामी! मुझे तो इस शुक से इसी क्षण मुक्ति दिला दीजिए। बहुत भर पायी इस संग-साथ से। अनुग्रह करें मुझ पर।"

"मैं भी तंग आ गया हूँ, स्वामी! इसकी दिन-रात की बक-बक से।"

मैंने दोनों पिंजर के द्वार खोल दिये। बाहर आने में वे थोड़ा झिझके। दोनों ने कृतज्ञ भाव से देखा, फिर अपने-अपने पंख खोले। सारिका अपनी स्वामिनी से मिलने का लोभ संवरण नहीं कर सकी। मेरी अनुमति ले उसके पास जाकर बोली,

"आपकी कृपा से हम आज मुक्त हुए।"

"कितना अच्छा है न?"

"स्वामिनी मुझे आप अपने साथ ही रखिए।"

"फिर मुक्त होने या करने का क्या अर्थ है?"

"आपके साथ रहना बन्धन थोड़े ही है।"

"सारिके! यह मोह भी बन्धन है। मुक्ति का अर्थ है, हर तरह से पूर्ण मुक्ति।"

"स्वामिनी!..."

"तुम्हारा मार्ग प्रशस्त हो। जाओ।"

दोनों ने हमें प्रणाम किया।

उनकी यात्रा आरम्भ हो गयी थी। दोनों पिंजर खाली थे। वे आकाश में दो बिन्दु होते गये फिर वह भी नहीं। हाँ, अदृश्य हो चुके शुक-सारिका को मन की आँखों से मैं अब भी देख रहा था। मन में असीम सुख था।

''शुक-सारिका हमारे मोह थे। वे हमारे स्वर्ण-पिंजर में बन्दी थे, तो हम उनके मोह में। उन्हें मुक्त करके हम भी उनके मोह से मुक्त हो गये थे। मैंने जाना, मुक्ति भी क्रमशः ही होती है। उन्हें मुक्त कर हम मुक्ति के पहले सोपान पर थे, मैंने मन ही मन कहा था—

''शुक-सारिके! मैं पुनरागमनायच नहीं कहूँगा। मैं कामना करता हूँ, तुम्हारा मार्ग प्रशस्त हो। आकाश, पवन और दिशाएँ अनुकूल हों। तुम जहाँ भी रहो, सुखी रहो। अपनों के बीच सबके होकर। तुम्हारा भविष्य भयमुक्त हो। तुम्हें हमारे आशीर्वाद।''

हमारे अलका छोड़ने का निर्णय अन्तिम रूप से हो गया। मेरी प्रिया अब कुछ अधिक गम्भीर हो गयी थी। वह घण्टों चुप बैठी रहती थी। चुप वह रहती थी, पर मन में कुछ न कुछ चलता रहता था। मन में तो मेरे भी बहुत कुछ चलता रहता था। वहाँ का मेरा वह अनुभव मात्र एक वर्ष का था। और इसी के आधार पर मैंने वहाँ आजीवन बसने का निर्णय ले लिया था। हालाँकि मैं पूरी तरह आश्वस्त था। अब तो प्रिया के भय कम भी हो चले थे। फिर भी वह जब कभी विचलित होती तो कहती,

''मुझे तुम पर पक्का विश्वास है। मैं क्यों चिन्ता करूँ?''

''रामगिरि को लेकर उसकी उत्सुकता काफी बढ़ गयी थी। जो स्वाभाविक ही थी। हम यहाँ अलका में थे तो पर यहाँ होकर भी हम बाहरी व्यक्ति हो गये थे, अभी से। जबकि रामगिरि पर बसने का हमने अभी निर्णय ही लिया था और वो हमारा होता जा रहा था!!! यहाँ के सुख, यहाँ की सुविधाएँ अब मुझे तनिक बाँध नहीं पाये थे। ये सब मेरे लिए स्वर्ण-पिंजरवत् हो गये थे। ऐसी स्थिति में मैं भला अब यहाँ कब तक और कैसे रह सकता था? यह बात मेरी प्रिया भी समझ गयी थी। वह अक्सर ग्राम-प्रमुख के बारे में, काकी माँ के बारे में, रामगिरि जनपद के बारे में, वहाँ के पर्वों के बारे में, जीवन-शैली के बारे में, लोगों की रुचि, स्वभाव और संस्कारों के बारे में मुझसे पूछती रहती थी। कई बार तो मुझे निरुत्तर रह जाना पड़ता था।

वह पूछती—

"क्या मैं वहाँ की स्त्रियों की तरह कठोर श्रम कर पाऊँगी?"

"श्रम तो मुझे करना है। तुमको थोड़े करना है।"

"तो मैं क्या करूँगी?"

"तुम राज करना।"

"तुम परिश्रम करोगे और मैं राज करूँगी। यह अच्छी कही।"

"और क्या तुम्हें पता नहीं, पुरुषार्थ तो पुरुष ही करता है?"

"तुम मुझे वहाँ उपहास का पात्र बना दोगे?"

"अच्छा, तुम मेरा पसीना सुखा देना शीतल समीर बनकर यही तुम्हारा बड़ा उपकार होगा।"

"उसे बार-बार यही दुःख होता था कि हम स्त्रियों को भी कुछ तो सीखना चाहिए। कुछ ऐसा जो जीवन को सँवारे। हमने सीखा तो केवल श्रृंगार करना सीखा, वादन-नर्तन सीखा, अपने कटाक्ष से पुरुष को आहत करने की कला में हम पारंगत हुईं। रिझाना, मान करना जाना। चौंसठ कलाओं में दक्ष हुईं, पर जीवन के व्यवहार पक्ष से हम शून्य रहीं। जो आवश्यक होता है, वह सीखा ही नहीं। अब पग-पग पर मेरी शिक्षा और ज्ञान की परीक्षा होना है तो घबराहट हो रही है। कैसे होगा, क्या होगा? मैं उसे समझाता,

"प्रिये! जो तुमने सीखा, वह भी जीवन का व्यावहारिक पक्ष ही है। भाव-शून्य व्यक्ति तो केवल यन्त्र भर होकर रह जाता है।"

"वह जो भी हो, यह विद्या वहाँ काम नहीं आने की और जो काम आना है, वह मुझे आता ही नहीं है।"

"चिन्ता क्यों करती हो? वहाँ काकी माँ हैं, वो सब सिखा देंगी। बल्कि परिस्थितियाँ हमें सिखाएँगी। वे सच्ची गुरू होती हैं। मैं कौन-सा पारंगत हूँ। मुझे भी वहाँ जाकर बहुत कुछ सीखना होगा। तो सीखेंगे। हो सकता है, मेरी अपेक्षा तुम वहाँ इतनी शीघ्रता से सीख लो कि मुझे ही सिखाने लगो। यों भी कान्ता सम्मित उपदेश देना तो स्त्री-धर्म है।"

"हो, मैं सिखाऊँगी और तुम सीखोगे। कभी कुछ सीखे?"

"मैंने सोचा, यहाँ से प्रस्थान-पूर्व एक बार तो अपने स्वामी के दर्शन कर ही लूँ किसी तरह। मेरे मन में किसी के प्रति अभियोग नहीं था। कभी आरोप-प्रत्यारोप कम नहीं थे, मन में आक्रोश भी था, पर अब इस विदा-वेला में मैं उनके

प्रति केवल आभार व्यक्त करना चाहता था। सुना तो यह भी जा रहा था कि अब काफी खिन्न रहने लगे हैं स्वामी! यह सुनकर मुझे अच्छा नहीं लगता था, इसलिए भी उन्हें देखने की इच्छा थी।''

मैंने अवश्य चाहा था कि उनके दर्शन कर लूँ, पर ऐसा हो नहीं सका। अन्तिम प्रयत्न के बाद भी। यह अच्छा ही हुआ। अलका छोड़ने का औचित्य मैं तर्क द्वारा तो सिद्ध कर भी नहीं सकता था। मान लो वे कहते—

''लो, मैं तुम्हें पुन: अपनी निजी सेवा में लेता हूँ, कल से ही। कल से क्या, अभी से। तो...? तब क्या मैं अपना निर्णय बदल लेता? इतना हो जाने भर से क्या मेरी सारी उद्विग्नता शान्त हो जाती? फिर वही सब कुछ सुहावना लगने लगता जो आज नहीं सुहा रहा है? ये सारे कारण तात्कालिक होंगे पर बात कुछ गहरी और अलग ही है, कह सकता हूँ, अव्याख्येय! हाँ, मैं पहली बार कोई बड़ा निर्णय अपने पक्ष में ले सका और उस निर्णय पर मैं दृढ़ हूँ, यह सबसे महत्वपूर्ण है। एक तुच्छ यक्ष का यह बड़ा निर्णय है। इससे भी महत्वपूर्ण यह है कि मैंने अपने निर्णय को एक परिणति तक पहुँचाया। अच्छा ही हुआ, स्वामी के दर्शन नहीं हुए।''

हमने अलका को अन्तिम नमस्कार किया और पहली बार मुक्ति की साँस ली। स्वामी के अनुचर उनके दासानुदास की पहचान से मैं मुक्त हुआ। मैंने अपना अभिज्ञान पत्र नष्ट कर दिया तो लगा, आज मैं पूर्ण रूपेण स्वतन्त्र हूँ। तुच्छ-सी सही पर अब मेरी अपनी पहचान है। स्वतन्त्रता का आह्लाद कैसी पुलक जगाता है, मैंने पहली बार जाना। मैंने पत्नी से कहा,

''प्रिये! अब मैं पूर्ण रूप से स्वतन्त्र हूँ।''

''हो?''

''हाँ, क्यों?''

''मेरे अधीन तो तुमको आजीवन रहना है। मुझसे मुक्ति तुम्हें इस जन्म में तो नहीं मिलना है।''

''भूल हुई। मेरे अपराध को क्षमा करें, स्वामिनी।''

उसने स्वामिनी-भाव से ही कहा,

''क्षमा किया।''

यात्रा आरम्भ हो गयी। हम आगे बढ़ रहे थे और हमारी प्रिय अलका पीछे छूट रही थी। अपनी भूमि से बिछोह का दुःख भी कम नहीं था। मन खिन्न हो गया। इससे हमारा नाता अब सदा-सदा के लिए छूट रहा था।

इसी पथ से जब मैंने अपनी शापित अवधि को काटने के लिए प्रस्थान किया था, तब भी विषाद कम नहीं था, तब भी कितने ही भय घेर रहे थे। मन में घोर अनिश्चय कि आगे क्या होगा, कैसे होगा? कैसे व्यतीत होगी, यह एक वर्ष की अवधि? क्या सचमुच कट जाएगा, यह एक वर्ष का अनन्त समय??? कहने को मात्र एक वर्ष की अवधि, पर एक वियोगी के लिए तो...। वह पूरा एक वर्ष मेरे और अलकापुरी के, मेरे और मेरी प्रिया के बीच एक अलंघ्य पहाड़-सा खड़ा हो गया था। आज इस पथ पर अपनी प्रिया के साथ-साथ चलते हुए फिर वह निर्वासन का दृश्य-क्रम साक्षात् हो गया।

उसी पथ पर फिर अपने चरण रख दिए, पर इस बार मैं अकेला नहीं था। मेरा सम्बल मेरे साथ था। पाँवों में उत्साह था। तब एक-एक डग भारी लग रहा था। आज हमारे पाँव धरती पर टिक ही नहीं रहे थे। मैं अपनी सहचरी से पूरे उत्साह के साथ इस पथ का बखान कर रहा था। यह उसकी पहली यात्रा है। वह चकित भाव से सब कुछ देख रही थी। मैंने उससे पूछा,

''प्रिये यदि अभी अकस्मात् कुबेर का कोई अनुचर प्रकट हो जाए और कहे, स्वामी ने कहा है कि ''तुम्हें यह दूसरा निर्वासन बिलकुल नहीं भोगना है और मुझे आदेशित किया है कि मैं ससम्मान आपको वापस ले आऊँ।'' ''तो?''

''तो तुम लौट जाना। मैं नहीं लौटने की।''

पर ऐसा कुछ भी नहीं हुआ। मैं नितान्त भावुक व्यक्ति हूँ और मेरे मन में ऐसा ही ऊहापोह होता रहा है, निरन्तर। बस, तब की भावुकता और आज की भावुकता में आकाश-पाताल का अन्तर है। मैं प्रिया को बतलाता हूँ,

''जब ग्राम-प्रमुख हमें अचानक देखेंगे, तो उन्हें अपने देखे पर विश्वास ही नहीं होगा। काकी माँ तो निहाल-सी हो जाएँगी, वृद्धावस्था में बहू को पाकर। उन्होंने मुझे सदा पुत्रवत् ही माना। वो बूढ़े बाबा कहेंगे, ''भाई सम्भालो अब इस गृहस्थी का बोझ और हमें इस चौथेपन में अपना जीवन सुधारने का अवसर दो। कुछ तो ऐसा कर लें, इस शेष अवधि में कि 'वहाँ' लज्जित न होना पड़े।'' उसकी खेती है, गोधन है, बड़ा विस्तार है, सब सम्भालने होंगे। मेरे इस अति उत्साह पर उसने कुछ कहना चाहा, पर पता नहीं क्या सोचकर वह चुप रह गयी। मैंने ही कहा,

"यहाँ हम दास थे। वहाँ कृषक होकर अपनी धरती के स्वामी हो जाएँगे। अभी तक न तो हम देवता हैं, न ही मनुष्य; अब हमारी पहचान मनुष्य के रूप में होगी। नहीं, हमें अपनी मनुष्यता को प्रमाणित करना पड़ेगा। प्रिय! मनुष्य होने के लिए तो देवता भी लालायित रहे हैं, आज भी रहते हैं।"

"तुम तो पागल हुए जा रहे हो। थोड़ा तो धैर्य रखो।"

मैने बतलाया,

"यहीं, हाँ, यहीं चार कदम चलकर थककर चूर हो मैं इस शिला पर बैठ गया था।

"तुम्हारा मोह मुझे हर कदम पर आगे बढ़ने से रोक रहा था। पर... ?"

वह अनुभव और आज उसका बखान दोनों कितने भिन्न हैं।

मेरी कथा निरन्तर चल रही थी।"

"जो स्पष्ट था, वह धूमिल होता जा रहा था और जो घोर अस्पष्ट है, यहाँ से योजनों दूर, वह मुझे अभी से स्पष्ट दिखाई दे रहा था। तब, वहाँ रामगिरि पहुँचकर हम यहाँ की हर स्मृति को मूर्त करते रहेंगे। वहाँ हमें अपनी अलकापुरी की भी कम याद नहीं आएगी। यह मन है ही ऐसा।

हमने अपनी मातृभूमि को अन्तिम प्रणाम किया। हम दोनों ने मन ही मन अपनी जननी-जन्मभूमि से आशीर्वाद चाहा—"माँ हमें आशीर्वाद दो कि हम तुम्हारी सन्तान जहाँ भी रहें, तेरे योग्य पुत्र-पुत्री सिद्ध हों। माँ! हम कहीं भी रहें, तुम हमारे मन में सदा-सर्वदा रहोगी।"

प्रिया ने तो यहाँ की थोड़ी-सी मिट्टी अपने आँचल में बाँध ली। उसकी आँखों से आँसू की एक बूँद धरती पर गिरी तो धरती भी रोमांचित हो उठी।

हमारे ठीक सामने हिमालय के उतुंग शिखर थे। मुझे फिर लगा, यह तो शिव का साक्षात् पुंजीभूत अट्टहास है। थोड़ा आगे बढ़े तो हमें हिम प्रवाह मिला, धीरे-धीरे खिसकता। उस धवल जड़ता में स्पन्दन से यह पहला साक्षात्कार था। इसने हमारे मन में नया उत्साह जगा दिया था। फिर वह गतिशील हिम पहली बूँद हो रहा था!! हमारा ध्यान इससे पहले कभी गया ही नहीं कि जड़ता में से जीवन कैसे व्यक्त होता है। हमारा ध्यान उस बूँद पर पहले गया था, पर वहाँ कई-कई बूँदें अपनी हिमता को तज रही थीं। वे थोड़ा आगे बढ़ीं तो अचानक मैंने सुना, "कल-कल!!" यह जीवन की व्यक्त भाषा थी, जो उस जड़ता में

पता नहीं, कब से छुपी हुई थी!!! मैंने कहा—

"जीवन इसी तरह व्यक्त होता है। उसे ऊष्मा चाहिए। सुनो, जीवन को सुनो।"

उस अकेली बूँद को भय था। पर जब वे आपस में मिलीं तो एक प्रवाह बन गयीं। हमारी यात्रा के समानान्तर एक और यात्रा, उत्साह भरी।

"फिर हिम छूटा। पत्थरों का प्रदेश आरम्भ हो गया। ताल-सरोवर, नद-नदियाँ। अचानक हल्की-सी हरीतिमा ने हमारा स्वागत किया। थोड़ी ही दूर पर एक ब्रह्मकमल खिलता दिखा। लगा, वह कह रहा है—"अतिथि! तुम्हारा इस प्रदेश में स्वागत है।"

मन, हमारे पाँवों की गति से अधिक, बहुत अधिक गति से भागा जा रहा था। प्रिया ऐसे दुर्गम पथ पर पहले कभी चली नहीं थी। वह क्लान्त थी, पर सतत चल रही थी। हम तनिक विश्राम करते और फिर चल पड़ते। कभी वह पूछती,

"अब और कितना चलना शेष है?"

मैं कहता,

"बस यह पर्वत पार किया कि समझो पहुँच गये।"

मैं मन ही मन जानता था कि अभी तो यात्रा आरम्भ ही हुई है। मेरे कथ्य से प्रिया में नया उत्साह जाग जाता था। थकान और स्मृतियाँ जब घनीभूत हो जाते तो उसकी आँखों से आँसू छलक पड़ते। वह अक्सर अपने मनोलोक में होती थी और मुझे उसमें प्रवेशना उचित नहीं लगता था।

हिमाच्छादित शिखर कभी सामने होते तो कभी पीछे। कभी दाहिने तो कभी बाएँ। अचानक मुझे लगा प्रसन्न शिव का यह पुंजीभूत अट्टहास हमें आशीर्वाद दे रहा है—

"शिवाऽस्ते पन्थानः सन्तु!"

वह जैसा भी है, काम वही आएगा
मेरे मन की बात सही, प्रिय को बतलाएगा।
वह जैसा भी है, मेरा है, अपना है
जो उलझ गये हैं तार, वही सुलझाएगा।

क्षेपक

चलो, यह गाथा पूर्ण हुई। सन्तोष, न-न प्रसन्नता इस बात से है कि इस गाथा की समाप्ति अनुकूल रही। कहते हैं न—'अन्त भला तो सब भला' इस गाथा का अन्त भी भला ही रहा।

'गाथा' तो मैं इस तरह कह रहा हूँ, जैसे यह कोई काल्पनिक आख्यान हो और काव्य-रसिक रस ग्रहण कर रहा हो। यह केवल मसि-भोजपत्र का मामला नहीं है। एक ऐसी घटना है, जो कई-कई मोड़ों-घुमाओं, उलझनों से भरी थी। कइयों का भविष्य दाव पर लगा था। कुछ भी हो सकता था। सारा खेल बिगड़ सकता था। मेरी तो साँस थमी की थमी रही। यों इस गाथा में मेरा सीधा हस्तक्षेप था भी नहीं। पूरे घटनाक्रम में मेरी स्थिति तो मात्र विषकम्भक की है। कुछ सूचना थीं, जिन्हें मुझे पहुँचाना था। हाँ, यक्ष ने अपनी विरहिणी यक्षिणी के लिए जो सन्देश भिजवाया था, वह तो उसे दिया नहीं। स्थितियाँ ऐसी दिखीं कि उस बेचारे विरही यक्ष का सन्देश या उसकी भावना का कोई महत्त्व ही नहीं रह गया था। किसे सुनाता? वह यक्षिणी तो आपदमस्तक प्रेम में डूबी थी। सच, मुझे बेचारे यक्ष पर तब बड़ी दया आयी। बल्कि मैं करुणार्द्र हो गया। मैंने तो उससे थोड़ा व्यावहारिक होने का उपदेश भी दिया था।

हाँ, मैं बहुत ही व्यावहारिक हूँ। मुझे तो अनुत्तरदायी भी माना जाता है। अपना कर्त्तव्य पूरा किया तो किया, न किया तो नहीं किया। लोग कहते हैं, मेघ का कोई भरोसा नहीं। बरसा तो ऐसा और इतना बरसेगा कि लोग 'त्राहि-त्राहि' करने लगेंगे। न बरसा तो 'त्राहि-त्राहि'!

अब इस पूरे प्रकरण के समाप्त हो जाने के बाद मैं यह भी नहीं कह सकता हूँ कि मेरी भूमिका विषकम्भक की सी भी थी या नहीं।

मैंने घाट-घाट का पानी चाहे न पिया हो पर घाट-घाट को पानी दिया अवश्य है। जो मैंने दिया, वही लोगों ने पिया। हो सकता है—प्रभाव पानी का हो। हो सकता है—घाटों का हो...।

"मुझे लगता है, इस पूरी गाथा में मैं एक क्षेपक की तरह ही हूँ। मेरी भूमिका को इसमें से निकाल दीजिए, तब भी गाथा की सारी स्थितियों और परिणति पर कोई प्रभाव नहीं पड़ेगा। यों देखा जाए तो मैंने किया भी क्या? रामगिरि में यक्ष से भेंट होने पर उसे थोड़ा व्यावहारिक होने के लिए कहा। कहा कि "आवश्यक नहीं है कि तुम यह निर्वासन का दण्ड अश्रुपात करके ही भोगो। यह संसार तो दुःखमय है। दुःखों को खोजना नहीं पड़ता, सुख खोजने पड़ते हैं। खोजकर सुखों को अपनाना पड़ता है। प्रयत्न करने पड़ते हैं। यक्ष! दुःख को सुख में परिणत कर दुःख को अंगूठा दिखा देना ही जीवन की सफलता है, जीवन जीने की कला। तुम सुख की खोज करो और सुखी होने की भी।"

मैंने अन्यथा कुछ भी तो नहीं कहा था। अब मेघ बरसा तो धरती पर कुछ तो उगेगा ही न? मेरा गुण-धर्म है बरसना और उगना, विकसना धरती का धर्म है या उस बीज का...।

अच्छा, क्या वह यक्ष इतना भोला और अबोध था, जो मेरी बात में आ गया? नहीं, ऐसा नहीं है। ऊपर से उसने मुझे भला-बुरा अवश्य कहा, पर भीतर-भीतर वह प्रसन्न ही हुआ। इतना एकनिष्ठ था तो वह क्यों पड़ा मंजरी के प्रेम में? और पड़ा तो अपना सारा विगत भूल गया? भविष्य क्या होगा, इसकी चिन्ता भी नहीं की? बस, उसे अवसर मिला और वह निकल लिया। अब आप मुझे दोष देना चाहें तो अवश्य दें कि मैंने उसे पथभ्रष्ट किया। चलो, मान लेते हैं, पर वहाँ अलका में? वहाँ तो मैं यक्षिणी को उपदेश देने नहीं गया था। तब?

यह संसार है और यहाँ हर क्षण कुछ न कुछ घटता रहता है। काल का कोई क्षण घटनारहित नहीं है। न तो था, न ही होगा। अनन्त क्षणों की अनन्त घटनाओं में कुछ घटनाएँ गाथा बन जाती हैं। कथाकार उसमें बहुत जोड़-तोड़ करके कृति रच डालते हैं। कृतियाँ पात्रों को अमर कर देती हैं। जैसे इन महाशय की लेखनी से यक्ष और मैं अमर हो गये। उन्हीं क्षणों में अलग-अलग भूखण्ड पर कई-कई घटनाएँ घटी होंगी, पर वे मात्र घटकर रह गयीं।

अब इस यक्ष-प्रसंग को ही लें, सारा प्रसंग सामान्य-सा है। नया भी नहीं। अगर इसे बिना चमत्कारी बनाए कहा जाए तो वह इसी तरह ही तो कहा जाएगा।

"धनपति कुबेर ने अपने अनुचर को अपने कर्तव्य की अवहेलना करने के अपराध में एक वर्ष के लिए अलकापुरी से निर्वासित किया तो दण्डित यक्ष रामगिरि आकर टिक गया। युवा और विरही यक्ष का यहाँ मंजरी नाम की एक सुन्दरी से प्रेम हो गया। (मंजरी सुन्दरी थी भी या नहीं, ज्ञात नहीं। प्रेम में तो असुन्दर भी सुन्दर लगने लगता है।) इसे प्रेम भी क्यों कहें, बस यह तो समय की रिक्तता को भरने का एक उपक्रम था। उधर अलका में भी यही उपक्रम चल रहा था। परिणामस्वरूप यक्ष और यक्षिणी अपराधबोध से ग्रस्त हो गये। अस्तु।

यक्ष और यक्षिणी बुद्धिमान थे। उन्होंने परिपक्वता का परिचय दिया। विवेक से काम लिया और अपने को बिखरने से बचा लिया। अन्ततः उन्होंने निर्णय लिया कि वे अलका को छोड़कर रामगिरि में बसेंगे। यही उन्होंने किया।

"इति यक्ष-यक्षिणी प्रकरणम्।"

बतलाइए, मैं इसमें कहाँ आता हूँ? पर लेखक महाशय मुझे 'कुछ' में कुछ इस तरह ले आए, जैसे सारा कुछ किया-धरा मेरा ही है।

आप कह सकते हैं, उस विरही के सामने मुझे ऐसी 'चतुराई' नहीं दिखानी थी। अच्छा होता मैं उसके तप्त हृदय पर शीतल जल की बस दो बूँदें चुपचाप टपका देता। कह सकते हैं, मैं अनावश्यक रूप से एक निर्णायक स्थिति बन गया। वह मेरा अतिरेक था, मैं मान लेता हूँ। पर ज़रा इस तरह भी आप ध्यान दें कि यक्ष बेचारा अपना निर्वासन पूरा करके अलकापुरी में उस कल्पनातीत यथार्थ का अचानक सामना करता सो सोचिए, उसकी क्या दशा होती? जो उसने किया—भला या बुरा, यही वहाँ यक्षिणी ने भी किया, यह सोच ही उन्हें बचा लिया। अब इस दृष्टि से मेरी भूमिका पर विचार कीजिए।

स्मरण कीजिए, यक्ष ने भी मुझे पाखण्डी, प्रपंची और धूर्त कहा है। आप सब भी जो चाहें धारणा बना लें। मैं स्पष्टवादी हूँ, व्यावहारिक हूँ, पर मैं मेघ हूँ। मैं इस संसार को स्वप्न देता हूँ। उनके जीवन में रंग भरता हूँ। मैं सबका हितैषी हूँ तो भला इन दुःखी यक्ष-यक्षिणी का अहित क्यों करूँगा? आप सोचिए।

स्मरण कीजिए, मैं यक्ष से एक बार ही नहीं, कई बार मिला हूँ। अलकापुरी में यक्षिणी का विलास देखने के बाद भी मैं यक्ष से मिला। पर मैंने जो देखा,

कहा नहीं। आप जो धारणा बनाना चाहें, बना लें। मेरे भी कुछ आदर्श हैं, नीति है।

स्मरण करें, निर्वासन की अवधि पूर्ण कर अलकापुरी पहुँचकर यक्ष ने अपने स्वामी कुबेर से मिलने के लिए भरसक प्रयत्न किये पर वह सफल नहीं हुआ, अच्छा ही हुआ। अब वास्तविकता यह है कि कुबेर स्वयं अपने इस अनुचर से बच रहे थे।

यक्ष को इधर-उधर से ज्ञात हो रहा था कि इन दिनों उसके स्वामी खिन्न रहते हैं। याद आ रहा है, आपको वह प्रसंग? कुबेर का तनावग्रस्त रहना, युद्ध में अनुमानित भारी व्यय की व्यवस्था की चिन्ता के कारण। यह ठीक है, पर बात कुछ और भी थी। कुछ अधिक गम्भीर। आप जानना चाहेंगे? जाने दीजिए। यक्ष भी कहाँ जान पाया। अच्छा ही हुआ। कई बातों को न जानें तो कष्ट कम हो जाते हैं। यदि यक्ष जान जाता तो इस कथा का चरमोत्कर्ष कितना भयावह होता आप कल्पना नहीं कर सकते।

बेचारा भोला यक्ष।

किसके साथ चल रहा था यक्षिणी का 'चक्कर'?

मैंने देखा और पहचान लिया। ना-ना, कुबेर का कोई 'चक्कर' नहीं था। वो बहुत भले हैं। फिर उम्र का तीसरा, चौथापन किसी को भी 'भला' होने के लिए विवश कर देता है। पर अलकापति का अलका पर शासन चाहे कैसा भी कठोर हो, अपनी सन्तान के अतिचार के सामने वो विवश हो जाते थे। उनकी ज़रा भी नहीं चलती थी। राजपुरुषों की सन्तान ऐसी ही अतिचारी और मदोन्मत्त होती हैं। कुबेर की नहीं चली तो बेचारी यक्षिणी की क्या चलती। समर्थ व्यक्ति का दोष, दोष नहीं होता। एक बार बहे तो उसमें बहना ही पड़ता है।

मैंने सारा दृश्य स्वयं देखा। देखा और अनदेखा कर दिया। यक्ष के प्रति मेरे मन में तब गहरी सहानुभूति भी जागी थी। यक्षिणी पर क्रोध भी आया। मैं तनिक गरजा था। बस यों ही। फिर लगा यक्ष को सारी वास्तविकता से अवगत करवा देना यक्षिणी की दृष्टि से भी उचित नहीं है। कुछ देखे को अनदेखा कर देने से यदि कुछ अहित होने से रह जाता है तो हमें अनदेखा कर देना चाहिए। मैंने यही किया।...और परिणाम सुखद ही रहा। अन्त भला तो सब भला। मैं भी अब तनावमुक्त हूँ।

आपकी मेरे बारे में धारणा क्या है? मैं अब भी यह नहीं कहूँगा कि आप

मुझे भला ही मानने लगें। हाँ, बहुत गाम्भीर्य मुझे नहीं सुहाता। भीतर है तो बरसो, रीत जाओ और चल दो।

पाठक! आपसे भी एक प्रार्थना है। एक मानवीय अपेक्षा। जो मूल कथा में हैं, केवल उसे ही आप स्मृति में रखें और मेरे इस आत्मालाप को मात्र एक क्षेपक मानकर भुला दें। हमें अच्छी बातें ही याद रखनी चाहिए। बुरी बातें तो होती ही रहती हैं। उन्हें रोक नहीं सकते, पर उनके प्रसार में हमारी भूमिका न हो।

भीड़-कोलाहल में कहीं थोड़ा-सा एकान्त,
विलुप्त होती भाषा में किसी आत्मीय पुकार को सुनने के अवसर,
सम्बन्धों में एक स्फटिकता,
षड्यन्त्री मस्तिष्क में भी शेष—
तनिक विवेक,
धरती का मातृत्व,
आकाश की वरदता,
मनुष्य में कविता की ललक
सारे कारोबारीपन में भी—
कवि!
तुम्हारे साथ होने की कामना
अँखुआने लगे।

हाट-बाजार में सजा है—सब कुछ,
सब कुछ विक्रय के लिए
सब कुछ यन्त्र के अधीन
मनुष्य, सम्बन्ध, भाषा और संवेदना सिमटते
मायावी अविश्वसनीयताओं में।
फिर भी—
इस अग्निकाण्ड के बीच चींटियों की यह सक्रियता

बल देती है
क्षीणतर होती आशा को
इस उन्मादी झंझावात में...

कुछ है—
जिन्हें रहना चाहिए
रहना चाहिए—
इसीलिए उन्हें बचाना चाहिए किसी तरह—

कवि!
हमें बिना किसी की प्रतीक्षा किये
बचाना चाहिए
कविता का आद्याक्षर!

❑❑